U0438601

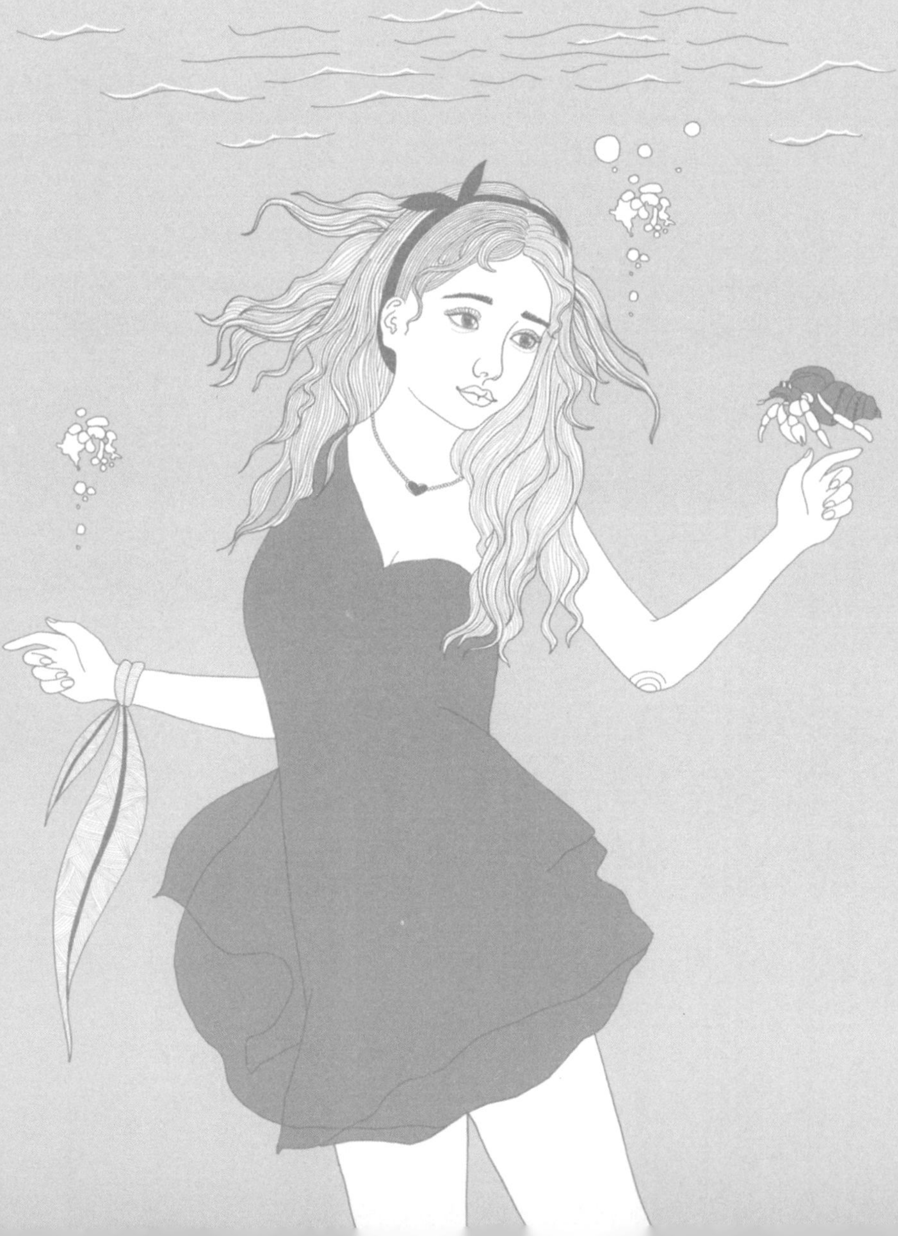

The Catastrophic
History of You and Me
穿越时空的悲恋

〔美〕杰斯·罗森伯格 著
朵雨 鲁南 译

人民文学出版社
PEOPLE'S LITERATURE PUBLISHING HOUSE

著作权合同登记号　图字 01-2012-5697

The Catastrophic History of You and Me
Copyright © 2012 by Jessica Rothenberg
All rights reserved

图书在版编目(CIP)数据

穿越时空的悲恋/(美)罗森伯格著；朵雨，鲁南译. —北京：人民文学出版社，2015

ISBN 978-7-02-011061-2

Ⅰ.①穿… Ⅱ.①罗…②朵…③鲁… Ⅲ.①长篇小说—美国—现代 Ⅳ.①I712.45

中国版本图书馆 CIP 数据核字(2011)第 169530 号

责任编辑　王瑞琴
责任印制　苏文强

出版发行　人民文学出版社
社　　址　北京市朝内大街 166 号
邮政编码　100705
网　　址　http://www.rw-cn.com

印　　刷　北京智慧源印刷有限公司
经　　销　全国新华书店等

字　　数　200 千字
开　　本　890 毫米×1290 毫米　1/32
印　　张　11.375　插页 3
印　　数　1—10000
版　　次　2015 年 10 月北京第 1 版
印　　次　2015 年 10 月第 1 次印刷

书　　号　978-7-02-011061-2
定　　价　29.00 元

如有印装质量问题，请与本社图书销售中心调换。电话：01065233595

献给玛乔里·格雷斯、克莱尔·玛丽，
还有——当然不能漏掉——妈妈。
（深深爱你们。）

生活是一架从四楼窗户掉下来的钢琴,而你在错误的时间出现在错误的地点。

——阿尼·迪富兰克①

---

① 阿尼·迪富兰克,美国歌手、词曲创作者,个性独特,与主流永远抗衡,遵循绝对的 DIY 原则。DIY 就是什么都是自己动手做。

目　录

第一部　灰飞烟灭
- 第 一 章　不要（忘记我）…………………………… 003
- 第 二 章　宝贝，再拿走一片我的心吧 ………… 016
- 第 三 章　孤立的奶酪 …………………………… 020
- 第 四 章　原谅我亲吻天空 ……………………… 026

第二部　否认
- 第 五 章　漫长而曲折的路 ……………………… 029
- 第 六 章　哦，天堂是地球上的一个地方 ……… 034
- 第 七 章　你的爱比冰激凌还美好 ……………… 047
- 第 八 章　只有好人才死得早 …………………… 052
- 第 九 章　我与幽灵同行 ………………………… 064
- 第 十 章　是啊，我是自由的，自由落体 ……… 073
- 第十一章　给我派一个天使 …………………… 083
- 第十二章　在他的吻里 ………………………… 089
- 第十三章　尊敬，弄清它对我意味着什么 …… 099
- 第十四章　什么也比不上你 …………………… 108

第三部　愤怒
- 第十五章　你只是一条狗 ……………………… 113

第十六章　心的伤逝 …………………………… 128
第十七章　直刺心脏，都怪你 ………………… 139
第十八章　十六根蜡烛的柔光 ………………… 142
第十九章　你的每一次呼吸 …………………… 150
第二十章　伤心人何去何从 …………………… 153
第二十一章　一、二、三、四，告诉我你更爱我 …… 161
第二十二章　每一次看到你坠落，我都会跪下祈祷 … 167
第二十三章　嘿，嘿，嘿，你，你，
　　　　　　我不喜欢你的女朋友 ……………… 174
第二十四章　失去信仰 ………………………… 180
第二十五章　永远的黑暗和忧伤，
　　　　　　永远的蓝色忧郁，为你 …………… 188
第二十六章　你应该知道 ……………………… 193
第二十七章　哭一条河给我 …………………… 199
第二十八章　别做梦了，已经结束了 ………… 205
第二十九章　在天使的怀抱中 ………………… 213

第四部　讨价还价

第 三 十 章　加州梦 …………………………… 219
第三十一章　享受沉默 ………………………… 226
第三十二章　就像一句祷词 …………………… 233
第三十三章　你一定是我的幸运星 …………… 244
第三十四章　能死在你身边，是多么神圣 …… 250
第三十五章　如果你不自救，谁还能拯救你的灵魂 … 255
第三十六章　总有什么东西在提醒着我 ……… 260

第三十七章　听一听自己的心声，再和他道别 ……… 263

第五部　悲伤

第三十八章　自从你离开后 ………………………… 277
第三十九章　使出你的杀手锏 ……………………… 284
第 四 十 章　女孩要什么 …………………………… 288
第四十一章　让我们死于青春，让我们永生不死 …… 294
第四十二章　从心底唤醒我 ………………………… 303
第四十三章　我们属于光，我们属于雷电 ………… 315
第四十四章　飞跃彩虹 ……………………………… 322
第四十五章　如何拯救一个生命 …………………… 330

第六部　接受

第四十六章　你需要的是爱 ………………………… 345

第一部

灰飞烟灭

第一章

不要(忘记我)

总有一个男孩把你纠缠。这不像你闺蜜的弟弟,对你搂脖子扳腿摔跤似的那种纠缠。也不像你照顾过的那个小毛孩,跟屁虫似的黏在你脚边的那种纠缠。

我说的是史诗,是生活的巨变。是那种"吃不下、睡不着,没法做作业,咯咯地笑不停,脑子里除了他的笑容什么也没有"的纠缠。就像韦斯莱和金凤花①的那种;哈利和莎莉②的那种;伊丽莎白·贝内特和达西先生③的那种。就像所有你喜爱的上个世纪八十年代歌曲中唱的那种纠缠,如《肯定爱过》《让我无法呼吸》《永恒的火焰》——就是星期六晚上你和闺蜜们把发刷当麦克风,扯着嗓子吼的那些歌。

姐姐跟男朋友约会时,你在她的日记里读到过那种纠缠。你希望、祈祷、恳求这样的事情也发生在你身上,可这一天真的到来时,你完全昏了头,乱了方寸,不知道在这件事闯入你的生命、毁掉你的一切之前,你是怎么生活的。

---

① 韦斯莱和金凤花,美国 1986 年爱情喜剧片《公主新娘》中的一对恋人。
② 哈利和莎莉是美国 1988 年爱情喜剧片《当哈利遇见莎莉》中的男女主角。
③ 伊丽莎白·贝内特和达西先生,英国女作家简·奥斯丁名著《傲慢与偏见》中的一对恋人。

穿越时空的悲恋

爱情就是这样超级诡异。当你转过头,看看你的屁股包在那条新仔裤里多么俏皮时,它就悄悄地袭来了。当你正在琢磨SAT①考试,猜测在你闺蜜的花季仪式上谁吻了谁,或为没在《拜访森林》②里扮演主角而耿耿于怀(我恨你,玛吉·埃莉诺),它就悄悄地袭来了。现在你只能扮演灰姑娘了,谁都知道这个角色没有女巫那么带劲儿。

直到有一天早晨你突然醒来,意识到这个事实,那个某男孩——那个你一生下来就认识,却连做梦都没想过会成为你男朋友的男孩;那个你从没想过会有那么可爱的男孩;那个有点傻傻的,总是穿着那件滑板T恤衫的男孩;那个痴迷《指环王》,一心想十八岁时在大腿上文一条龙的男孩——突然之间,你脑子里除了他什么也没有了。

问题是,恋爱绝对一点也不好玩儿。绝对!大多数情况下,它让你感到难受、疯狂、焦虑、担心,你担心没有好结果,你的一辈子因此毁掉。然后你猜怎么着:果然如此!

好吧,没错,他的气味好闻极了。没错,每次他发短信道晚安,你的心就融化了;没错,他的眼睛蓝得那么、那么醉人。没错,他牵着你的手去上几何课,捕捉你古怪的小秘密,把你逗得哈哈大笑,你在他面前笑得把激浪汽水③呛进了鼻子里,

---

① SAT,全称 Scholastic Assessment Test,中文为学术能力评估测试。由美国大学委员会(College Board)主办,SAT成绩是世界各国高中生申请美国名校学习及奖学金的重要参考。
② 《拜访森林》,由美国当代最伟大的音乐剧词曲作家史帝芬·桑坦创作的著名音乐剧,汇集了格林童话中"杰克与魔豆""灰姑娘""小红帽""长发姑娘"四个脍炙人口的故事与角色,蕴含的教育意味均以故事中的经验教训带出,且不时出现令人爆笑的对话。
③ 激浪汽水,可口可乐公司的一种产品。

第一部　灰飞烟灭

但你根本不在乎,虽然这是最丢份儿的事。没错,当他吻你时,整个世界都不存在了,你的大脑关闭,你只能感觉到他的嘴唇,其他一切都无关紧要了。

没错,当他对你说你很美时,你就真的突然变美了。

新闻快讯:整个事情是一团糟,是一场天大的噩梦,即将在面前炸开花,你根本不知道你让自己陷入了什么麻烦。爱情不是游戏。有人为了这玩意儿割掉耳朵;有人从埃菲尔铁塔跳下;有人卖掉所有财物去阿拉斯加跟灰熊一起生活,结果被熊吃掉;没有人听见他们求救的惨叫声。就是这样。爱上某人跟被灰熊活活吃掉差不多是一样的。

相信我,我特别清楚。

因为,我说了嘛,这样的事就发生在我身上。不,我指的不是被灰熊活活吃掉。我的遭遇比这还要惨得多!

我因为心碎而死时,年仅十五岁。这可不是什么都市神话或传说。我说的是百分之百的"死于心碎"。不,我没有自杀。不,我没有绝食。我没有像《理智与情感》①里那样,在大雨里流泪彷徨,染上肺炎,虽然我有点儿迷恋凯特·温斯莱特②。不,我的遭遇是老派的那种。我的心真真正正地碎成了两半。

所以我知道,对吗?以前我也以为不会有人真的那样死去。

---

① 《理智与情感》,英国女作家简·奥斯丁的一部名著,小说中的女主角追求与男子思想感情的平等交流与沟通,要求社会地位的平等,坚持独立观察、评判和选择男子。作品曾多次被改编成电影和电视剧。
② 凯特·温斯莱特,好莱坞著名女演员,国际巨星、奥斯卡影后,被誉为"英伦玫瑰",出生于英国,在一个戏剧之家长大。1997年凭借出演《泰坦尼克号》中的女主角露丝迅速红遍全球,并以此片获奥斯卡金像奖最佳女主角提名和金球奖最佳女主角提名。1995年曾出演李安导演的《理智与情感》。

穿越时空的悲恋

但我就是一个活生生(唉,我本身已经不活着了)的例子。虽然大多数人仍把我的死因归于心脏杂音,那是我一出生就有的。这也不是什么大毛病,我从小到大都很健康,从不需要吃药、锻炼,或诸如此类的事情。实际上与这些东西正好相反。

我很强壮,充满活力,像个假小子。还在七年级时就被选进了学校的跳水队。

其实这不重要。

最后,我的心还是碎了。

我名叫布里。哈,像奶酪①的名字。有点儿搞笑,大家都以为我爸爸妈妈是奶酪狂人——给女儿起名叫布里,儿子起名叫杰克②——其实我的全名是奥布里,弟弟的全名是杰克森。

我死之前的那年,一切都顺风顺水。我住在整个地球最美丽的地方——加利福尼亚北部。那里名叫半月湾,是一个幽静闲适的海边小镇,坐落在红木森林和崎岖的太平洋海岸线之间,在旧金山二十八英里以南。海滩实际上就是我家后院。

我的家庭无可挑剔:妈妈,爸爸,杰克,火腿卷(我们家那条巴吉度猎犬)。

我的闺蜜无可挑剔:莎迪·鲁索,艾玛·布鲁尔,苔丝·霍夫曼。

我的男朋友无可挑剔:田径明星,高年级学生会副主席,超级大帅哥,雅克布·费舍尔。

---

① 布里奶酪,以法国东北部出产地命名的软牛奶乳酪,呈金黄色奶油状,外壳柔软白皙。
② 杰克奶酪是原产于加拿大的一个奶酪品种。

我的家庭无可挑剔：妈妈，爸爸，杰克，火腿卷（我们家那条巴吉度猎犬）。

穿越时空的悲恋

我死之前，一切应有尽有。

那时我很幸福。

然而，在二〇一〇年十月四日的那天夜晚，所有这些都改变了——那天夜晚，我感到胸膛里一阵可怕的剧痛，便瘫倒在雅克布对面的餐桌旁。

那天夜晚，我再也没有醒来。

就是这样。轰。游戏结束。没有完成。没有超越自我。一条生命就这样结束了。

我的生命。

死后最初两个小时，我还以为我这么多年奔跑，跳水，爬树，以不要命的速度骑车冲下旧金山山丘，现在终于遭了报应。别人谁都没想到我的心脏那么虚弱。我的身体肯定早就有了很严重、很严重的问题，就连我爸爸都没办法预见（他还是个世界闻名的心脏病学家呢。）

我在一个星期一咽下最后一口气。说起来，在一星期里的这一天离去倒也不坏，因为随着星期天晚上的到来，大家的心情都有些烦躁了。我的意思是，我至少没有毁掉别人星期五或星期六夜晚的美妙计划，是不是？我够不够体贴？

过了两天，邻居们开始把各种东西放在我们家前门廊上。炖菜，乳蛋饼，什么都有。有人甚至留下一只火鸡，感恩节那种风格的，刚刚出炉，屁股里塞满了东西。我想碰到死人的事情大家就应该这么做：在他们家门前放一堆食物，家里其他人就不会忘记吃饭。真遗憾，他们忘记我们家全都是吃素的了。好吧，除了我家爱犬火腿卷（它那天晚上肯定吃了一顿好肉）。

第一部 灰飞烟灭

杰克决定由他负责每天检查前门廊，因为火腿卷有个习惯，凡是它呼哧呼哧的短鼻子够得着的，统统吃进肚里。我弟弟总是这么乖，总是不用人说就挺身而出。我死的时候杰克才八岁，我虽然拿不准他是否理解我为什么不见了，但他肯定能明白我再也不会回来了。

哦，他的脸。大大的绿眼睛，波浪形的黑头发，跟我完全一样。他的左腮上还有一个小酒窝呢——笑起来特别可爱，而他又那么爱笑。

自从爸爸妈妈把弟弟从医院抱回家，递到我怀里的那一刻起，我和弟弟就一直是最好的朋友。我们家冰箱上有一张当时的照片——他裹着蓝色的小毯子，戴着小帽子，我穿着我那件史酷比①睡衣，头发往后梳成乱糟糟的马尾巴。从那天起，我们俩关系就很铁。战友。我们感觉就像拉菲②的那首歌《苹果和香蕉》。玩起四子棋来，只有他能赢我。

我的追悼会很催泪，我认为最难受的是看着杰克两眼发呆的样子。

他没有哭。他用不着哭。

全校师生都来了。我那个鬼灵精怪的英语老师，金发美女布雷纳夫人，从我四岁起就是我们街对面的邻居，此刻坐在我妈妈旁边，拉着她的手。我爸爸穿着一件炭灰色的运动夹克，戴着他四十岁生日时我送给他的领带——上面有粉色和紫色的

---

① 史酷比是 2002 年罗杰·高斯理导演的一部电影，改编自上世纪六十年代美国热门卡通系列剧，故事的主角是一只会说话的大狗史酷比。
② 拉菲，国际最流行的儿童歌曲演唱家，童谣吟唱诗人，其相关 CD、影片、书籍已销售超过 1800 万张，是最成功的儿童歌者。《苹果和香蕉》是一首很受欢迎的儿童歌曲。

穿越时空的悲恋

大象。他脸上的表情凝重、疲倦，看到他眼睛下面的黑圈圈，我知道他已经好几天没睡觉了。他坐在妈妈右边，用胳膊搂着她。搂得很紧，好像不敢放手，好像妈妈会垮下来变成碎片。

也许是他自己会变成碎片。

我忍不住格外注意妈妈。她的眼睛那样死死地盯着房间那头摆放的鲜花。她的皮肤看上去皱纹密布，似乎失去我的悲哀渗透了她的毛孔。她的玫瑰香水的味道若有若无，弥漫在我们之间。

妈妈！

我扫了一眼那边的人群，心想，坐在这么多人面前感觉多么不真实啊。我注意到所有的细节，纳闷为什么我活着的时候，他们许多人都不屑过来跟我打招呼，可现在倒都来了。

阿龙·威尔西，七年级地理课上的一个孩子，从不做家庭作业，总是在课本上画鲨鱼。莱克西·罗德斯，九年级第一天就开始涂厚厚的黑色眼线。麦肯锡·卡特，几年前的夏天信了基督，再也没有回头。不知道她是否相信我现在跟基督同在了。不知道这样想是否让她心里好受些。

好几百个孩子、朋友、家长和老师，在太平洋峰顶高中的礼堂里排队。我刚在这所学校读高一。我突然想起来了，我的追悼会不是这里举办的第一场，而是第二场。

第一场是悼念一个比我大几岁的女孩，名叫拉尔金·拉姆西，死于一场火灾，是她夜晚在卧室里点燃一根蜡烛引起的。拉尔金去世前，我至少有两年没跟她说话，但我们小时候两家人经常一起结伴出去玩儿，那时候我们是很不错的朋友（在她家后院跳蹦床，放学后穿着轮滑鞋你追我赶，诸如此类的游

第一部 灰飞烟灭

戏)。她有一头特别漂亮的黑发,她教会我怎么编法式辫子,那至少让我四年级时的扮酷档次提升了百分之三十九。

她九年级、我七年级的时候,我们吵了一架。起因是什么我都不记得了,后来我们俩就生分了,渐行渐远。我开始投入地训练跳水,她开始投入地迷恋摄影,大多数时间都是各人在做自己的事。我终于考入高中时,她的脸就迷失在走廊里拥挤的众多人脸中了。

有时回忆小时候一起玩耍的情景,我会感到黯然神伤。但我想生活就是这样,有时候朋友就像时尚饰品一样,在我们的生活里飘进飘出——流行一个季节,到下个季节就过时了。

就像女朋友一样,是不是,雅克布?

我还记得那天早晨获知拉尔金遇难消息时的情景。教练召集全队早晨六点参加训练,我刚跳完一个动作——从三米板上一个几乎完美的转身。几个队友在更衣室的门边兴奋地叽叽喳喳议论着什么,于是我在泳池里游过去,跳上去看是怎么回事。我仍然能够体会到当时脱掉泳帽、用毛巾擦干身体时,肾上腺素在体内搏动的感觉。

"喂,莫根,出什么事了?"我低声问,"是龙卷风队不敢跟我们应战了吗?"

她的眼神告诉我,我错了十万八千里。"昨天夜里失火了,"她说,"一个十一年级的女孩被烧死了。"

我顿住了,手里的毛巾掉在地上。

"谁?谁死了?"

她把手放在我肩头,别的女孩在一旁看着。"好像是你的老朋友,拉尔金·拉姆西。"

穿越时空的悲恋

我仍然记得,这句话从莫根嘴里说出来的那一刻我胃里的感觉。仍然记得冰冷的水珠顺着我的脊背滚落,就像眼泪一样。

我的老朋友。

拉尔金·拉姆西。

我们全家都去参加她的追悼会。谁想得到呢,仅仅两年之后,我们又坐在这里——这次是为了悼念我。

房间里还是挂满了那些白色的灯泡,我的一张巨幅大头照——好家伙,至少有十英尺高——竖在舞台中央。是六个月前在朱迪家照的,那天我们在庆祝杰克的生日。照片上的我穿着一件蓝色套头衫,里面是向日葵图案的灰衬衫,头发用亮晶晶的蓝色发夹在脑后别起。爸爸肯定用他那种超级无聊的笑话把我给逗笑了(不属于你的奶酪,你管它叫什么?难吃奶酪!),我对着他哈哈大笑,他按下了快门。这不是我最喜欢的一张照片,但至少鼻子上没有冒出巨型青春痘,牙齿上没粘着菜渣,或诸如此类令人尴尬的东西。不过,看到我那张放得巨大的脸竖在整个礼堂前面,好像有一百只眼睛盯着它看,还是让我感觉特别诡异。

接着,就到了人们上台回忆往事的环节了。我的化学老师,奥尼尔博士讲了我有一次为了生成电磁场(绝对是计算错误)差点儿把课桌点燃的事。还有每当某个低年级学生放学后家庭作业需要帮忙时,我总是第一个伸出援手。

我的跳水教练特立尼,带着我的两个队友,阿里和莫根上台,讲了去年对圣马特奥队决赛的故事。我在最后一秒钟来了一个出人意料的向前屈体翻腾,把我们队推到第一名,保住了地区赛的参赛资格。阿里讲到我总是第一个入水,最后一个出

第一部 灰飞烟灭

来。莫根讲到我对所有音乐（特别是上个世纪八十年代的）无与伦比的热爱和百科全书般的知识，讲到我对温迪快餐店冰啤酒的极度痴迷，还讲到队员们将会多么怀念我。

我的西班牙语老师洛佩兹先生，穿着她的一套招牌式的亚麻布正装，告诉大家我曾经把整整一集《六人行》①翻译成西班牙语，并把其中的插曲《臭臭猫》唱给全班听。她唱了几句那首歌，大家都笑了，连爸爸妈妈也笑了。

所有的故事都很好玩儿。所有的回忆都很甜蜜。一时间，人们很容易忘记这是一场追悼会。感觉不像是有人死了。气氛不沉闷，不悲伤，不恐怖。听每个人说多么爱我，实际上还挺好玩儿。我记得，当时我觉得自己曾经的担忧很荒唐。我曾担忧这场面让我不忍卒看。没想到气氛很轻松。就像某个庆祝会或派对。

这次，我成了明星。

接着，莎迪、艾玛和苔丝从座位上站了起来。我注视着她们走向舞台，手拉着手。看上去都那么年轻，那么有活力。

漂亮、娇小、黑头发的莎迪，戴着她十三岁生日时我送给她的情绪戒指②。艾玛的金色头发全梳到脑后，两只眼睛都哭肿了。苔丝的红头发和满脸雀斑看上去一团糟，左手捏着一朵孤零零的萱草花。

我最喜欢的花。

看见她们伫站在那里却没有我，感觉真是很荒唐，就像宇

---

① 电视剧《六人行》，又名《老友记》，是美国NBC电视台从1994年开播、连续播出了十年的一部幽默情景喜剧，也是美国历史上甚至是全球范围最成功、影响力最大的电视剧之一。
② 情绪戒指，又称情绪变色戒指，能随着人的心情不同改变为不同的颜色。

穿越时空的悲恋

宙失去了平衡。我们的姓名首字母拼出来是 BEST[①]，是最棒的（best）。小时候，爸爸经常叫我们"无敌四人组"。可是现在少了第四个人。

她们不会知道我就坐在舞台上，近在咫尺地注视着她们。真希望我能告诉她们不会有事的，虽然我自己也没有把握。然而，死人毕竟是不会说话的。

我的三个死党互相看看，做了几个深呼吸。然后莎迪开始唱歌。她的声音孤单，优美。

我会记得你。你会记得我吗？
别让你的生命流走。别为回忆哭泣。

唱到"回忆"时，她的声音有短暂的迟疑，清脆的女高音哽咽了。艾玛和苔丝手挽着手一起唱了起来。我在茫茫世界里的三个最好的朋友。她们伤心的合唱在鸦雀无声的礼堂里回响。

哦，上帝！

我环顾四周。

妈妈已经哭了，哭得浑身哆嗦。爸爸想要表现坚强，但眼泪还是顺着面颊滚下来。妈妈把杰克搂在怀里。杰克眼神茫然地盯着前方。妈妈把脸埋在她的头发里。这首歌刚唱了开头几句，整个礼堂的人就崩溃了。老师，朋友，我爱过的孩子们，我讨厌过的孩子们，我其实还不认识的孩子们。都在哭泣。

为我哭泣。

---

① 四个好朋友的名字英文为：Brie, Emma, Sadie, Tess 首字母拼在一起就是"最棒的"意思。

第一部 灰飞烟天

就在这时,我看见他了。黑头发长长的,乱蓬蓬的。一双孕育风暴的眼睛死死地盯着铺了白色油毡布的地面。身上那件穿旧了的柔软的北面夹克,我曾经多少次在上面依偎。那一对完美的嘴唇,十一个月来我每天都亲吻的嘴唇。他像一个幽灵一样溜到礼堂的后排。但他不是幽灵。

我是。

我就是这时候迷失的。

第二章

宝贝，再拿走一片我的心吧

我从医院带轮子的担架上爬下来，看我的表格——人一死他们就填写的那种表格——看见了医生草草写下的我的死亡时间（晚8:22），后面是几个我永远不会忘记的字。

急性充血性心肌病。

其实也就是心力衰竭。

当时我还不知道，不知道医生错了。我的心脏没有衰竭。而是有人辜负了我的心。

起初，我特别生自己的气。应该更当心点儿的。应该经常找医生做定期体检，或按时服药的，不应该在跳水队里那么不要命地训练，就好像我是铁打的似的。当我坐起来意识到自己已经死去的那一刻，我愿意做任何事——不，所有的事——只要能给我第二次机会。我觉得自己被欺骗了。他们都口口声声地保证我会过一种健康、正常的生活。爸爸就保证过。

可是，当我注视着那群医生和护士聚集在我的X光胸片前——胸片挂在墙上，别在一个看片灯下——我忍不住感到困惑。

第一部 灰飞烟灭

所有的专家都瞪大了眼睛,窃窃私语,指指点点,互相辩论。

"怎么回事?"我说。

没有人回答我,于是我向看片灯走去,在他们的白大褂和听诊器后面探头探脑,亲眼好好地看看我自己。

我以前看过许多X光胸片(爸爸经常把片子带回家,考我和杰克心脏的不同部位),但这样的片子我是第一次见到。以前那些X光胸片上的心脏,没有一个看上去跟我此刻的心脏一样。肯定有什么地方不对劲儿。

我的心脏在冰冷的、毫无感情的胶片上瞪着我,我这才知道大家都搞错了。要我命的不是我的心脏杂音。

而是我的心碎。

顿时,整个晚上的记忆潮水般袭来,像千钧重的砖头一样砸进我的脑海。力量之大,打得我连连后退,我想抓住一个医生的胳膊稳住脚跟。但我的手直接穿透了他,我摔倒在地板上。他没有发现。

突然,我想起了桌子对面雅克布说的最后一句话。我作为一个活着的女孩听到的最后一句话。那是语言史上最残酷的四个字。

"我不爱你!"

接着,一切都变成了一种古怪的、令人难受的绿色。接着,整个房间变得一片漆黑。接着,那种可怕的、撕裂般的、尖锐的剧痛穿透了我的胸膛,那感觉是我从未体验过的,也不可能想象过的。

我用手捂住胸口,倾听着,等待着。可是没有心跳。没有熟悉的扑通——扑通——扑通声。什么也没有。

穿越时空的悲恋

"心脏不可能自己就裂成两半。"我听见一个医生说。

哦,想打赌吗?

如果时间允许,我真想让他们都坐下来,听我好好解释。

也许,如果那天夜里他们跟踪我,听见了我所听见的,感觉到我所感觉到的,就能明白这样的死亡是有可能的。也许,在那激情一刻,他们就会把所谓的科学依据和光鲜的医学院文凭扔到一边,第一次试着用心去思考,而不是运用他们的大脑。

如果他们这么做了,也许我就能逃脱被几个专家解剖的命运。他们把我切开,检查内部,证明那个事实,而事实早已赤裸裸地摆在每个人面前,清清楚楚地印在我的 X 光片上。

"你们都会觉得哑口无言的。"我说,跟着那些医生,他们把我推进电梯,摁下代表"停尸房"的 M 键。那是一个谁都不愿意去的地方。停尸房本身就已经阴森恐怖了,但请你相信,当你全身冰冷僵硬——哦,是啊,而且一丝不挂——躺在一张桌上,每个人的目光都集中在你身上时,那种感觉更加恐怖。

其实那不是真正的、如假包换的我。真正的我坐在房间那头另一张桌子上,用脚踢着金属框架,咬着手指甲,注视着,等待着,希望有人能注意听。

"黑白片子上清清楚楚!"我喊道,"对你们来说还不够吗?"

可能不够。

我一点儿也不喜欢。感觉这件事严重侵犯了我的隐私。我不愿意让一个陌生人切开我的身体,让他们看我的内脏,弄清我所有的秘密。

我心脏破碎是我自己的事。跟他们无关。

第一部 灰飞烟灭

可是爸爸不肯放过,他需要弄个究竟。我的爸爸是科学狂人。对他来说,我的死是个谜。他一点头绪也没有,所以需要亲眼看看。虽然妈妈求他不要这么做,虽然妈妈求他让我留一个全尸。但是,他不弄清真相是不可能埋葬女儿的。

我真不幸,弄清真相只有一个办法。而且我最后承认,为了让我也真正地、心服口服地相信这点,恐怕他们确实需要把我切开。

病理学家开始解剖时,我不敢看。我把眼睛闭得紧紧的,屏住呼吸。他的手术刀慢慢地、恐怖地割开我的胸腔。

他们把我切开了,把我整个切开了。他们用好奇的目光专注地窥视着每一个洞开的脏器,做出各种计算,记录各种发现。似乎一样也帮不了我。

可是,当他们终于打开我的胸肋,掏出我那颗不满十六岁的心脏时,我认为也许,仅仅是也许,他们自己的心脏也破碎了一点儿。

果然如此,正像 X 光片所显示的那样。虽然他们的科学无法解释。虽然这只是在煽情的爱情歌曲里才会有的事。我的目光越过我父亲的肩膀,越过我那具死去的躯体,凝望着。就在那儿。

我的心。

沉睡。沉默。裂成了完全相等的、不同凡响的两半。

第三章

孤立的奶酪

  学校追悼会两天之后,他们埋葬了我。你知道星期六和星期天——两个完美、欢乐、绝对神奇的自由日子——即将结束时的那种难受劲儿吧?就在那时,大钟的分针开始嘀嗒嘀嗒嘀嗒嘀嗒地折磨你,你想起家庭作业还一点都没做呢。

  就是这种感觉,只是还要更难受五万倍。我说的是最严重的星期日夜晚忧郁症。

  为了葬礼,妈妈请莎迪挑选我最喜欢的衣服和鞋子,因为从二年级起莎迪就一直是我的造型师。衣服是深紫色的,用的是最柔软、最飘逸的面料。两侧都有暗兜,一根简简单单的丝带系在后面。鞋子是纯黑色的芭蕾平底鞋,我很喜欢,因为它们在阳光下会闪闪发光。(哦,不是说我走到哪里它们都刺眼地闪来闪去。)

  他们决定让我的头发披下来,在我的脸庞周围散开(很有奥菲利娅[①]的范儿)。夏天我差点儿就把头发剪了,此刻看到

[①] 奥菲利娅,莎士比亚悲剧《哈姆雷特》中的人物,是哈姆雷特的恋人,大臣波洛涅斯之女,曾经纯洁善良,无忧无虑。当她迈入青春的门槛后,绚丽的生命之花就渐渐枯萎了。

他们决定让我的头发披下来，在我的脸庞周围散开（很有奥菲利娅的范儿）。夏天我差点儿就把头发剪了，此刻看到自己那样躺着，我庆幸没剪。

穿越时空的悲恋

自己那样躺着,我庆幸没剪。

最后一点也很重要:我的闺蜜们请求我的爸爸妈妈让我下葬时戴着我那串心形的护符金项链——上高中前的那年夏天,我们四个在旧金山那家可爱的小店里每人买了一串。

那天的情景我记忆犹新。

我们四个一直在讨论那个非常正式、非常重要的测试:"你是哪位迪斯尼公主?"为测试结果那么准确而连连称奇。

A 类:莎迪显然就是茉莉花公主。她光彩照人,富有异国情调(她妈妈是以色列人,以前还当过模特),而且她能以高亢响亮的声音唱出《全新世界》①。

B 类:艾玛是《睡美人》里的奥罗拉公主,这是完全说得通的,因为她是金发女孩;严重的嗜睡狂;绝对的天然萌妹。走到哪里小鸟儿都会开始唱歌儿。

C 类:苔丝是艾丽尔,没有比这更准的了,她一头长长的红发,对我们班唯一一个叫埃里克②的男孩迷得神魂颠倒。更不用说,她小学的时候还养过一只寄居蟹当宠物。还有谁比她更像艾丽尔呢?(答案:我认为没有。)

接下来是我。

D 类:贝尔。

惊讶度百分之零,因为自从上学前大鸟先生③闯进我的生活之后,我就对毛发浓密、蓬乱的男人情有独钟。而且,我是

---

① 《全新世界》,迪斯尼动画片《阿拉丁》的主题曲。
② 在迪斯尼动画片《美人鱼》中,美人鱼艾丽尔所救的那位王子名为埃里克。
③ 大鸟先生,即英语动画片《大鸟看世界》(又名《芝麻街》)中的主人公。该动画片共 52 集,每集 11 分钟。每集节目针对一个不同的问题,孩子们通过探索、调查和观察芝麻街的世界,从而逐渐找到问题的答案。

第一部 灰飞烟灭

个十足的书虫，初中毕业后，就一直在为我们四个制订大学前背着双肩包遍游欧洲的计划。

是啊。肯定有比这种外省生活更精彩的风景。

我们每个人都轮流大声唱了各自的迪斯尼主题曲，我和闺蜜们误打误撞地钻进了兔子洞，那真的是个洞穴商店，开在米申区①中央，卖各种各样的饰品和复古服装，如蕾丝手套、旧草帽、古玩珠宝、瓷茶壶什么的。那些东西你可能永远不会去找，但一旦看见，肯定就丢不下。

比如我们的项链。

我们的项链大同小异——精美的金项链，不长也不短——但每串项链都有一个特殊的护符。艾玛的是一只蜂鸟（见上文，小鸟叽叽喳喳），苔丝的是一条美人鱼（你想要那玩意儿吗？她有二十个呢），莎迪的是颗简单的金星。她最大的梦想就是去茱莉亚德②，成为一个演艺界明星。我有一种感觉，她没准儿真能去成。她属于那种让你觉得不可思议的人。跟莎迪在一起，一切都灿烂明媚，一切都简简单单。我像爱姐妹一样爱艾玛和苔丝，但我跟莎迪的关系是那种无法用语言形容的。她远远超出死党或闺蜜的范畴。她就像我的灵魂知己。

我的护符呢，是一颗小小的金心。因为我绝对是我们四个中间最多愁善感、最多情的人——只有我相信不管怎么样，每个人都会找到自己理想的另一半。

---

① 米申区，旧金山最古老的区域，自1776年一群僧侣开始建设，一直是文化自由思潮的热土。
② 茱莉亚德，指茱莉亚德学院，是世界著名的表演艺术学校之一，成立于1905年，当时名为"音乐艺术学院"，位于美国纽约市的林肯中心。学校的课程分为舞蹈、戏剧与音乐三个专业。

穿越时空的悲恋

我简直等不及自己的美满结局了。(哦,多么辛辣的讽刺。)

最后,我真的非常高兴戴上我的那串项链。它让我想起我的朋友,想起在家的感觉。它令我宽慰,让我感到安全。特别是他们盖上我的棺材的时候。

"……尘归尘……"

等等。

"……灰归灰……"

求求你们。

"……土归土……"

不,求求你们,停下。

"……让往生者安宁……"

别了,太平洋峰顶高中礼堂的玫瑰红光芒。别了,闪烁的灯盏。别了,我的家。别了,呼吸。别了,触觉、感觉、拥抱和生活。

就像灭灯。就像黑灯。

突然,我感到害怕。

接着人群分开,杰克走到前面。他拽了拽牧师的袍子。"我可以说话吗?"

牧师点点头。由一个我从没见过的人送我进入忘川①,这感觉真奇怪。

杰克面对那一大群亲朋好友,他们都戴着墨镜,纸巾扔得到处都是,鞋子深深地陷入沙地。跟他们相比,杰克显得那么小。一个穿西装的小人儿。我想走到他身边,把他扔到肩膀上,

---

① 传说中人死之后要过鬼门关,经黄泉路,在黄泉路和冥府之间由忘川河划分为界。

像扛小猪似的一路扛回家。

他哭了起来。爸爸赶紧上前,帮助他讲完他给我写的话,题目是"亲爱的切达"①(这是这么多年我得到的许多跟奶酪有关的绰号之一)。

我最后看了一眼。妈妈,爸爸,杰克。三只鸭子站成一排。本来应该是四只鸭子的,现在剩下三只。

我垂下目光。

真的发生了。

一个女孩那么大的空洞,那是曾经的我。一个女孩那么大的空洞,那里曾经有生命。一个女孩那么大的空洞,在凹陷的、寂静的土地里。

哦,上帝!

我真的、真的、真的不想进去。

但我还是进去了。

---

① 书中出现了许多跟各种奶酪有关的绰号,译文中都以"切"开头来处理。

第四章

原谅我亲吻天空

我在坠落。从时间、空间、星星、天空,以及其间的一切中坠落。我坠落了无数个日子,无数个星期,感觉像是经历了无数个生命。我坠落,直到忘记了自己在坠落。

降落时,世界在我面前延伸,像一张无边无际的床——像一片由最柔软的床单、最温暖的毯子、最蓬松的枕头形成的大海。我安睡在梦和回忆的真空里。我穿越一座座城市、一道道峡谷,穿越一张张全家旅游、庆生、擦破膝盖、圣诞早晨的照片。闺蜜们,芭蕾排练,旱冰鞋。第一次约会,初吻,初恋。

接着,从我胸腔深处的某个地方,我感到一阵跳动的隐痛。一种奇怪的空虚。疼痛之处,正是很久很久以前,我的心脏所在的地方。

我睁开眼睛。

第二部

否 认

第五章

漫长而曲折的路

一切都是黑的。一切都以一百万英里的时速,从我身边掠过。树木、悬崖、隐约闪烁着道道亮光的大海,全都呼呼闪过,就像你换台换得太快那样。我的脸重重地撞在冰冷的玻璃上,一切都在嗡嗡作响,或咔哒咔哒乱晃。座椅的弹性大,每次小小的颠簸都使我腾地坐直身子。

颠簸,颠簸,颠簸。

我坐直身子。慢慢把我的脸从窗户上挪开。

哇!

整个身体酸痛。就像刚跑完半个马拉松,或参加了我妈妈的那个有氧跆拳道魔鬼训练班,一口气练了五个回合。

我摸摸面颊,觉得湿漉漉的。

哦,恶心。难道我把口水流了一身?

我揉揉眼睛,双臂高高举过头顶,伸了个懒腰。胃里咕噜咕噜一阵乱响,我跌回座位上,靠着椅背,朝四周看了看。

"最后一站,五分钟到。"扩音器里传来一个低沉而嘶哑的声音。

我抬起眼睛,看见大大的后视镜里有个老人。瓶底厚的眼镜。头顶全秃，皱纹满脸。穿着一件防风的海蓝色夹克。看上去有一百五十岁。肯定老得不能开公共汽车了。

等等。

我怎么在公共汽车上？

我迅速扫视了一下。确实很诡异。车上只有我一个人，周围是一排又一排空的座椅。我开始感到不安，似乎脉搏加快，心脏跳得格外剧烈，然而没有。我用手捂住胸口，什么也没感觉到，只觉得空空的，一种奇怪的空洞感。

"嗯，你说什么？"我的声音刺耳，于是我清了清喉咙，"先生？请问我在什么地方？"

"诺卡中转站。"车子在公路上疾驰，一道道阴影在他脸上闪过。

"我们去哪儿？"

"大瑟尔的狼角公园。"

狼角公园？应该离我家二十分钟左右。我透过冰冷的玻璃窗望出去，想看清外面的风景。可是天太黑了，车子的速度又太快。我擦去玻璃窗上的雾气，但于事无补。

"我是怎么上这儿来的？"

他笑了起来。"你问我？"他的声音隐约使我想起了爷爷弗兰克。讽刺——亲切。虽然我情绪不佳。

"等等。"我又眯着眼睛向窗外看去，好像看见了一个熟悉的东西。远处那是一座灯塔吗？没准就是飞鸽角？爸爸以前经常带我们去那儿玩飞盘的。我又把鼻子贴在玻璃上。

就是！是不是呢？

我大声问司机："先生？请问你能把我送回家吗？路不远，

第二部 否认

我爸爸妈妈会付你钱的,我发誓。"

他继续开车,没有回答。

"先生?"

我想站起来,走得离他近一点儿,可是汽车突然一个急转弯,我被扔回到座椅上。

颠簸,颠簸。

我再次尝试,慢慢地顺着过道往前挪。"先生?先生,求求你了。"我紧紧抓住一个个座椅,一点点地朝汽车前部移动,努力站稳脚跟,不要摔倒。鞋子踩在地板上有点黏黏的,好像有人打翻了一瓶汽水,却没有把地擦干净。

花了一分钟,我终于走到了司机后面的座位旁。一路这样颠簸下来,我感到有点头晕脑涨。

"对不起,"我又说,这次提高了声音,"我问你能不能把我送回家?是麦哲伦大街十一号,就在卡布里欧过去不远。"

"我没有权利不按计划停车。"

我突然感到紧张。那我怎么回家呢?我没有电话,没有钱,什么也没有。

"其他人在哪儿?"

颠簸,颠簸,颠簸。

"已经下车了。"

"我睡了多久?"

颠簸。

"很长时间。"

"你为什么不把我叫醒?"

"跟我无关。"他伸手拿过麦克风,"最后一站,两分钟到。"

穿越时空的悲恋

扩音器里传出一阵尖厉、刺耳的声音。我哆嗦了一下，捂住耳朵。

沉默中，汽车继续往前开，夜晚的时光呼呼地掠过。最后，我感觉到汽车晃动了一下，呻吟着换到低挡。车速慢了下来。进入砾石路面停车场时，车轮发出吱吱嘎嘎的声音，前方闪烁着一盏红色的霓虹灯。终于，汽车慢慢停住了。它发出一声沉重的叹息，呼出最后一口气，在停车场安顿下来。

我又在雾气弥漫的窗玻璃上擦出一小片地方，想看清那个似曾相识的霓虹灯招牌。

等等。什么？

刹那间，我的大脑开始旋转，各种被遗忘的景象、声音、气味汹涌地扑来。如飓风一般的灼热、尖锐的剧痛，飞蹿的星星，深不见底的黑洞。笑声，眼泪，一个男孩在烟雾腾腾的公路上冲我喊叫的回声，公路上散落着摩托车的残骸。蜡烛、幽闭恐惧症、大地、火焰、泥土，烧灼着渗透到每一个裂缝中。

我紧紧抱住头，脑袋像要爆炸了似的。

挖掘。

让我出去。

擦刮。

救救我。

抓挠。

求求你。

静默。寂然。陈旧。黑暗。

无边无际。

老人的声音穿透进来，一下子把我惊醒。"到了，全体下车。"

第二部　否认

我咽了口唾沫，浑身发抖。火焰和剧痛顿时消失，就像刚才袭来时一样突然。

"我在哪儿？"我轻声问。

不知何处。我在不知何处。

"最后一站。"他探过身，抓住黄色操纵杆，呻吟着把门拉开。

车门一开，我就感到清凉的空气扑面而来，并注意到那熟悉的气味，是海腥味里混合着野花的香气。只是现在这气味里隐约有了一种新的东西，有点像泥土味儿；而且，凉飕飕的。我抱起双臂，希望自己有一件外套。

就是我那件带帽子的球衣，就是上面印着小企鹅的那件。

我还有一个问题，可是冥冥中我知道自己不会喜欢那个答案。

"先生？"

他浑浊的眼睛直直地盯着我，我不安地深吸了一口气。

"最后一站是什么地方？"

他朝那扇开着的门点点头。"欢迎来到永恒。"

第六章

哦，天堂是地球上的一个地方

天堂。(好像是吧？)我也不清楚我希望死后的世界究竟什么样，但我相信它肯定类似于毛茸茸的云团、巨型的滑水道、金毛猎犬，还有，骑着一匹黑色骏马奔驰，从早到晚，每天如此。

然而不是。

我下了车，打量着周围的环境。好吧，肯定不是泥土地，但感觉像泥土地，看上去像泥土地；而且，说来诡异，味道也像泥土地。只是闻上去要香甜得多，好像空气是用枫树糖浆做的，或者是一杯南瓜味儿的拿铁。

火腿卷，我认为我们已经不在堪萨斯了。

我目送公共汽车远去——才真正意识到我孤零零一人在一个阴森恐怖的停车场里，没有外套，没有电话，举目无亲——我开始感觉到，那甜蜜诱人的味道下隐藏着别的东西。某种发酸的、完全腐烂的东西。一种隐藏的味道。

接着我明白了。

空气闻起来像枯萎的花。

不，枯萎的玫瑰。

就像他们在我葬礼上摆放的那些。就像他们把我放入墓穴后,撒在我坟墓上的那些。

我仿佛仍能听见玫瑰花一枝接一枝落下时,带刺的花梗砸在栎木棺材上发出的空洞声音,嗒—嗒—嗒。我仍然记得,随着时间流逝,日子一天天过去,花香味儿开始发生的变化。

腐败,酸臭,甜腻。

突然,我越是这么想,就越强烈地意识到这气味无处不在。在我的舌尖,在我的鼻子上,顺着我的喉咙往下跑——关于死亡、凋零和腐烂的粉红花瓣的联想令我窒息。它使我想吐,尽管我肚子里已经空无一物。

没关系。

我还是吐了。

我连咳带呛,在柏油马路上扭曲挣扎,沙石和灰尘笼罩了我的眼睛、头发,钻进我的肺里,最后我只能把身体缩成一团,等着这股难受劲儿过去。身体的每一部分都在疼,就像宇宙在我的体内爆炸,或者就像我的身体正在把自己撕裂,为了从里到外重新塑造一切。重新塑造一个扭曲变形的我。

国王所有的马,国王所有的兵,都不能把布里修复如初[①]。

最难受的感觉过去了,我只能躺在地上,意识一会儿清醒,一会儿模糊,脑海里跳动着一大堆杂乱而奇怪的影像。杰克一笑鼻子就皱了起来。火腿卷总是在睡梦中汪汪叫和放屁。汪汪屁,屁汪汪。还有那寒冷的、碧波翻滚的太平洋。

似乎我在所有的地方,同时又不在任何地方。我十二岁,

---

① 源自一首英语童谣:胖胖蛋先生坐在墙头,/胖胖蛋先生跌了个跟头。/国王所有的兵,国王所有的马,/都不能把胖胖蛋修复如初。

穿越时空的悲恋

坐着爸爸那辆红色的敞篷车行驶在公路上,跟海滩男孩[①]一起唱《只有神知道的世界》。我九岁,跟莎迪、艾玛和苔丝一起,在喷泉下冲过,哈哈大笑,火腿卷追着我们在院子里跑,咬我们的游泳裤。我十五岁,在我一生中最后一年的那个夏夜,跟雅克布一起骑车去离群马海滩。那个夜晚,他用双手捧起我的脸,对我说他爱我。

突然一阵灼热,使我不得不睁开眼睛,我使劲眨眨眼皮,感到瞳孔放大又收缩。一时间眼前一片漆黑。不一会儿,一道温馨的红光开始朝我延伸,就像一双扭曲的手,示意我跟过去。最后,我的目光望向停车场的那头,找到了光源:一个熟悉的霓虹灯招牌,嗡嗡地闪烁着,温暖了黑夜。

我眯起眼睛,让周围的一切重新变得清晰。然后,我读出那个招牌:

一小片天堂

"咦?"我的喉咙发痒,里面积满了灰,"那家比萨店?"

我在柏油路上躺了一会儿,被闪烁的奇异红光弄得迷迷糊糊,现在这红光已经完全把我笼罩。"小片"一直是我们家最喜欢的一家比萨店,是许多许多年来伊根家的传统。虽然瓷砖地面有点俗气,小隔间也像是上个世纪七十年代直接搬过来的——橘黄色和褐色条纹,裂了许多口子,用胶带粘了一万

[①] 海滩男孩,美国摇滚乐团,成立于加利福尼亚州洛杉矶县霍桑市,是冲浪摇滚音乐的经典代表乐团。该团以精准的合音,以及反映着加州青年文化、关于车和冲浪的歌曲著称。

我眯起眼睛，让周围的一切重新变得清晰。然后，我读出那个招牌。

穿越时空的悲恋

多次。

它不仅是旧金山南部最好的比萨店。

它是整个西海岸最好的比萨店。甚至可能是全世界最好的比萨店。

小片比萨店的街对面就是大海,位于海平面上约一千八百英尺,所以风景极佳。或者,就像爸爸经常说的"像天堂一样"。

这一切只是个噩梦,我对自己说。我其实就在床上,特别安全,特别舒适。火腿卷就在我旁边。杰克在走廊那头。平安无事。

然而,为什么会做这么离奇的噩梦?大概吃了什么不好的东西,或者快要历史考试了,或者忘了用牙线清洁牙齿。

接着我想起来了。

雅克布。我跟雅克布吵架了。

我把双手插进口袋。

空的。

我焦急地四处寻找收费电话。

必须给他打电话。我知道他后悔了。我知道他不是故意的——

胃里发出一阵响亮的、不受控制的咕噜声,打断了我的思路。好吧,我大概没有意识到自己有多饿。慢慢地,很慢很慢地,我从地上爬起来。一步步地向前挪,朝那两扇熟悉的玻璃门走去。每迈出一步,就离我地球上的旧生活远了一步,就这样一点点地进入到耀眼的红色霓虹灯光中。

我试着不去想。

走到近前,我透过窗户向里窥视。从外往里望,小店似乎跟平常没什么两样。开裂的格子地面，昏暗的灯光，吱吱嘎嘎的吊扇，剥落的黄油漆，一百万只比萨盒子摞在后面。我假装没看见我们家最喜欢的那个隔间里空无一人，虽然我仿佛能看见他们坐在那儿。我想起妈妈开心地大笑，爸爸和杰克隔着桌子把糖包扔来扔去。

泪水涌上眼眶，我低头看着自己的芭蕾舞平底鞋。

很快就能看见他们了。很快就能回家了。

我不知道自己是否真的想进去，但肚子饿得咕咕叫，而且没有什么别的路可走，似乎这是最好的选择了。另外，新鲜出炉的比萨饼的香味儿简直能要我的命。这绝不是夸张。

我做了个深呼吸，推开两扇玻璃门，走了进去。几乎立刻就被热腾腾的番茄酱的气味、咔咔脆的面饼皮的味儿，和入口即化的意大利白干酪的味儿淹没了。哦，真不错啊。我深深地闻着小店的气味，让它把我温暖。

啊呜——啊呜——啊呜。

我看见右边的隔间里坐着一个女孩，看样子跟我年纪差不多，正在翻看一本《时尚COSMO》杂志。她的风格完全是朋克公主和旧金山嬉皮士的大碰撞：金色卷发剪成了晦气的蓬松刀鱼式（一条母刀鱼？），厚厚的、黑黑的"比你更酷"[①]眼镜，一个胳膊上挤满了粉红耀眼的手镯。她每翻一页，手镯就叮叮当当响成一片。

丁零当啷。丁零当啷。

我翻了翻眼珠。

同一个隔间的对面坐着一个小男孩，穿着哈佛运动衣，看

[①] "比你更酷"，美国一首流行歌曲的名字。

穿越时空的悲恋

上去比杰克还小几岁。他的脸——完全被雀斑淹没——专注地盯着一台任天堂掌上机，似乎已陷入某种虚拟的催眠状态。我看着他的两个拇指在键盘上快速飞舞，不由得为他感到悲哀。刚刚五六岁，就孤身一人到了这种地方，实在太年幼了。

其实，十五岁也不大啊！

房间那头，一个戴印花帽子的女孩全神贯注地在看一本廉价的言情小说。再过去三张桌子，一个穿足球四分卫衣服的男孩，在跟一个头发染成酷爱牌①紫色汽水颜色的女孩说话。女孩戴着一串铆钉短项链，抹着黑色唇膏。

好吧，够古怪的。

这些孩子我以前都没见过。一张脸也不认识，虽然我一辈子都是小片比萨店的常客。看着一屋子陌生人，感觉有点儿奇怪，特别是他们似乎都没注意我。我漫无目的地走向墙角的一个小隔间，有人无意中把一个魔法球落在了桌上。我笑了。

至少有些东西是绝不会改变的。

开店的那家人喜欢收集东西——台灯，烟灰缸，口香糖贩卖机，稀奇古怪的图画，插着鹿角的兔子脑袋——许多诸如此类的玩意儿。许多年来，小片店已经成了旧物件的圣地，这些旧物件谁也不会需要，但谁也舍不得丢弃。真是有点可怕。

我研究着魔法球，问了我能想到的唯一一个问题。

我还能回家吗？

然后我拿起球，在双手里轻轻摇晃，注视着塑料小棱镜在冒泡泡的蓝色液体里笨拙地漂动。一秒钟后，答案出现在透明的窗户上。

---

① 酷爱牌，卡夫公司出品的一种饮料牌子。

"别指望了。"

我把魔法球放回桌上,这次动作就没那么温柔了。

去他的,魔法球都是傻帽!

突然,我感到自己是隐身的,被遗忘的。好像宇宙对我搞了一个特别卑鄙的恶作剧,虽然我并没有做什么错事。我把眼睛紧紧闭上,祈祷有人——任何人都行——从那两扇门走进来,带我回家。让这个恐怖的噩梦立刻结束。

"让我回家吧。让我跟莎迪在一起吧。让我一直做最变态的几何考试题吧。让我去什么地方都行,只要离开这里。"我默默地祈求上苍,"求求你了。"

可是,我睁开眼睛,却看见那个小男孩仍在玩游戏。那些手镯仍在叮叮当当。那个四分卫仍在跟无敌女神套瓷儿。

我觉得脚下的地板可能倾斜了。

实际上,我倒真希望如此。

电视接收信号的嘶嘶声把我从顾影自怜的恍惚中拉了回来,我看了一眼比萨店的后面,就是那一大摞比萨盒旁边的地方。

角落里——一双已被磨损的军靴翘在铺着格子布的小桌上——坐着一个十七岁左右的男孩,手里摆弄着一个老式的电视遥控器,想换频道。

刹那间,我们四目交汇。我觉得肩头突然冒出许多细小的芒刺,就好像我走进了一团静电云中。他的眼睛是深色的——不全是褐色,也不全是绿色,似乎它们还没决定选哪种颜色。他的皮肤是完美的加利福尼亚黝黑色,就是你接连几个夏季在离群马海滩冲浪之后的那种颜色。他的头发是深栗色的,剪得

穿越时空的悲恋

短短的,他活动时,我注意到他发间偶尔闪出金色的光泽,那是阳光曾经钻进去的地方。

我注视了他一会儿,想弄清是什么使我觉得这样熟悉。军靴,是的。洗旧的牛仔裤和褪色的灰色 T 恤,是的。挂在脖子上的飞行员眼镜,是的。而最令我心动的是那件夹克。仿古的褐色皮,超大的口袋,针织的袖口……甚至还有仿毛皮的领子。

我突然想起来了。我认出的不是他的脸,而是他的这套行头!这孩子完全属于上个世纪八十年代,完全是个战斗机飞行员,完全是《壮志凌云》①里的汤姆·克鲁斯,那部被称为"古往今来最佳影片"的电影。我不出声地笑了一下,感到自己很傻。脑海里冒出一首歌,我忍不住跟着默默地唱了起来。

　　　　顺着大路……去往……危险地带!

接着我注意到了他的伤疤。

伤口很深,惨不忍睹,从手背延伸到手腕,最后消失在袖子底下。

哇!

"所有新的灵魂都要在柜台登记。"一个女人的声音突然打断了我内心的卡拉 OK。

我猛转过身,看见一个头发花白的亚洲女性,坐在比萨饼

---

① 《壮志凌云》,一部 1986 年的美国电影,讲述了汤姆·克鲁斯扮演的飞行员麦德林以自己老飞行员父亲为偶像,几经沉沦,终于奋起,驾驶银鹰,纵横蓝天,最终成为一名飞行精英的故事。《壮志凌云》与《洛奇》《夺宝奇兵》并称为二十世纪八十年代好莱坞三大动作片,是汤姆·克鲁斯的成名代表作。

柜台后面的一张圆凳上。她面前摊着一大张纵横字谜游戏，那副猩红色的眼镜已经滑到了鼻子中间。

"姓名？"这会儿她直视着我，声音里似有三分之一的厌倦和三分之二的恼怒。

我的眼睛往左看看，往右看看。屋里仿佛没有别人理会她。她肯定是在跟我说话。

"嗯，布里·伊根。"

"你来晚了。"

"是吗？"

她指着头顶上方墙上的钟，那钟显然已经不走了。

"对不起。"

填字女士招呼我过去，"没关系。过来坐。填表。还有，你可以帮我解解字谜。"

我肚子又咕咕叫了，这次叫得比刚才还响。我回头看着那位汤姆·克鲁斯，他已经不再摆弄遥控器，而开始品尝一片貌似异常美味的比萨饼了。

哦，那是什么？洋蓟和晒干的西红柿？

他眼睛盯着我，慢慢地——故意地——对着厚厚的比萨咬了一口。

嚼啊，嚼啊，嚼啊。

填字女士从柜台后面的圆凳上朝我哼了一声："你先填表，然后就能吃了。"

哇，你会读心术吗？

我从隔间站起身，慢慢走向柜台，心里有点生气。我拖出一张圆凳坐下，注视着女士拿出一个崭新的文件夹，在标签上

穿越时空的悲恋

草草写下我的名字。她雪白的双手上，血管清晰可见。她从柜子里拿出一张纸，夹在纸板上，隔着柜台推过来给我。"我需要你把这个填了。"

"我认为可能弄错了。"

她打量着我，但没有动摇。"不会吧。"

"但这一切都是错的。我感觉很好。"

她笑出声来。"你感觉很好，这里的每一个人都感觉很好。好了，填表吧。"

我抱起双臂，咬紧牙关，感到内心里那个五岁的自我开始发飙。"我。没。有。笔。"

她指着我的右手。"你。有。笔。"

没等开口跟她吵，我突然发现自己果真有一支钢笔，就在手里，准备写字。我差点儿从板凳上摔下去。

见鬼，它是从哪儿跑出来的？！

最诡异的是什么？我竟然认出了它。

不。可。能。

这就是我三年级时的那支钢笔。那时候我比现在还傻，在学校用品采购日的前一天激动得睡不着觉。

那支钢笔,头上是白色,底部是天蓝色,墨水颜色有六种(六种啊)！就看你按哪个钮了。甚至可以同时按下两个钮，用双色写字。(我知道,)对于一个暑假里都在练习草书签名的三年级书虫来说，这支笔简直美得无以复加。

一个星期五的下午，我把它忘在了课桌上，到下个星期一早晨，它不见了。这就是现实生活中的小学校悲剧。

然而，非常可疑的是，几天后，克罗伊·卢兹——一个每

第二部 否认

天都编着辫子（天哪）的女生——竟然拿着一支类似的笔（我说的类似，其实就是一模一样）出现了。

是你吗，克罗伊？

我知道是她拿的。艾玛、莎迪和苔丝也知道是她拿的。可是我们不能乱嚼舌头，因为班主任老师阿登夫人的纪律是严禁乱嚼舌头。我想在课间休息时直接找克罗伊，但又认为那恐怕不明智。因为，一）她比我高出整整一英尺；二）她是空手道褐带。

最后，整个那一学年，我都眼巴巴地看着克罗伊开开心心地摁我心爱的颜色钮。红的！不，蓝的！哦，多好玩儿啊！

是的，克罗伊·死卢兹，当然好玩儿！所以我当初才买了它。

现在，这么多年之后，我置身于半月湾这家脏兮兮的比萨店里，从星期一就死了，手里却捏着这支世界上最棒的笔。

太诡异了。

我低头看着面前的那张纸，摁下绿色钮，开始填写答案。

姓名：奥布里·伊丽莎白·伊根
出生日期：一九九四年十一月一日
死亡日期：

我顿住了，抬头看了一眼填字女士，她已经又去对付她的那些字谜了。她绞尽脑汁，五官都皱了起来。我挪到下一个问题。

死因：

我又停住了，咬着嘴唇里面的肉。过了几秒钟，写下我的

穿越时空的悲恋

答案。

  该千刀万剐的坏男孩。

下面：父母、兄弟姐妹、宠物、其他。

哇，火腿卷。真希望你在这里，然后你就会咬这位女士，她竟然让我填这些愚蠢的表格。

列出其他家庭成员后，新的问题又来了。

  花生酱或果子冻：花生酱（特脆）。
  咖啡或茶：茶。

然后，到了最后一行。

  希望、梦想、最喜欢的冰激凌：

于是一段记忆潮水般涌来。

第七章

你的爱比冰激凌还美好

  我四岁、雅克布五岁的时候，我们就认识了。可是不知为什么，在我十一岁、他十二岁之前，我们从来没有正经地说过话。小时候，我对他不怎么了解，只知道他属于"那种男孩"（爱看怪兽和牛仔，还爱放屁，哦，天哪）。他嗓门大，邋遢，在莎迪母亲办的课后游戏组里总是一刻不停地登高爬低。就是你在饭店或飞机上最讨厌跟他坐在一起的那种男孩。

  我们长大了。从来不怎么说话。其实我根本就没把他放在心上。那时候男生不入我的法眼，因为他们都是粗鲁的另类，我和我的朋友们绝对不想跟他们扯上关系。而且，我们都太忙了，骑车，或做一些更酷的事情，如跳水（我），练体操（苔丝），跳芭蕾（艾玛和莎迪）。

  直到许多年后一个九月的下午，雅克布的大姐玛雅按响了我家门铃。是我去开的门。

  真蠢，真蠢，真蠢！

  "你好，布里！"

穿越时空的悲恋

玛雅·费舍尔,长长的、拉风的卷发,隐适美①矫牙套,银箍耳环,橙色拖鞋。

哦。这些我也想要。

"你好,玛雅。"我说,一边舔着一根西瓜味的棒棒糖。我想吃的时间长一些,不要太快吃到里面那块口香糖。

"你妈妈在家吗?"

"在。"

"我可以跟她说话吗?"

"没问题。什么事?"

"我开了一家保姆公司。过来看看你父母是否需要人看孩子。"

我往门外探了探身。"我喜欢你的拖鞋。"

"谢谢。"

"布里?"妈妈在楼上喊道,"亲爱的,是谁呀?"

"是玛雅·费舍尔!"我嚷嚷着回答,"她想知道你是不是需要人来看家!"我咯咯笑着跑回去了。

结果,也是造化弄人,那个星期五,爸爸妈妈竟然确实需要有人来照看我和杰克。爸爸要去参加城里的那种大型医学晚宴,所以妈妈就安排玛雅过来住一晚上。

"有一个条件,"玛雅说,"我可以带着我弟弟吗?我跟妈妈说我也要照看他,如果可以的话。"

"没问题!"妈妈大声说,"我们从波波快餐店订餐。"

---

① 隐适美是由美国公司在北美设计及制造的牙齿隐形矫治器,摒弃了传统矫正中的托槽和钢丝,采用一系列隐形矫治器,由安全的弹性透明高分子材料制成,使矫治过程完全透明,几乎在旁人无察觉中完成,不影响日常生活和社交。

第二部 否认

显然，我更感兴趣的是波波快餐店的汉堡，以及把《海底总动员》再看上第八十七遍，而不是登入我家大门的玛雅·费舍尔和她弟弟雅克布。

雅克布·费舍尔，没啥了不起，就是学校的一个普通男生，就是小时候游戏组里的一个小屁孩儿。

后来我才知道了一切的一切。

星期五晚上门铃再次响起时，爸爸妈妈已经要迟到了，这是伊根家的惯例。我正躺在自己床上，跟苔丝煲电话粥，听她列举迷恋埃里克·赖安的最新理由。

"在贝萨尼的生日派对上，你有没有看见他在游泳池里？你不认为他反手击球的姿势太帅了吗？"

（我能说什么呢？活脱脱一个艾丽尔。）

我听见妈妈在楼下跟他们打招呼。听见大门关上，玛雅和雅克布走进来，大致了解一下房子的布局。我还听见车库的门吱扭打开又关上，爸爸妈妈开车疾驰去参加晚宴。

当我终于慢悠悠地走下楼时，看见玛雅四仰八叉地躺在沙发上看MTV，我那四岁的弟弟坐在地毯上玩他的乐高[①]。我走进家庭活动室，玛雅转过身来。

"你好，布里！"她的笑容很灿烂。"饿了吧？"她查了一下手机，"波波快餐马上就会送到。"

"你好。"我说，"谢谢，听起来不错。"我走向杰克，一屁

[①] 乐高，即乐高积木，创办于丹麦，至今已有近八十年历史，是风靡全球的儿童玩具。这种塑料积木一头有凸粒，另一头有可嵌入凸粒的孔，形状有1300多种，每一种形状都有12种不同的颜色，以红、黄、蓝、白、黑为主。小朋友自己动脑动手，可以拼插出变化无穷的造型，令人爱不释手，被称为"魔术塑料积木"。

穿越时空的悲恋

股坐在他身边的地毯上。"喂,杰克森老弟,玩得怎么样?"

雅克布坐在我弟弟旁边,也在玩乐高。

我的写真:有点婴儿肥,有点蓬蓬头,Soffe[①]短裤,对我的脸来说大了三倍的紫边框眼镜。他的写真:高个儿(拜托,一个十二岁男孩这样已经够高的了),褐色鬈发,鼻尖正中央有颗雀斑,牙齿参差不齐。

就是个普通男孩。就是个穿滑板衬衫的男孩。就是个穿滑板衬衫玩乐高的男孩。他没有看我,甚至没有含糊地承认我的存在。虽然他是在我家里,坐在我家客厅的地毯上,在跟我的弟弟玩儿。哦,典型的宅男。

"我在拼宇宙飞船。"杰克骄傲地说。他举起乐高拼成的一堆东西,看上去不像宇宙飞船,倒更像一条古代的剑龙。

我笑了。"哦,主意不错,杰克。也许我可以拼一个温迪[②]太空站,这样宇航员到了月亮上就可以每人订一瓶冰啤酒。"

雅克布鼻子里哼了一声,做了个鬼脸。"本和杰瑞[③]味道更好。"

我转向他,吃惊地瞪大眼睛。

你说什么?你敢嘲笑我对甜品的选择?

"哦,对不起,"我说,"温迪的冰啤酒是最棒的。"

"差远了。"雅克布说,眼睛直视着我,"什么都比不上本和杰瑞的加西亚红樱桃。"

就是这样,轰的一下,事情发生了。

---

① Soffe 是美国著名的军服品牌。
② 温迪快餐店,即温迪国际快餐连锁集团,其名来源于创立者女儿的名字。是美国第三大的快餐连锁集团,至今已风靡全球。
③ 本和杰瑞,一家快餐店名。

邪恶、扭曲、可怕的魔爪，找到了它的下一个受害者。

如果我当时知道就是这个男孩——这个一口烂牙、爆炸式发型的滑板少年跟风者——长大后会让我的心破碎得无法修复，也许我就会好好地待在楼上跟苔丝煲电话粥。也许我就会早早上床。也许我就会央求爸爸妈妈带我一起出去——虽然那些医学晚宴是世界上最最乏味的晚宴。

可是我不知道啊。不可能知道。因此，我耸耸肩，一副满不在乎的样子，说了句很有个性的话："好吧，爱谁谁吧"。便开始拼我的温迪太空站了。

结果就疯狂、彻头彻尾、不可救药地坠入了爱河。

第八章

只有好人才死得早

已经一星期了。我停止存在已经一星期了。我从宇宙间滑落，落在某个陌生的、跟我家乡不属同一世界的空间。已经一星期了，我被迫穿着同一套衣服，受诅咒般永远吃着比萨。

其实，这个诅咒不是特别糟糕。在小片店，可以每天从早到晚吃比萨，不用付一个子儿。莎迪肯定嫉妒死了。

"你想吃那个吗？"

哇，他会说话。

我惊讶地看着那位轰炸机夹克哥们儿走到我所在的隔间，坐了下来。他打了个哈欠，挠了挠头皮。然后探过身，抓起一片我吃了一半的蔬菜比萨。"可不能让好东西浪费了。"

"随便吃吧。"我说，切换成内心那个迪斯尼贝尔公主的自我。

"咦，蔬菜的？"他仔细端详着一大片茄子，"你还能有多乏味？"

"跟我爸爸妈妈说去。"我耸了耸肩，"他们把我培养成了一个吃素的人。"

"真的假的?"他同情地看了我一眼,"哇,向你表示最深切的同情。"

"哦,谢了。"我说。

"那么,"他失望地嚼着比萨说,"请允许我第一个欢迎你来到这个美丽而古老的来世,小夫人。"

来世?

他伸出手,"我叫帕特里克,常住的迷失灵魂。"

我跟他握手。

"你呢?"

"布里。"

他盯着我,就好像我脸上沾着一大片意大利香肠。"你的名字叫布里?跟那种……奶酪一样?"

我翻翻眼珠,"是啊。好像从没听人这么说过呢。"

"谢了。"他似笑非笑,"我为我的独创自豪。"

默默地坐了会儿,我发现自己盯着屋里的另外几个孩子。接着,我突然意识到了,四分卫小哥,哥特妹,手镯女,任天堂小子,帕特里克,甚至我自己。

这里的每一个人,除了那个填表女士,都是孩子。

"你一脸迷惑。"他说。

观察力真强。

我探过身,压低声音。"这些人都是谁呀?"

他耸耸肩,"你知道的,就是一些游手好闲的人。"

"可是,嗯,大人怎么都不见了?所有的成年人呢?"

"这个……"他挠着脑袋,"大概去了一家更高档的餐馆吧?"脸上又是一副坏笑。

"那么,"他失望地嚼着比萨说,"请允许我第一个欢迎你来到这个美丽而古老的来世,小夫人。"

第二部 否认

我看了他一眼。"你总是这么迷人吗?"

"你总是这么美吗?"

"很搞笑。可是说句正经的,大家都在这里做什么呢?你在这里做什么呢?"

他又耸了耸肩。"我可不是官方专家什么的。他们有些人"——他指着任天堂小子——"完全不接触现实。另一些人"——他朝手镯女点点头——"已经在这里逗留了很久很久。我碰巧是真心喜欢比萨。每个人都按照自己的节奏,做自己的事情。"他说,"可是信不信由你。"他把目光投向俯瞰海面的大窗户,"那里的乐趣可不少呢。"他朝我眨眨眼睛,咧嘴一笑,"关于这点,你想来一些吗?"

哦,说得真好。

我扬起一边的眉毛,"你指的是什么样的乐趣?"

他辩解地举起双手,"喂,小夫人,我们不来少儿不宜的好不好?我的意思是,第一,有孩子在场呢;第二,我们刚认识。所以,我们就做一些不出格的事,跟人约约会什么的,让事情自然而然地发展,好吗?"他摇摇头,吹了声口哨,"靠。好像不管我做什么,女人都无法拒绝。"

我感到脸上一阵发烧,简直没法相信这个孩子。他没开玩笑吧?肯定不是当真的。可能吗?

我尴尬地清清喉咙,试着想说点别的:"那么,嗯,你再说一遍,你说在这里逗留多久了?"我的声音尖得刺耳,又像驴叫又像雪貂叫。

他笑了,"我没说。"然后又从我的盘子里抓起一片比萨,三大口就吞下了肚。

"厉害。"我评论道,"你应该去参加职业吃货比赛。"

"男孩就是能吃。"

我把剩下的比萨都推给他,"尽管吃吧。我吃得够多了,永远都不会再饿了。"

他顿了顿,打量着我。"永远可是很长时间呢。也许比你想的还要长。"

我不太清楚他的意思,便保持沉默。

"说到生和死……"他的声音变得若有所思,"你是怎么回事?"

"什么意思?"

"你知道。你是怎么死的?"

我觉得胸口发紧,"我不想说这事。"

"说吧。"他说,"别害羞。我不会咬人。"他把一块特别硬的比萨嚼嚼咽下,咧开嘴笑了,"哦,也许会稍微咬咬。"

呸!男孩真是俗不可耐。

"好吧。"我把一绺散乱的头发别到耳朵后面,"我们换个话题,行吗?"我扫了一眼填字女士,她还趴在那儿对付那个已经解了好几天的字谜。

"八个字母,"她自言自语地嘀咕,"指一个笨蛋,同时也指一种比萨浇头。茄子(eggplant)?蘑菇(mushroom)?"她开始用橡皮使劲地擦。

"肉丸!"帕特里克扭过身,"试试肉丸(meatball)!"

填字女士不再擦了,用一秒钟数了数字母,从屋子那头抛来一个飞吻。"谢谢,亲爱的!"

"亲爱的?"我怀疑地低声说,"听起来像是爱上你了。"

第二部 否认

"我怎么说来着?"他摆出一个造型,"女人专爱夹克男。"

我翻翻眼珠,"那是肯定的。"

我漫无目的地东想西想,有一刻忍不住想起了爸爸妈妈。以前每个星期天早晨,全家人经常一边吃香蕉华夫饼,一边做《纽约时报》上的纵横字谜游戏。爸爸妈妈总是让我和杰克帮他们想一些答案。好吧,我承认是想一些简单的,但他们还是让我们帮忙。

突然,我抬头看着帕特里克。"你有手机吗?我借来用用?"

"干吗?要给你的另一个男朋友打电话?"

"少来。"我说着抱起双臂,"告诉你吧,我想叫一辆出租车。"

帕特里克从桌子那头探过身,"哦?你想去哪儿呢?"

"回家。"我毫不含糊地说,"我要回家。"

"等等。"他放下比萨,"你没开玩笑吧?"

"她"——我指着填字女士——"她说只要几天时间就能把我的手续什么的办好。现在已经差不多一星期了。"我抓起茶杯,用吸管把雪碧喝得一滴不剩,"这是怎么回事呢?"我问,"为什么这里的一切都要花这么长的时间?"

他把身子靠回去,脸上一副觉得好笑的表情。"着什么急嘛!"

"我们在浪费时间。"

他笑了。"天使,抱歉地向你通报一下,你现在什么都没有,只剩下时间了。所以你也许可以试着放松下来,享受享受。"他把双臂放在脑后,做了几个深呼吸,"明白吗?你需要学会停下来闻闻比萨的香味。"

穿越时空的悲恋

哦，胡说！

新闻快讯，壮汉。千万别叫一个女孩放松。这只会让我们更加生气。

我盯着他的夹克，觉得越来越讨厌它了。"你从来不把那玩意儿脱掉吗？"

"为什么要脱？我看上去很帅！"

"你看上去很傻。"

"哎哟，当心。伙计们，她今天脾气不好。"

我皱起眉头，"我没有脾气不好。"

"等等，"他咧嘴笑了，"我明白了。你想让我把衣服脱掉，是吗？你真的想看我性感的男子汉胸肌！"他伸手去拉夹克的拉链。

"去死！"我朝他扔了一片硬面皮，"别让我看到你那毛茸茸的恶心样儿。"

"真的？"他停住手，"你真不知道自己错过了什么。"

我摇摇头。

"好吧……"可是帕特里克在把拉链拉上去之前，伸手从夹克里面掏出一本小小的书。他把书朝我扔来。砰，书落在我面前。

"你有问题吗？"他问，"答案都在这里。"

我拿起书，仔细看了看，用手指抚摸着黑色鼹鼠皮封面，和那些烫金的字母。

D&G 手册

第二部　否认

"D&G？"我说，"怎么，是杜嘉班纳①吗？"

他哼了一声。"看看《已故者》②吧。指南手册。从今往后，这恐怕是你需要的唯一一本文学书了。"

我慢慢打开封面，翻动书页，最后停在了目录上。

第一章：你在这里。现在该怎么办？

现在我想回家，仅此而已。

"我知道看上去不像，"帕特里克说，"可是请你相信，里面确实有许多有用的信息。关于怎么让自己忙起来，它给出了一些特别棒的点子。"他把一颗掉下的橄榄弹出去，注视着它落到地面，"时间是个麻烦的东西，奇多饼。你必须学会自己给自己找消遣。"

我迟疑了。

奇多饼？只有爸爸和杰克才可以用跟奶酪有关的绰号叫我。也许我最好的朋友偶尔也可以。但仅此而已。

"时间有一点讨厌，"没等我开口骂他，他又继续说道，"就是有时候它实在太多了。"他指着那本小书，"当时 D&G 确实能帮我适应。"

"适应？"一种不舒服的感觉开始在我身体深处形成，"适应什么？"

"帮自己一个忙，好好研究一下吧。"他笑着说，"因为，

---

① 杜嘉班纳，即意大利设计师多梅尼科·多尔切（Domenico Dolce）和史蒂法诺·加巴纳（Stefano Gabbana）于1085年创建的一个服饰用具品牌，以独特的、多元化的魅力而著称于世，缩写为 D&G。

② "已故者"原文是 The Deadand Gone，缩写也是 D&G。

穿越时空的悲恋

相信我,会有一场测试。"

他眼睛里的某种神情,让人很难判断他是否在开玩笑。我的意思是,他肯定在开玩笑。

是吗?

"没问题。"我说,希望他能听出我声音里的讽刺,"我等不及要钻研它了。"我就势把小书插进衣服右边的口袋,但紧接着就让它掉到桌子底下我的脚边。我假装咳嗽,掩盖小书砸在油毡布地面的声音。

哟。我做了什么?

我不打算告诉这位肉丸先生,我压根儿没想读他的这本破书,正如我压根儿没想在这个破地方再待一分钟一样。

"哇!"帕特里克突然露出佩服的神情,"自从新人辈出以来,你恐怕是我见过的最糟糕的案例了。"

"最糟糕的什么案例?"我把一块硬皮朝他弹去。正中目标。

"确实蛮可爱的。"

我觉得自己真的开始恼了,"我不可爱。"

"其实我是在想,"他大笑着说,"你似乎让我想起了一个人。肯定是你的眼睛。"

我做了个鬼脸,"是吗?谁呢?"

"埃及艳后。"

"见鬼,我怎么让你想起她来了?"

"不知道……"他没有把话说完,"因为她是,你知道的,否认之女王[①]。"

我抱起双臂,"我不否认。"

[①] "否认之女王"的说法来自一首美国流行歌曲 Cleopatra, Queen Of Denial。

"你说话的口气像极了初级菜鸟。"他快速闪到桌子底下。钻出来后,把《已故者》扔回我面前,"随便说一句,干得不错。"

糗大了。

"这不是你自己能控制的。"他继续说,"相信我,我见过太多像你这样的人从那两扇门走进来。"

我顿了顿,"你对我什么都不了解。"

"布里。"

"怎么?"

帕特里克声音放轻了,"你知道你为什么在这里吗?"

他的问题令我猝不及防。我觉得鼻子隐约有点儿发酸。眼角似乎有点儿抽搐。

别哭。别哭。

我点点头。

"哦?"他说,"是怎么回事呢?"

这倒霉孩子以为他是谁?他认识我最多不过五分钟,就俨然拿出一副话题专家的派头。

这个话题是我。

"你知道吗?"我说,"这真的跟你没关。"说完,我走出隔间,走向房间那头紧靠窗边的另一张桌子。

"不出所料。"他站起身,走向苏打水机器,开始给我的雪碧杯里续满苏打水。然后他跟到这张新桌子前,拉开一把椅子。"你真是个典型案例。"

"如果你不介意的话,我真的愿意自己待着。"

"不,你喜欢有人做伴。"他在我对面坐下,"听着,天使。你此刻的感觉是完全正常的。最坚强的人也会这样。我当时也

穿越时空的悲恋

是。"他从架子上扯下一张餐巾纸,擦了擦嘴和双手。

我没有回答。只是抓起我的苏打水,开始咬吸管。老习惯了。

"就像这样,"他说,"我来写给你看。"他展开餐巾纸,在桌上摊开抹平,开始写字。写完,他把餐巾纸推给我,"看吧。"

我低头去看。在番茄酱和油渍之间,帕特里克用潦草的、百分之百男孩风格的笔迹列出了五个词:

否认

愤怒

讨价还价

悲伤

接受

他凑过来,用笔慢慢地把"否认"圈起来。"看见了吗?"

我气呼呼地瞪着他,表示对这场谈话的厌恶。

"别跟我说话。"

"那就是你。"

我扭过头,滚烫的、愤怒的泪水顺着面颊流下来。我用手背把它们擦掉。

"你会明白的,天使。"他说,"总有一天。"他抓起餐巾纸,叠起来塞进口袋,"我要把它妥善保管。"

我们默默地坐了两分钟。我继续咬吸管,眼睛盯着大海。

帕特里克得到暗示,改变了话题。"这么说,你快满十六岁了,是吗?"

我点点头,还是不看他。"快了。"

第二部 否认

"你在这里一星期了?"

我又点点头,虽然我自己也拿不准。这里的时间很奇怪。我能感觉到时间在我周围流逝。我看着太阳一如既往地升起、落下,但每分每秒似乎都那么漫长。我倒并没有感到厌倦,不像以前坐在欧洲历史课上,对着课本流口水打瞌睡那样。这个地方似乎是快进和慢动作同时进行。

"感觉怎么样啊,蜂鸟?"他对我露出一个鼓励的笑容,"没觉得有乐趣吗?"

"乐趣?"我没好气地说,"这会有什么乐趣吗?"

"为什么没有?"他看了一眼店门,"就像我刚才说的。你知道我们只要愿意,随时可以从这里出去,对吗?"

"去哪儿呢?"

他轻声笑了。"你说呢,奶酪棒?难道你想坐在这里,每天从早到晚往嘴里塞比萨饼,直到世界的尽头?"

"从没见你们有谁出去过。"我嘟囔道,看着那边的填字女士,"真讨厌,她管着我们。"

他奇怪地看了我一眼,"谁说她管着我们?"

我不明白。我们都只是一群孩子呀。肯定得有人管着我们。难道不是吗?

"可是,如果不是她管着我们,"我慢慢地说,"那谁管着呢?"

他凑得离我很近,咧嘴一笑,好像有个秘密迫不及待地想要透露。

"你呀,奇多饼。"帕特里克说,"你。"

第九章

我与幽灵同行

如果妈妈知道我骑在摩托车后座上，双臂搂住一个刚认识的男孩，在太平洋海岸公路上飞驰，她百分之百会杀了我。不折不扣的、活生生的谋杀！

但她不知道。而且，真奇怪，不知怎的，我也不在乎。忘记我遭遇的一切，这感觉真好啊。而且，变变花样，不再哭哭啼啼，感觉也不错。反正我现在也没什么可做的，这点我很快就意识到了。我可以没完没了地苦苦探究事情是怎么结束的——可是那有多大意义呢？也不会改变什么。所以，何必在乎呢？

而且，死后生活确实有点……好吧，有趣。感觉就像置身于那个可怕的中间地带，你完全清楚自己在做梦，但同时又知道再过整整十分钟后你的闹钟才会响。（对我来说，闹钟已经被锁定了，永远在打盹儿。而梦永远不会结束。）

帕特里克一开始不肯骑车带我。

"嗯，恐怕不行。"

"答应吧。"

"不行。"

如果妈妈知道我骑在摩托车后座上,双臂搂住一个刚认识的男孩,在太平洋海岸公路上飞驰,她百分之百会杀了我。不折不扣的、活生生的谋杀!

穿越时空的悲恋

"为什么?"

"因为我不是你的司机,就这么简单。"

"求求你了。"

他盯着我的眼睛,不说话了。我感觉到他不是在敷衍我。"我只是觉得这个主意不好,行吗?"

"真好玩,我倒认为这是个绝妙的主意。"

他怎么知道,我对摩托车不是一般的恐惧,而且历来如此。它们声音又大又危险,爸爸讲了那么多他在急诊室看见的摩托车车祸受伤者的故事。但我真正的恐惧——我根深蒂固的恐惧——来自另一个地方。另一个更深的地方。

我不想告诉帕特里克,我对摩托车这么害怕是因为我总是重复地做一个可怕的噩梦,梦见我骑在摩托车后座上——我的脸和双臂都朝向想象中最湛蓝、最宁静的天空——然后轰的一下,一切都出了差错。天空变得黑暗,风刮起来,我感觉到车手开始失去控制。接着,我听见轮胎刺耳的摩擦声,听见金属相撞的声音。我感到自己被扯离摩托车后座,在滚滚烟雾和热浪中被抛了出去。突然之间,总是在最后那千钧一发的时刻,我猛地睁开双眼,一下子惊醒过来,大口大口地喘气。

就是这样。

每次都是同样的梦,向来如此。总是那种失控感,失重感,生存无望感。其实我从来都没碰过摩托车,最诡异的是我似乎总在每年的同一天做这个噩梦:七月四日。

有时,烟味和汽油燃烧的气味会伴随我一整天,甚至在烟火中也能闻到。

但我那种愚蠢的恐惧已经无关紧要了。因为不管怎么折腾,一个女孩不可能死两次。

换句话说,我没什么可失去的了。

"求求你。"我说,"就骑一次。"

"说了不行,你怎么就不明白呢?"

"说了不行,你妈怎么就不明白呢?"

"拜托。你是拿我老妈来笑话我吗?"

"也许是,也许不是。"

他突然展开笑容,我知道我赢了。

"你真的不害怕?"

我点点头。

谎话,谎话,谎话!

他凝视着我,眼神充满关切。"你虽然不愿意,但还是会跟我说话的吧?"

"我不。"

"不会跟我说话?"

"不,我不讨厌你。"

最后证明我错了。我不仅不讨厌,而且喜欢。

从来没有过这么不可思议的感觉。甚至比我跳水时从高台上跃起一瞬间的那种绝对宁静,同时又绝对狂喜的感觉还要美妙。那一刻你意识到自己是自由的。

没想到,在那两扇熟悉的比萨店门外面,有一个完整的世界在等待我——正如帕特里克所承诺的——一个由旧的回忆和梦想构成的世界,有些属于我,有些不属于我。气味更浓烈,颜色更鲜艳,巧克力更有巧克力味儿。白天更长,夜晚星光璀

穿越时空的悲恋

璨,是我从没想象过的美丽。

整个世界就像一部厚厚的"自我历险"小说。我累了就睡(比萨店的隔间其实非常舒服),饿了就吃,不想吃的时候就不吃。小片比萨店出去的那条街上有一家剧院,只放映我最喜欢的电影,如《当哈利遇见莎莉》《西雅图不眠夜》《电子情书》《穿越苍穹》和《美女与野兽》(好了,别来评判我的品位)。附近甚至还有一个水上公园,有各种不同的滑水道,还有一个巨大的造浪游泳池,以及那条最最奇异的懒河。我可以整天躺在我的轮胎里打盹儿,在阳光下自由自在地漂浮。

可是,当我学会许愿时,真正的乐趣才算开始。我说的是真正的许愿。就是你紧紧闭上眼睛,想象最超级完美的海滩,和最超级完美的吊床,然后当你睁开眼睛时,它们便会出现在你面前。我许愿得到一头大肚皮猪。我许愿骑马在绿茵茵的草地上穿行,在星空下入睡。我甚至许愿帕特里克教我冲浪——多么刺激,要知道他是最不像冲浪男孩的那种人,在水里甚至都不肯脱掉他的轰炸机夹克。

"你真怪,你知道吗?"我在冲浪板上对他喊道。

"那又怎么样?"他大声回答,"它能使我不沉下去!"

我们在冲浪板上一直坐到天亮,互相拿对方取乐,直到太阳升起,一片金光灿烂,既完美又宁静。

最精彩的是,每个愿望都实现了。每个愿望都比前一个更好。没有任何忧虑,没有任何困难、噩梦、麻烦或恐惧。这不是真正的生活。

比真正的生活更好。

后来有一天,早饭吃到一半——那次碰巧吃的是奥里奥奶昔——帕特里克问了我一个问题,把一切都改变了。

"那么,你想找他算账吗?"

我顿住了,奶昔喝了一半,抬起头。"什么意思?找谁算账?"

他叹了口气,一下子趴在桌上。"真的吗,埃及艳后?你真的已经忘记了吗?"

什么?我应该记得什么?他为什么叫我埃及艳后?

看我不回答,他拍了一下脑袋。"天哪,你总是让我惊讶。"

"怎么啦?"

他伸手抓起我的奶昔。"你初级阶段表现不好,孩子。很糟。幸运的是,你否认的时候还蛮可爱的。"他用吸管喝了一口,"啊,味道真棒。"

"喂!"我打了他一巴掌,"想喝自己去弄!"我的目光扫向他的衣服,我经常会不自觉地这么做,但这时发现自己露出了微笑。

他发现我在看他,"有什么这么好笑的?"

"没什么。"我摇摇头,"别在意。"

"不行。"他突然来了兴趣,"快说。"

我咬住嘴唇,"就是,嗯,你的夹克。"

他低头看,"有什么不对吗?"

"哦,没什么。"我忍住笑声,"我是说,如果你是战斗机飞行员,时间又是一九八二年,那就对了。"

他吃惊地张大嘴巴。"我生气了。反正,我也不会接受一个起一堆奶酪名字的女孩的建议。"他摇摇头,"刚才在你对我充当时尚警察之前,我正想说:你对偿还这个词有什么感觉?"

穿越时空的悲恋

我顿住了,"什么,类似于复仇?"

"今天像大头钉一样尖锐嘛,奶酪球,是不是?"

"行了,奶酪的玩笑开够了吧。"我说,"复仇是怎么回事?"

"是这样,"他咧嘴笑着说,"我刚才在想,也许你愿意找点儿乐子。"

"那么请问,我们找谁复仇呢?"

"哦,你知道的,就是那个开裆裤,"帕特里克说,"哭屁虫,他叫什么名字来着?"他的语气里有奚落、嘲笑,真烦人。

"嗯?"我做了个鬼脸,"谁呀?"

"等等,我知道了,"他说,"杰森?"

什么?

"唉,不对。"他嘟囔道,"是乔纳吗?"

等等。

"杰瑞米?"

哦,上帝!

"又错了,这简直要把我——"

"雅克布。"我轻声说。我喉头发紧,一种熟悉的疼痛——一种我几乎完全忘记了的疼痛——慢慢又回到了胸口。

"对啦!"帕特里克打了个响指,靠在隔间的椅背上,"谢天谢地,你还记得,布里。这下我们整夜不用睡觉了。"

惊愕之中,我没有留意他讽刺的腔调。

雅克布!

我似乎已经永远都没有想他了。我用手捂住胸口,没有任何动静。

"他应该得到一点报复,你认为呢?"帕特里克说。

雅克布的脸在我脑海里闪过。他的眼睛，他的胳膊，他的嘴唇，他的吻，他的话，我在人间听到的最后一句话。

我。

不。

爱。

你。

一股寒意窜入我的脊背。

"喂。"帕特里克探过身，捅了捅我的胳膊，"你没事吧？"

"多长时间……"我慢慢回到现实，结结巴巴地说，"我在这里有多长时间了？"

他举起双手，默默扳起指头数了数。"经过绝对科学的计算……是十七天。"

就这么多？

帕特里克读懂了我脸上的表情。"感觉时间更长，是吗？"他用手梳理着黑发，"我以前也有这种感觉。我刚来这儿的时候。"

我突然觉得胃里一阵难受。

十七天。

"刚才一做算术，倒让我想起来了，"——他从我们头顶的架子上抓起一顶旧牛仔帽，胡乱地扣在头上——"万圣节快乐！呀嗨！"

万圣节？

"如果真是这样，"我轻声说，"那明天就是我的——"

"生日？"帕特里克替我把话说完，"我知道。祝快满十六岁花季的你快乐！"

穿越时空的悲恋

不可思议。不知怎的,我完全失去了时间概念。忘记了我的亲人,我的朋友,我的世界。

我怎么可能把我的整个世界都忘记呢?

我的手指尖开始出现一种火辣辣的刺痒感,异样的麻酥感。最轻微的电火花击中了我脖子后面,就在发际线下面的那个地方。

雅克布。

他就是缘起。是他把我搞成这样的,是他的错,全是他的错,都是他的错,远远不止这些。

一种遗忘已久的感觉慢慢复苏。这种感觉我已经久违了。

我并不悲哀,并不孤独。我只是愤怒。

"怎么样?"帕特里克说。

我直视着坐在桌子对面的这个邋遢的男孩天使,第一次朝他露出了我特有的小坏笑。

"他要倒霉了。"

第十章

是啊,我是自由的,自由落体

"喂,墨西哥卷饼,你可以睁开眼睛了。"

"哎呀,你知道吗?我好像更喜欢闭着眼睛。"

"好吧。"帕特里克说,"这想法不靠谱。往下看。"

"我相信正确的说法是别往下看。"

"别担心。"他笑了起来,"有我在这儿呢。我不会放开你的。"

虽然有帕特里克在安慰我,我还是没有勇气往下看。我很快就会知道,重返大地只有一个办法,就是掉落回去,就像在有生命、有呼吸的世界上那样。从一个很高、很高的地方掉落。

"谢了。"我说,"真令人宽慰。其实不然。"

"你不认为你的表现有点夸张吗?"

"你不认为那件夹克有点过季吗?"

"好了,你不是奥林匹克运动员什么的吗?"他轻声地笑了,"就把这想象成一个特别大的跳板好了。"

我放声大笑。"真是好主意。这压根儿不是一码事。"然而,我不能否认我很好奇。我深深地吸了口气,风把我的头发吹得四下飞舞。最后,我鼓足勇气睁开眼睛。结果眼前的情景使我差点儿晕过去。

穿越时空的悲恋

我们站在世界的顶峰。

不知怎的,也就喘口气的工夫,帕特里克就把我送上了云端,送到了金门大桥的最高处——北塔的平台,高度近一千英尺,下面是波涛汹涌的太平洋。海湾上,太阳正在西沉,延绵起伏的山丘上,金色阳光中交织着一道道氤氲的淡紫色晚霞。厚厚的浓雾朝四面八方弥漫,我隐约看见了海岸对面的旧金山。它像一个魔法游戏场一样闪烁亮光。更远处,小小的星星开始点缀天际。

"哦,我的上帝!"

"是啊,你可以这么说。"

"这简直太……太不可思议了。"

他笑了。"我告诉过你的。"就在这一刻,阳光照在他脸上,他的眼睛变成了金色,被加利福尼亚的落日点燃。

好吧,好吧。我愿意承认,帕特里克很可爱,不是雅克布那种蓬松羊毛头的可爱。而更有点板寸型男的范儿,有点儿像詹姆斯·迪恩[①],有点儿那种"酷由天生"的可爱。

他朝边缘走了一步,膝盖弯曲,似乎准备立刻来一个燕式跳水。"猜我敢不敢?"

"上帝!"我赶紧伸手抓住他的夹克,把他拉了回来,"别开这种玩笑!"

他咧嘴一笑,"请你叫我帕特里克。"

我摇摇头,叹了口气。"哥们儿,我忍不住认为我弟弟都

---

① 詹姆斯·迪恩(1931—1955),著名美国电影演员,他的主流形象较代表他所处年代青年的反叛和浪漫,这些被称为"垮掉的一代"青少年,尝试以各种反社会行为来表达不满。

海湾上，太阳正在西沉，延绵起伏的山丘上，金色阳光中交织着一道道氤氲的淡紫色晚霞。厚厚的浓雾朝四面八方弥漫，我隐约看见了海岸对面的旧金山。

比你成熟呢。他才八岁。"

"我一般比不过八岁的。好了，来吧，你准备好了吗？"

我没理他。我不管他有多可爱，也不管他那双愚蠢的眼睛在愚蠢的阳光里闪得多好看。无论在天堂、地狱，以及这个不知何处的地方，我都绝对不可能从这桥上跳下去。

绝对不可能。

"见鬼，我们是怎么到这上面来的？"我问，一边寻找别的路下去。

"我们变焦了。"

"变焦？"我瞪着他，"怎么回事，就像皮克斯动画片里那样？"

"好吧，我认为某人小时候看迪斯尼看得太多了。"

"根本就没有看太多迪斯尼。"我嘟囔道，拼命忍着不要晕倒或呕吐，或既晕倒又呕吐。哦，真糟糕。我的牙齿开始打战。我能听见和感觉到大桥在我脚下颤动的声音。

金属栏杆，无比粗大和扭曲的吊索，在下面深不可测的地方，狰狞恐怖的大海发出阵阵回声。我甚至不敢去想我们站得有多高。课后练习十米跳台是一回事，跟此刻的跳水根本不属于同一领域。

也不属于同一太阳系。

我跪下来，告诉自己要冷静。不管是不是跳水冠军，当我想象自己滑倒、坠落，以重力加速度坠入旧金山海湾，直接落进一条大白鲨的嘴里时，我就感到头晕目眩。

"知道吗，"我嘟囔着说，"我真希望你把我拉到这上面来之前，先跟我说清要从这桥上跳下去。那样的话，我根本就不会来。"

"好吧,"帕特里克说,"我希望你已经看了《已故者》第六章的内容——'真心地变焦'。上面都白纸黑字地写着呢,拜托。也许某人应该好好做家庭作业。"

"切,谢了,老爸。"我不喜欢说教。虽然内心深处隐约知道他是对的。也许,如果我没有把小片店那本愚蠢的呆瓜手册不当回事,就能想办法跟某个有实权的人联系上。那个人能耐心听我说话,让我解释这里面出了天大的错误。

我不应该在这里。我不应该死。还不到时候。不该以这种方式。

帕特克大声笑了。"记得我跟你说过会有一项测试吗?"他站起身,伸开双臂,"嘿,突然袭击!这就是测试。"接着他看见了我脸上的紧张,"别担心。我知道第一次挺吓人,但会越来越轻松的。很快……"他的眼睛炯炯闪烁,"很快就会得到乐趣。"

"我做不到。做不到,做不到,做不到!"

"Dredequodhabes, ethabes."

"你在说什么鸟语,笨蛋?"

他笑了。"拉丁语,'相信你有,你就有。'"

他的声音轻松、诙谐。像往常一样,不做作。

"数到十。"

"好吧,数到十。你真是个古怪的孩子,奥布里·伊根。"

"叫我布里。"

"一……二……三……"

"等等,等等,等等,别数这么快——"

穿越时空的悲恋

"四。"

"真的不行,停——"

"五……"

"我说了我不——"我的膝盖开始发软,眼前发绿——眼前发绿意味着我会在大约两秒钟内晕倒。下面大海波涛翻腾的声音,混杂着车水马龙的噪声,使我胃里翻江倒海。

"喂,你没事吧?"帕特里克低头凑近我,"你看上去脸色有点儿,嗯,发白。"

"我很好。"我没说实话,用全部力气抓住钢缆,不敢松手,"从没这么好过。"我想把吹到脸上的头发撩开。然而于事无补,这上面真的是狂风呼啸。我们简直像在珠穆朗玛峰上,"怎么,这就是你理想中的天堂景象?"

他迎着我的目光,"现在是了。"

我感到自己脸上发烧,虽然害怕得要命。不知道该说什么回敬他,就冒出了一句最愚蠢的话。

"你,嗯……经常到这上面来吗?"

哦,上帝,这话不是我说的。是谁说的?

"每当我需要思考,或想让头脑清醒清醒时,就到这上面来。"他顿了顿,"或者,每当那些等候的星星开始纠缠我时。"

"等候?你在等候谁?"

他迟疑了一会儿,眺望着远处的山峦。"一个朋友。我想我是在等一位老朋友。"

阳光又移动了,把一道光投在他的左手腕上。刹那间,我忍不住盯着他的伤疤。我从没怎么注意它有多严重,因为那件夹克总是把它盖住。但此刻阳光这样照下来——他的袖子略微推上去了一点——我终于看清楚了。我第一次看到这伤疤有多深,有多吓人。简直像用一块碎玻璃割的。

不知道他经历了什么,反正够惨的。

这时我才意识到,他对我有了这么多了解,而我对他一无所知。他从哪儿来,曾经是什么样的人。甚至,他的生命是怎么结束的,不过一想起这点我就感觉不舒服。

帕特里克发现我盯着那儿。他拽了拽夹克,把袖子尽量拉下来一点儿。

"你出了什么事?"话一出口,我就意识到应该让这个问题烂在肚子里的。

"摩托车祸。"他说,"我们开得太快了点儿。没什么大不了的。"

就像爸爸一直说的。摩托车太危险了。

我低头看着脚下,"对不起。"

"别这样,已经过去了。很久以前的事了。"

突如其来的一阵狂风,令我猝不及防。我迎风大口喘息,挣扎着想抓牢。

可是没什么可抓的。

"好吧,我已经正式改变主意了。"我大声说,"我想把这件复仇的事延期。我们有的是时间找那个家伙算账。好事多磨,着什么急?"我慢慢地、小心翼翼地靠在金属栏杆上,想放松下来,想点令人高兴的事情,如可可泡芙,星期六的早晨,活着。"是啊,我反悔了。我不想做这件事了。今天不想。我想回小片店,求求你。"

"抱歉,"帕特里克在风中喊道,"可是有一个问题。"他快

穿越时空的悲恋

步挪过来,坐在我身边。

"你说什么,有个问题?"我感觉到大桥在我身下晃动。

深呼吸,布里。做几个深呼吸。

"问题是,你听了可能会不高兴。"

"说吧。"

"这个……"

"快说。"

"就是,嗯,只有一条路可以下去。"

我盯了他几秒钟,然后放声大笑。

"哦,好吧!没有人对你说过你很喜感?"

他面无笑容。"不幸的是,"他用心虚的声音说,"我没开玩笑。"

我停住笑,"等等,你说什么?"

"抱歉。"

"不。"

"别激动。"

"我要打你。"

"抓住我的手。"他把手伸过来,想抓我的手。

"不!"

"布里,你必须这么做。"

"不然呢?"

"不然,你就会在这上面挨冻很长时间。而且,你知道自己想给那位前任一点颜色看看。坦白地说……"他咧嘴一笑,"我也想。"

"不,不,不。我确实真的想那么做,但还不到时候。"我苦苦哀求他。如果我有一颗心,肯定早就在胸腔里怦怦乱跳了。"我不能。"我说,"我不是说永远不跳。只是今天不跳。"我希望他能听出我声音里的惶恐,"帕特里克,求求你。快点变焦,让我们离开这里吧。把我带回小片店。"

隆隆—哗哗—哗啦啦!大海在下面轰鸣。

"对不起,奶酪饼。"他摇摇头,"那是行不通的。如果你把《已故者》好好读过,就应该已经知道这点。反正,你在我这儿找借口是没用的。"

"哦?为什么呢?"我气恼地说。

别惹我,天使男孩,我会灭了你的。

"你害怕。"他朝大桥边缘点点头,"可是,小鸟儿,你现在应该离开窝了,应该跳出去了。"

哦,上帝啊,他没开玩笑。

"别担心,我一直会陪着你的。"他露出笑容,"你跳,我也跳。"

我挪开一步躲开他。"别靠近我。"

"抓住我的手。"

"帕特里克,我是当真的。"

他直盯着我的眼睛。"抓住我的手。"

没等我提出抗议,他一把将我揽进怀里,紧紧抱住。

"不!住手!"

"睁开眼睛。"他在我身后耳语。

我摇摇头,拼命想从他怀里挣扎出来。

"来吧。你真的不应该错过这个。"

"你才不应该错过这个。"我已经想不出机智的反驳了。其

穿越时空的悲恋

实我一开始就不擅长这个。

"脚尖挪到边缘。"

"我要杀了你。"

"有点来不及了,天使。"他的嘴唇贴着我的耳朵,"往下看。"我想挣扎,可是根本没用。他太强壮了。我大喊一声,强迫自己往下看。

哦,大错特错。

周围只有空气。只有深不见底、寒冷刺骨、无比浩瀚、无比恐惧的旧金山湾,等着把我一口吞下,砸成无数个碎片。哦,上帝,我们实在是站得太高、太高了。

两英寸。

我使劲推他,"不,不,不,不,不!"

一英寸。

我反抗。

半英寸。

我想醒来,我想此时此刻突然惊醒。那个剧情只有一个问题对吗?眼前这个不是噩梦,醒来不是一个选择。

我感到我的芭蕾平底鞋在金属栏杆上滑了一下。我感到风亲吻着我的面颊。

"求求你,"我呜咽着,抓住帕特里克的衬衫,"不要!"

"别害怕。"他低声说。

然后他推了我一把。

第十一章

给我派一个天使

"切斯特?"

"再过五分钟。我不想起来。"

"真搞笑,你五分钟前就这么说。"

"不,这次我是说真的。"

"说得不错,天使,但是不行。"

"你没资格对我指手画脚。"

"随你怎么说,小夫人。"

突然冷水浇到我脸上,冷入骨髓。我猛地睁开眼睛。"怎么回——"

"醒来吧,醒来吧,起床抖擞精神。"帕特里克唱道。

"哦,上帝,我要杀了你!"我一跃而起,想去抓他,但他反应太快了。

他啧啧地说,"又是那一套杀人的狠话。这么多被压抑的进攻性。我认为也许需要给你找个好的心理医生。"

我呼呼地喘着粗气,浑身像落汤鸡似的。我又一屁股坐在地上,揉着眼睛。我在发抖,身上的每一寸皮肤都起了鸡皮疙

穿越时空的悲恋

瘩。

"喂,想穿我的夹克吗?"帕特里克说。

"别跟我说话。"我说,仍然揉着眼睛,"你太邪恶,必须被灭掉。"眼睛终于能聚焦了,我看见时间刚过黄昏。天空是一种柔美的淡紫色——天际泛着一些黑色、蓝色和黄色,很像退色的淤斑。不管朝哪个方向看,都有闪亮的空心南瓜灯朝我们咧嘴微笑,闪烁的街灯散发着一种怪异而朦胧的金色亮光,房屋一栋接着一栋。

"不给糖就捣乱[①]。"帕特里克说。他跳起来抓住头顶的大树枝,开始做引体向上。

"捣乱。"我说,注意到马路对面一个熟悉的门廊秋千。红色的门,白色的泥灰,树荫笼罩的车道,我曾经每天下午放学后都把自行车停在那里。"这肯定是跟我捣乱了。"

"回答错误。"他嘟囔道,"对你的惩罚是五小块士力架和三小袋 M&M 花生豆。"他松开树枝,扑通地落到地上,"唉,真是好久不练了。"

但我没听见他的话。我只顾忍着不要呕吐。

雅克布家。我们就坐在雅克布家的街对面。

怎么可能?这怎么可能呢?

在我跟帕特里克的那么多次探险中,我从没能找到返回这里的路。在我的那片天堂里,有许多微妙的变化和挪动,使一切变得跟我的旧世界不同。道路的连接跟我记忆中的不符,街名也对不上,还有一些空洞。一些片断丢失了。

重要的片断。

[①] 原文 "Trick or treat."是西方万圣节孩子们出去挨家挨户要糖时说的话。

我们家的房子不在它原来的地方了。那所高中看上去更古老，更破败。就连雅克布的家也不见了——就好像有人钻进我的记忆，故意破坏了我活着的时候看重的一切。

过了一阵，我干脆不再试图去找它们。我想我已经忘记了我寻觅的东西。

可是现在，变焦——二——三，我们回来了，回到了如假包换的真实世界。我感到头痛，如同刚从一次致命的脑震荡中苏醒。

我转向帕特里克。"我们在哪儿？发生了什么事？"

"哦，你说的是头晕眼花、看不清东西吗？会过去的，别担心。"

"不是那个。我说的是你和我，在这里，现在。请解释吧。"

"从命。"他微微地鞠了一躬，"这是你第一次从天堂飘落。希望你飞行愉快，将来需要旅行时还会想到我们。祝你在地球上玩得开心，或者你还有其他的最终目的地。"

"从天堂飘落？"我问，"一点儿也不优雅。"

帕特里克咧嘴笑了，"不是每个人都有完美的形态。"

我抱起双臂。他别想轻易逃脱。

"好吧，好吧，我道歉。"帕特里克说，"确实第一次会有点紧张。会越来越轻松的，至少现在我们可以找点儿真正的乐趣了。而且，除了跟那些活该倒霉的家伙捣捣乱之外，我还有更喜欢做的几件事。"

但他不是故意的，我忍不住想道。也许他伤害我是担心我会先伤害他。

穿越时空的悲恋

就在这时，街对面传来低音乐器的浑厚声音，混杂着笑声、叫声和寻欢作乐的声音。我透过灯光昏暗的窗户看到里面人影攒动，是在举办舞会。

帕特里克指指音乐响起的地方，"怎么，想去参加派对吗？"

我突然感到不安，"可是……我没有受到邀请。"

"伙计，"他严厉地看了我一眼，"我们必须参加那个派对。我已经化好装了。"

"哦，你没有。"

看他的表情，好像我伤害了他的感情。"这套衣服花了我好几个星期的心血呢。"

"哦，是吗？那你扮演的是什么？八十年代的烂发型？"

"我生气了。"

就在这时，几个孩子——真正的孩子——走到车道上，全都穿着化装服。看到一个与杰克年龄相仿的男孩打扮成一只蜥蜴，帕特里克嗤之以鼻。"嘿，龙息少年①。"帕特里克取笑道，"胃酸倒流的感觉怎么样啊？"

我忍不住笑出声来。整个情形太荒诞了，让人难以相信。我们在这里，两个死去的孩子，竟然想破坏我前男友的万圣节派对。这简直太匪夷所思了。我眼睛紧紧地盯着街对面的那栋房子。

我要看见他了。我终于又要看见他了。

"哇，"帕特里克担忧地看了我一眼，说，"我又想了想，觉得你今晚可能已经玩够了。"他站起身，语气变了，"请你告诉我，你没忘记我们来这里的原因吧。这是复仇，不是再给一

---

① 《龙息少年》，美国 2010 年的一部动画片。

次机会。明白吗?"

我看着他,没有回答。

"我没开玩笑。"

"好的,好的,我明白。"

"不行。"他摇摇头,"我需要听你亲口说。告诉我,我们为什么来这里。"

"找他算账。"我嘟囔道。

"我听不见。"

"找他算账。"我说,这次声音大了点儿。

"我还是带你返回小片店吧——"

"找他算账!"

"很好。"他听上去满意了,"我接受。我做你舞伴。虽然你的化装服不怎么新颖。"

我翻翻眼珠。"你刚才把我从那变态的金门桥上推下来,我还能跟你在一起就算你走运了。"

"'推下来'可有点夸张了。"

我伸手去打他,被他躲开了。天哪,他反应真快。

"我收回。"他说,"我做你的不跳舞的伴儿。仅此而已。你可不要有什么非分之想。"

"什么样的非分之想?"

"比如,派对上别的女孩都想跟我搭讪的时候,你可不许吃醋。"

我轻蔑地说:"你尽管撒欢儿,亲爱的。"

他顿了顿,"哇。你刚才叫我亲爱的?"

"怎么,你受宠若惊了?"

穿越时空的悲恋

"哦,我的上帝!"他眼睛闪闪发亮,"你真的想跟我示爱,是吗?"

"什么呀?!"我狠狠地照他胳膊捶了一记,"做你的梦去吧,破夹克的帕特里克。"

哈。够你受的。

帕特里克没有理睬我绝妙的双关语,又露出了他的标志性微笑。接着,我感到脚下的大地轻微摇晃,他的声音在我脑海里回荡,对我说着无字的话。

"永远别说永远,天使。凡事都有第一次。"

第十二章

在他的吻里

当你喜欢某人——喜欢,莫名地喜欢——全在于第一次。第一次注视,第一次微笑,第一次跳舞。

第一次接吻。

我的初吻不是跟雅克布·费舍尔。

严格地来说,是跟马特·汤普森——我十二岁那年在夏令营碰到的一个超级大傻帽。吃午饭的时候,我和马特约会了差不多三十七分钟。他在食堂里隔着大概十张桌子约我出去。他的朋友艾利克斯·格兰特叫他的朋友查理·弗拉泽叫他的朋友安吉拉·贝尔叫她的朋友拉切尔·古德曼叫我的朋友佐伊·迈克尔森问我是不是喜欢他。我从来没跟那男孩说过话,但我那个小圈子兴奋得疯了似的,显然我们中间没有任何人遇到过这么浪漫的事儿。因此,看来我不得不说喜欢。

可是到甜品快吃完时,我发现自己年纪太小,还不适合绑定一个男人。我就让马特在酸奶机后面亲了我一下,也就两秒钟的样子——他裤子吊带上还沾着一大块奶酪汉堡——紧接着我便告诉他一切都结束了。那感觉一点儿也不甜蜜。

不过别担心。我的第二个吻弥补了它。

穿越时空的悲恋

太甜蜜了。

那个吻属于雅克布。那个吻我一遍、一遍又一遍地回味无穷，永远不会感到厌倦。实际上，我刚到小片店的那三天，从早到晚没干别的事，就是反复地回味那个吻。天堂有一点好，你可以一遍遍重温最喜欢的时光，最甜蜜的回忆，不管多少遍都行——有点像你整个一生的DVD。暂停，快退，快进，慢动作，每天，从早到晚。

因此，我把跟雅克布第一次接吻的情景回味了无数遍。这段回忆很容易找到，就在我十五岁生日的那个夜晚。我们上十年级。太平洋峰顶高中秋季舞会的那个夜晚。

我和艾玛、莎迪、苔丝兴奋极了，因为这是我们高中阶段的第一场正式舞会。而且，舞会主题是八十年代，这就更吸引人了。放学后，我们都到露娜精品店（我最喜欢的小店）去买最漂亮的衣服。我买的是一条黑色抹胸长裙，有点儿发亮的那种，裙边带有金色亮片。我们都去做了美甲，然后回到我家里参加我的生日晚宴。爸爸做了我最喜欢吃的、他举世闻名的"特色意面"，随后我们一起冲到楼上我的卧室，为舞会做准备。这将是一个前所未有的最美妙的夜晚。

八点半，妈妈开车把我们送到学校。我们穿过草坪朝礼堂跑去，光着脚，咯咯笑得像疯了一样。（注：就是他们为我举办追悼会的那个礼堂。我这么说不是为了扫大家的兴。）我们都没有舞伴，但苔丝相信，埃里克"王子"看在她这么多年为他相思憔悴的份儿上，肯定会邀请她的。艾玛在我家里制订了一个详细的计划，要勾引新转来的男生兼足球明星纳特·李与她共舞。她的计划是这样的：

与他相撞（真的相撞）。

把潘趣酒加巧克力（必须有巧克力）纸杯蛋糕洒在他衬衫上。

主动提出帮他"洗干净"。

走向大厅饮水器时，兴奋、热烈地谈论学校的舞会简直烂透了。（错过ESPN频道的巴西对西班牙的那场足球赛真是太可惜了！）

掐好时机，回到舞场时正好开始播放事先预定的那首完美的浪漫抒情曲。（谢谢你，DJ先生。）

大声抱怨你的朋友们都撇下你走了。"而且正好在播我最喜欢的这首曲子！"（紧接着快速挤乳沟，再加小到中等频率的扑闪睫毛。）

他问：想跳舞吗？嗯，打哈欠。哦，好吧。

得分。那个男孩归我了！

至于我嘛，我隐约希望本·汉德尔曼最后会邀请我。他那头鬈发真是漂亮，自从他"向我借高等代数笔记"之后，我就相信他喜欢我了。哦，男生们还以为自己掩饰得很好呢。

"汉德尔曼肯定对你有意思。"我们跑去礼堂时，莎迪取笑我，"你们俩肯定特般配。"

"他的眼镜超可爱的。"苔丝附和道，"我认为你这次肯定能把汉德尔曼搞定。"我们都咯咯笑起来，快速冲进礼堂，心里别提多兴奋了。显然这个夜晚将会带来各种神奇的浪漫故事。

因此，当我看见汉德尔曼在礼堂的大庭广众之下亲吻安娜·克莱顿时，简直像遭了晴天霹雳。音乐震耳欲聋。数不清的孩子们三五成群地聚在一起聊天。挂在墙上和天花板上的成

穿越时空的悲恋

千上万盏黄灯闪闪烁烁。头顶上方，一个巨大的闪光灯球不停地旋转、放光，把无数菱形的小小光芒投在我们脸上。

就在舞池中央，汉德尔曼和安娜看上去就像《天桥骄子》①里的友情出演。

我瞬间崩溃。

"呸，他根本配不上你。"莎迪说，一只手拔起带襻的黑色高跟鞋，另一只手搭在艾玛身上。

"男孩都是垃圾。"艾玛说。

"你明显比那妞儿可爱一百万倍。"苔丝说着，抓起我的手，把我拖进舞池，"来吧！"

我们跳了一小时，在一支接一支曲子里假唱、大笑。最后一个男声在《女孩就想寻欢作乐》的曲子里插了进来。

"你好，布里。"

我猛地转过身，跟雅克布·费舍尔撞了个对脸——这个我差不多一生下来就认识的男孩，这个跟莎迪一直关系很好的男孩。可是，我跟雅克布认识这么多年，他统共也就跟我说过三句话。所以此刻突然听见他跟我说话，感觉真是怪怪的。

"哦，你好，雅克布。"我甩了甩头发。

"哇！"苔丝喊道，"拜托，布里，你的浓密秀发差点儿把我眼睛甩瞎了。"

我是紧张还是怎么了？哦，布里，保持镇静。这不过是雅克布·费舍尔。

---

① 《天桥骄子》是美国一档高收视的真人秀节目，节目旨在为天才设计师提供一个展示自己精湛设计才华和独特审美观的机会。节目开播以来屡次获得艾美奖提名、荣获文化成就奖。

"对不起……"我嘟囔道,"都怪这新剪的头发。感觉跟以前不一样——"

"你看上去真漂亮。"雅克布在音乐声中喊道。

"什么?"我说,"我的意思是,谢谢!你也是。"

哦,上帝。我说他漂亮?!

他用古怪的目光看了我一眼。但没等他再说什么,莎迪插了进来。

"伙计,你知道今天是布里的生日吗?十五岁,宝贝!"她抓起我的胳膊,带我转了个圈。

"今天也是万圣节。"艾玛说,"因为布里绝对是个圣人。"她们三个都咯咯笑了起来。

"哦,是吗?"雅克布说,"真了不起。祝你生日快乐,布里。"

谢天谢地,礼堂里光线昏暗,因为我发誓那一刻我的脸羞得通红,"哦,谢谢。"

接着,一首舒缓的曲子响了起来,生活有时候就是那么完美。

"哦,上帝啊,是《这肯定是爱》!"艾玛叫了起来,兴奋地上蹿下跳。

我惊恐地注视着礼堂里的人全都成双结对,我左顾右盼,想找一个人跟我跳舞,谁都行,其实明明就有一个男孩站在我面前。我用了大约三十六秒发现自己毫无指望,就决定尽快溜之大吉。

"那个,我想去弄点儿吃的——"

"你想跳舞吗?"雅克布脱口问道。

我们四个瞪着他,个个睁大了眼睛,张大了嘴巴,原地呆住了。我估计我可能都流出了哈喇子。

"想啊!"莎迪终于尖叫道,把我往他怀里一推,"她想跳!她想跳,想跳,想跳!"

"哎哟!"我大喊一声,抓住他的肩膀稳住平衡。几秒钟不到,我的那些死党就奇迹般地失踪,钻进舞池不见了。艾玛放弃了她的进攻计划,直接抓住纳特的手,把他从那帮足球哥们儿堆里拉了出来。苔丝溜到埃里克身后,偷袭地吻他面颊。莎迪跑到盛潘趣酒的大酒杯那儿,跟奥尼尔教授搭讪。虽然教授三十岁了,还有两个孩子,但莎迪疯狂地爱上了他。

"上帝,太尴尬了。"我嘀咕道,在雅克布的怀里慌作一团。

雅克布大笑起来,扶我稳住脚跟。"你的朋友们真不错。"

"这还用说嘛。"我摇摇头,局促不安地看了看他的眼睛。

于是,突如其来地,轰!没等我意识到是怎么回事,那只可怕的魔爪就把我死死抓住。我一下子没法把我的眼睛挪开了。

他也一样。

哦,等等。

这究竟是闹的哪一出啊?雅克布·费舍尔根本不是我的菜。(其实,我也搞不清我的菜到底是什么,但还是不对劲儿。)一,他是个彻头彻尾的滑板男孩。二,他什么时候学会说话的?三,他根本没那么可爱。

"布里?"他问,目光仍然牢牢锁住我的眼睛。

吞咽,"怎么?"

好吧,他的头发确实有点帅。他的笑容也有那么一点儿讨人喜欢。而且,他的个子,是啊,那么高。

"想跳舞吗?"他说。

"跳舞？"我喃喃地说，眼睛里顿时放出光来。

好吧，我愿意承认。我在小学时就曾经一心一意地爱过他。爱得死心塌地，完全彻底。

可是，他错过了机会！怎么，难道你以为我会像一只可怜的哈巴狗，在拐角处眼巴巴地等他？想得美！

"嗯，行吗？"他问，不安地挪动着脚步。

雅克布·费舍尔邀请我跳舞了！邀请了两次！！！

我拼命回忆艾玛的战术。第一步，撞在他怀里？好，做到了，感谢我那几位神一样的死党，我已经做到了。接下来呢？扑闪眼睫毛？挤乳沟？我低头看去。

哦。实在没有什么乳沟可挤……

我突然意识到我唯一的选择是充分利用已有的资源。我的资源就是浓密的秀发。于是，我偷偷看了一眼周围，确保这次没有人在发射线之内，就尽量扮萌地把头发前前后后地甩。这次，我成功了。

因为雅克布笑了。

"好吧，"我耸耸肩说，"我想跳跳舞也没什么大不了的。"

（我知道得太少了啊。）

那支宇宙间有史以来最完美的抒情舞曲，继续通过扬声器悠扬地播放出来。

这一定是爱，但已然结束……

他抓起我的手。

这一定美好过，但我莫名地错失……

突然，整个礼堂都消失了。

苔丝、莎迪和艾玛。

穿越时空的悲恋

消失了。

老师和监护人。

消失了。

整个礼堂里的所有其他孩子。

消失了。

那一刻，只有他，只有我。只有一百万盏璀璨的彩灯，在翩翩起舞的我们周围闪烁、放光、跳动，他的手扶在我腰际，我的手搭在他肩头。

曲子结束了，我们继续跳。

我爱他。我爱上他了。哦，上帝，我爱他。

雅克布挪开目光，低头盯着地面。"喂，布里？我一直想问你一件事。"

星期一能不能借我的历史笔记？舞会结束后能不能搭我的车回家？我能不能别再踩你的脚？哦，上帝，我踩他的脚了吗？！

我赶紧低下头，就在这时他靠了过来，砰的一声巨响，两颗脑袋撞在了一起。

"哎哟！"我们俩同时叫。他的手从我腰际落下，我的手从他肩头拿开。

糗大了，布里。破坏了完美一刻。

"好家伙。"雅克布说，他揉着前额，"真没想到你的铁头功这么厉害。"

上帝，简直羞死了。

他咧嘴一笑，"也许你应该考虑去参加奥利匹克运动会。"

他的玩笑使我猝不及防。我大笑起来，觉得自己放松些了。

那一刻，只有他，只有我。只有一百万盏璀璨的彩灯，在翩翩起舞的我们周围闪烁、放光、跳动，他的手扶在我腰际，我的手搭在他肩头。

"也许会的。"

他又把双手放回我的腰际。用他深邃的、迷人的、无边无际的蓝眼睛望着我。一支新曲子开始了。

有时候你想象我,我已经走得很远……

"那么,"我鼓起了一些勇气说,"你想问……嗯,你想问我什么呢?"

如果你跌倒,我会把你扶住,我会等待,一次又一次……

雅克布笑了。伸出手,抚摸我的脸,说了那六个最甜美的字眼。

"我能不能吻你。"

然后他就吻了。

第十三章

尊敬，弄清它对我意味着什么

> "那是什么——潘趣酒？"

帕特里克指着一杯貌似用色素染成鲜红色的雪碧。他在费舍尔家拥挤的客厅里到处看了看，"你的朋友们……可够挥霍的。"

"你真挑剔。"我说，"如果这不符合你那亲爱的比萨店的标准，那就抱歉啦。"我在屋里转着圈，开心得发晕。倒不是因为我喝醉了，而是因为这是平生第一次，我不用担心跟不熟悉的人尴尬地聊天。不用忧心忡忡，生怕自己不是这里最受欢迎的女孩，或生怕自己不够酷，不会受到邀请。这感觉真美妙。没有人看得见我，没有人听得见我的声音。对他们大家来说，我早就不在人世了。

高中举办的派对，最有意思的是每个人都想让别人以为他玩得很开心，其实未必有那么开心。但现在这个派对除外。在这个派对上，我比大家玩得开心多了。

我四处张望，看艾玛、苔丝和莎迪是否来了，但没看见她们。大概还在为我哀悼，不像某些人。

在场的有雅克布的许多朋友，还有一大堆我不认识的人，

穿越时空的悲恋

肯定是玛雅邀请来的。我看见了雅克布最铁的两个哥们儿,威尔和米洛,莎迪总管他们俩叫丁丁和当当①。他们打扮成一对僵尸——倒是跟他们的性格很般配。雅克布家从上到下都摆满了万圣节的装饰。前厅的走廊里布满蜘蛛网,客厅变成了《得州链锯杀人案》②的一个特别喜感的翻版,到处都是火腿肉和番茄酱。后院一片漆黑,游泳池那儿光线昏暗,水面漂浮着一些发亮的眼球。

我不能说谎,确实有那么几个瞬间,各种情感悄悄地袭上我的心头。我突然黯然神伤,想起我跟他偎依在他们家沙发上,或跟他们全家一起在后院游泳,或在他父母以为我们"在做家庭作业"时偷偷溜进他的卧室。但我尽量不让自己仔细去想这些令人悲哀的往事。那没有意义。今晚的主题是玩得开心,是看到雅克布,并让他尝尝自己酿的苦酒。

我指着摆出来作为派对礼品的一大堆塑料吸血鬼獠牙。"真好玩儿!"我想把它们拿起来,可我的手直接穿过了桌子。我讥讽地看了一眼帕特里克,"我没法把它们戴在嘴里,你应该感到高兴。"

"为什么?"

"如果我戴上会来咬你的。"

"天使,请吧。"他把脑袋往后一仰,露出脖子,"别让我拦着你。"

我凑过去,"我会咬的。"

---

① 原文 Tweedle Dee 和 Tweedle Dumber,《爱丽丝梦游仙境》中一对一模一样的双胞胎。

② 《得州链锯杀人案》,马库斯·尼斯佩尔导演的一部血腥暴力影片。

"你应该咬。"

四目交汇，一刹那间，我们都没有挪开目光。我伸手去摸他的脖子，又及时阻止了自己。

我在做什么？

他看出了我的迟疑。"还是不太渴？看来我得去另外找几个吸血鬼，把自己献给他们。"他迅速扫了一眼屋里，"哦，也许她就合适。"

我转过身，简直不敢相信他挑中的那个女孩。"安娜·克莱顿？凭什么地球上的每个男人都喜欢她呀？她根本没那么可爱！"

"饶了我吧。"帕特里克举起双手，"冷静点儿，奶酪专家。这只是一念之想，别给我来心理分析那一套。"

"你别给我来——"

就在这时，我听见另一个房间里传来物体碰撞的声音。

"哎呀，看来不是什么好事。"

"谢天谢地。"他说，"没准儿这个派对终于要变得有趣起来了。"

我们循着骚动声，穿过走廊来到厨房，几个孩子在那儿想砸开一个科学怪人的彩饰陶罐。我看见玛雅冲了过来，脸上气呼呼的，奇怪的是，她弟弟仍然不见踪影。一时间，我真想冲到楼上去查看一下他的卧室，接着意识到最好在人堆里把他抓住。那样就可以当众羞辱他了。

那样更好，好得多。

"怎么样，我们需要再把规则复习一下吗？"帕特里克问，"还记得我是怎么教你的吗？意念最重要。注意力必须完全集中，

穿越时空的悲恋

不然不会成功的。"

"我们能把集中注意力那部分再复习一遍吗?"我讽刺地说。

他交叉起双臂。"看来,我的帮助已经不再受欣赏了。"他转身要离开厨房。

"不,等等,别走!"我大声喊他,"你太敏感了。我只是开开玩笑。"

帕特里克转身面对我笑了。他的样子令我有点猝不及防。衬衫贴在身上,一头黑发使深陷的眼睛更显得深邃,牛仔裤绷得恰到好处……

他看上去有点儿,嗯,性感。你知道的,对一个倒霉孩子来说。

"啊,谢了。"他的声音在我脑海里回响,"你自己也不错。"

我僵住了,他竟然听见了,我羞得无地自容。我仍然不习惯跟另一个人分享自己的思想。特别是那另一个人碰巧是个有点儿魅力的男生——

"有点儿?"

"喂!"我气恼地说,"说正经的,快给我走开!"

帕特里克只是哈哈大笑。

突然,我注意到前门在他身后打开。一个熟悉的身影走进了房间,那张脸我是再熟悉不过了。我感到自己变得紧张,必须用全部的毅力来保持坚强,用全部的毅力克制自己,不冲过去投入他的怀抱。

他来了。真真正正,就是我梦里的那个男孩!

可惜那个梦最终变成了一个噩梦。此刻,我需要把注意力集中在那个噩梦上。

"看来就是这家伙,是吗?"帕特里克凝视着前门。

我呆立在原地,"就是他!"

"说正经的,没什么了不起嘛!凭什么地球上每个女孩都喜欢他?他根本没那么可爱。"

"我恨你。"

"你爱我。"

"你爱你自己。"

"扯平了。那你还在等什么呢?"

我朝前走了几步,停住。他周围挤满了人。别让注意力分散。

我在人群里推挤,没有人看见我,没有人听见我的声音。雅克布,我的雅克布,他的眼睛透着疲倦、悲哀。虽然周围都是他的亲朋好友——他们都关心他,了解他最近经历的每一个细节——但他看上去很孤独、迷茫。

我感到自己的怒气开始消散。

"他想念我。"

"布里,别这样。"

"可是如果他真的想念我呢?"

"那能改变什么?"

"也许他后悔了。"

"他应该后悔。"

我张开嘴,却什么也没说出来。我能闻到他身上的古龙香水味,淡淡的,若有若无。

上帝,真好闻啊。

我想要他抱住我。告诉我一切都会好的,过去的都是一场

穿越时空的悲恋

噩梦,我们又能在一起了。甚至永远在一起。

"你没有集中注意力。"

"我做不到。"

"他不爱你。"

"闭嘴,帕特里克。"

我伸出手,指尖离雅克布的夹克只有几寸,几道小闪电从指尖射出去。我胳膊上、脖子后面的汗毛受到电流影响,都竖了起来。

米洛和威尔在我之前赶到他身边。

"喂,伙计,"米洛说,"出什么事了?我们等你一个多小时了。"

"我给你发了一堆短信。"威尔说,"你没事吧?看上去脸色不好。"

雅克布摇摇头,"我——我需要清静,没有心情参加派对。我不想让玛雅搞这玩意儿的,我曾叫她取消派对。"

威尔和米洛担忧地交换了几下目光,"派对很棒,很棒。"威尔说,"每个人都玩得很开心。"

雅克布点点头,眼睛仍然盯着地面。

可怜的雅克布。他多么孤独。没有人理解他在经历什么。没有人,除了我。

"你今晚是跟那女孩在一起的,是吗?"米洛说。

一听这话,我顿时呆住了。

那女孩?

我猛地转身看着帕特里克,生怕自己没把米洛的话听明白。

"他在说什么?"

第二部 否认

帕特里克只是摇摇头,后退了几步。"别问我。"

我转过去面对那三个男生。

"她还是很难过吗?"威尔说,声音很低。

"是啊。"雅克布点点头,"一直不停地哭。"

我感到一剂致命的毒药被注射进我的血管,正慢慢地流进我的胸腔。

"她?她是谁?"我狠狠地瞪着雅克布,"你们说的到底是谁?"如果我的眼睛能让某人原地蒸发,他肯定已经变成地板上的一堆灰烬。我仍然不明白他为什么无缘无故地跟我分手。难道一直有另一个人存在?另一个女孩?他比较之下选择了她?

顿时,一道由火焰、烟雾和熔岩组成的炫目的墙,从客厅地板上突然耸起,逼得我连连后退。

"布里,当心!"

"我必须知道。必须知道她是谁!"

"你需要集中注意力。"

"不,别再跟我说话了。我需要听他说。我需要听他说说这件事。"

"真是令人伤感啊,伙计。"米洛说着,摇了摇头,"但我想,你知道的,幸好你们还能彼此安慰。"

彼此?

我本来已经真的准备原谅他了。准备不惜一切穿越时间、空间和整个广袤的异域,只要我们能够重新在一起。可是呢?这太过分了。火辣辣的剧痛开始在我胸腔内翻腾,胸口撕裂般地疼痛。

穿越时空的悲恋

帕特里克在我脑海里说:"集中注意力,利用它。"

"去你的。"

"好的。没错,就这样!"

"是啊。"雅克布说,用双手梳理着头发,"她没事。整个这件事对她打击太大了。"

你怎么敢这么说?对她打击大?难道你把某人忘记了吗?

我捏紧拳头,皮肤冒烟,浑身着火。

行动吧,立刻行动。

我从威尔和米洛中间挤了过去。

"哇!"威尔跟跄着后退,说道,"伙计,你感觉到了吗?"

"见鬼,太诡异了。"米洛说,脸刷地白了。

我离雅克布的脸只有三寸。他眼神迷乱,目光直接穿透了我,但眼睛里仿佛有点什么。隐隐约约地,好像认出了我。这对我来说就够了。

"你拿住他了。"帕特里克的话出现在我脑海里。

"布里?"雅克布轻声说,只有我能听见。我感觉到他心跳的节奏有点乱。紧张,悸动,有生命。

肯定很好。

我靠得更近了,缩短我们俩之间的距离。橙色和蓝色的火焰在我皮肤上跳动。他吃惊地睁大眼睛。然后,我用嘴唇擦过他的面颊,轻得像羽毛一样。若有似无。

"对,是我。"我耳语道。

"集中注意力。"帕特里克仍然在我脑海里。我能感觉到他的眼睛死死地盯着我。

"雅克布,伙计,说真的——你没事吧?"米洛吓坏了。派对上的其他人也觉察到这里出了怪事,有人把音乐关了。

雅克布站在房间中央,神情像见了鬼似的。我不知道他有没有看见鬼,但肯定听见鬼说话了。

我注视着他的眼睛在房间里来回扫视。他手心在出汗,看得出来,他已经吓得灵魂出窍了。

"干得漂亮!"

可是我还不想放过他,我还有一些话不吐不快。

"都是你的错。"我在他耳边低语,这次声音稍微高了一些。

他的脸瞬间变得毫无血色。"谁在恶搞,一点儿也不好玩儿!"他喊道。整个房间一片寂静,所有的目光都盯着他。

"冷静,伙计,真有你的。"米洛说,想让他平静下来。他抓住雅克布的胳膊,"走吧,我们带你去透透气。"

"快行动吧。你已经拿住他了,立刻行动。"

我稳住阵脚,凑得更近了。我慢慢用双臂搂住他的腰,感觉到他的整个身体在我的触摸下绷紧了。

然后我把五个绝妙的字眼轻轻地送入他的耳朵。自从那个夜晚之后我一直锁在内心的五个字眼。

"你害死了我!"

他尖叫起来。

整个派对上的人都跑光了,他也没有停止尖叫。

第十四章

什么也比不上你

我和帕特里克在月光下慢慢地顺着道路往前走,空气里混杂着寒冷的海腥味和桉树林的芳香。我们脑子里没有目的地。我只知道是在往北,离开雅克布的家,朝着城里走。两人一言不发地走了很长时间。

"很精彩。"过了许久,他终于打破沉默说道,"真没想到你有这么大本事,奶酪泡芙。"

我勉强挤出一点笑容,"动起真格的来,我是很厉害的。"

然而,我摆脱不了一种感觉,似乎事情的发展有点不对劲儿。我知道,我应该为把雅克布吓得灵魂出窍而感到高兴。毕竟,我让他在大多数低年级同学和他姐姐那帮来自斯坦福的朋友面前出尽了洋相。

可是这又怎么样呢?我仍然陷在这个倒霉的地方,仍然回家无望。我猜其实我隐约希望雅克布已经回心转意,希望他意识到他把事情搞得一团糟。他真是昏了头,竟然抛弃了像我这么好的女孩。

然而他没有。

他心里一直想着的是她——另一个女孩。更漂亮,更风趣,更可爱,也许比我以前更痴更傻。那个人用我做不到的方式"俘虏了他"。我忍不住希望,但愿那个人会让他心碎,就像他曾经让我心碎一样。

"爱情真令人揪心,是吗?"帕特里克说。

我点点头。"是啊,没错。"

他用胳膊揽住我的肩膀,"会过去的,我指的是这种感觉。你会不知不觉就把他忘记的。"

我停住脚步,"如果我不愿意忘记呢?"

我跪倒在地。我真是太愚蠢了,竟然相信他爱过我。我大错特错,认为在他姐姐的万圣节派对上露面,会改变我们之间发生的事情,会证明一些什么。然而我不可能有别的选择,不可能改变任何东西。我墓碑上的文字不是暂时的。一旦刻上,它们便终生不会磨灭。一旦刻上便永不消失。

奥布里·伊丽莎白·伊根
好友。爱女。天使。
永远活在我们心中。
1994 年 11 月 1 日——2010 年 10 月 4 日

我抚摸墓碑,我知道它上面说得对,我不会回去了。我一直生活在虚幻的世界,以为总有一天我会有办法返回过去的生活。那个生活会张开怀抱等待着我,充满希望、欢笑、爱和新的希望。然而,真相终于追上了我,就像帕特里克说的那样。这不公平。

帕特里克在我身边坐下。我注视着他把手伸进褪色的牛仔

穿越时空的悲恋

裤口袋，掏出那张揉成一团的餐巾纸——小片店的那张——他曾在上面列出了几个词。他咬下笔帽，展开餐巾纸。然后，他并未与我对视，而是仔细地划掉了单子上的第一个词。

否认

我拼命忍住眼泪，但它们还是流出来了。"为什么是我？"我朝着天空大喊，"为什么？我做了什么，遭到这样的报应？遭到这些报应？！"我瘫倒在他身上，泣不成声。愤怒的泪水热辣辣地涌出来，落在潮湿的沙地上。

"好了，好了。"帕特里克说，声音温柔而严肃。这是他破天荒第一次，"我在这儿呢。"

他让我趴在他腿上哭了很久很久，就在一号公路边那棵巨大的红杉树下。他抚摸我的头发，告诉我一切都会好的。星星全都出来了，一眨一眨亮晶晶，身下的地面越来越潮湿。我感觉到他直起身，慢慢拉开夹克的拉链。他把夹克披在我身上，我让自己缩得更紧了。愤怒和沮丧使我无法把眼睛睁开，就像一个小孩子大发了一阵脾气之后一样。

"我相信，"我轻声说，"很久以前，你曾经让某个人非常、非常幸福。"

不知帕特里克有没有回答我，反正我没听见。

我已经陷入了漆黑、遥远、风起云涌的梦境。

第三部

愤 怒

第十五章

你只是一条狗

我其实不属于那种能记得自己做了什么梦的人。我还曾经尝试过各种办法——写日记，录音，让闺蜜们告诉我有没有说梦话——可是，没有，零，一切皆无。除了那个诡异的不断重复的摩托车噩梦，我记忆里存不下任何梦境。

然而这次不同。

不知出于什么奇怪的原因，在这个特殊的夜晚，有个声音告诉我，这个梦我将会记得。第二天早晨我终于醒来时，仍然蜷缩在帕特里克的腿上。你猜怎么着？

果然记得。

我梦见了火腿卷。

更蹊跷的是，我梦到火腿卷那次吃掉了我最喜欢的填充动物——一只我取名绒毛夫人的小兔子。那天晚上我爬上床，发现心爱的绒毛夫人不在被子里它平常待的地方，便拼命地尖叫起来。它粉红色的鼻子毛绒绒的，粉红色的耳朵软绵绵的，别提有多松软了。

不见了，无影无踪。

起初，爸爸妈妈说我肯定把它忘在什么地方了。忘在了莎

穿越时空的悲恋

迪家,忘在了洗衣房,或忘在了我的床底下。对他们的这些指控,我统统予以否认。因为我知道真相。绒毛夫人没有失踪……绒毛夫人是被绑架了。

后来爸爸注意到一些湿漉漉的碎棉花,从楼上的走廊开始,顺着楼梯下来,进入客厅,一直延伸到火腿卷的狗窝门外,这时骚乱便升级为喧嚣。没错,果然如此。狗吃掉了我的小兔子。火腿卷吃掉了它粉红色的鼻子,那个鼻子我曾亲吻过上千次,都被磨秃了。吃掉了它粉红色的软耳朵。甚至吃掉了它漂亮的蓝玻璃眼珠。(需要说明的是,几天后一只眼珠出现了,不那么蓝,也不那么亮了。)

"什么都记得,"我喃喃低语,仍然半梦半醒,"我什么都记得。"

我记得绒毛夫人。我记得火腿卷躺在星空下时那胀鼓鼓的肚皮,它饱餐了一顿兔子,睡得人事不知。我记得在我短短的一生中从没生过那么大的气,还记得火腿卷看见我哭泣时,那双温柔的、褐色的猎狗眼睛里悔恨的神情。我记得它把柔软的、长着胡须的黑鼻子贴在我脸上,向我说对不起。

接着,不知为什么,我想起妈妈那天把我抱在怀里,对我说火腿卷只是一条小狗。它不是故意的。我记得妈妈头发的香味,记得她那件圈圈绒睡袍的温暖。我记得她以无人能够取代的独特的慈母方式,让我的心情平静下来。

然而这不仅仅是回忆,而是怀念,突如其来的、压倒一切的怀念。怀念我幼时牵着她的手,怀念星期六早晨我们俩穿着睡衣的傻样子。怀念我们因为亲密而互相伤害,怀念我们曾是最亲密的朋友,后来渐渐疏远了,并因为谁也没有努力去维护

我想起妈妈那天把我抱在怀里,对我说火腿卷只是一条小狗。它不是故意的。我记得妈妈头发的香味,记得她那件圈圈绒睡袍的温暖。

穿越时空的悲恋

而生气、怨恨,事实是——最终——孩子总有一天要长大。我曾把这些情感锁闭起来,藏在一个时间的密封舱里,深埋在一个安全而隐秘的地方,任何人也找不到。不知怎的,随着时间的推移,我自己也忘了那个地方。

我想念家人。我想念妈妈。

我睁开哭得红肿的眼睛,抬头看着帕特里克。

"天使?"他说。

"我想回家。"

"愿意说说为什么吗?"

我摇摇头,伸个懒腰,站了起来。我感觉胸口有个硬邦邦、沉甸甸的东西,像是一块水泥趁我睡着的时候在那里安了家。同时安家的还有另一样东西:一个计划,我期待着付之行动。

但是首先需要回家。

"那么,"他语气乐观,似乎想要活跃气氛,"我想带你去看看离这儿不远的一个特别棒的地方——"

"我想回家,"我又说了一遍,"现在。"

他用奇怪的目光看了我一眼,"今天早晨有点儿霸道,是不是?"

"随你怎么说吧。"

他挠挠头皮,"问题是……"

"什么?"我说,"问题是什么?"

"可能会有点儿麻烦。"他说。

"怎么可能呢?"

他叹了口气,把双手插进口袋。"听我说,好伙计。我知道你不爱听,但现在情况不同了。你不能做每件小事都跟以前

第三部 愤怒

完全一样——"

"谁说的?"

"想听真话?"

我怒目而视,"我看上去像在开玩笑吗?"

"伙计,"他说,"有人在马路的另一边醒来了。"

"那就让我们变焦回去好了。"我伸出手去,"我准备好了。"

他交叉起双臂,"请允许我提醒你,我不是你的私人司机。"

"真搞笑。"我说,"我觉得你就是个超级搞笑的家伙。"

"你跟我完全不同。"帕特里克低声说,然后一把抓住我的手。

我感到一道电流击穿了我。

"哎哟!"我大喊一声,使劲把手甩开,"天哪!给我上电刑吗?"

"哇!"帕特里克说,"我们之间真是火星四溅啊。太美观了。"

我揉揉胳膊,皱起了眉头。"蠢蛋,现在已经没有人说'美观'了。"

"听着。"他说,"两国交战不杀来使。你完全有权利生气,可是请别忘记。"

"别忘记什么?"我没好气地问。

他用力踢一块大石头,使石头飞到了路对面。"别忘记你现在只有我了,好吗?"

他的话刺伤了我,但我忍不住为刚才看见的一幕而惊叹。真奇怪,帕特里克竟然能让那块石头动起来,用他的脚。他跟一个存在于现实世界的物体发生了接触,而他自己并不存在于

穿越时空的悲恋

现实世界。我完全惊呆了。

"你是怎么做到的?"

"你说什么?你是说你对已故者的事情一无所知?啊,那真是令人震惊。"

"好了好了,"我叹着气说,"我明白了。对不起。"

"先把那句话说一遍。"

"我现在只有你了。"我嘟囔道。

"我听不见……"

"我现在只有你了!"我感到自己的脸发烫,"现在告诉我吧,你到底是怎么做到的?"

他笑了。"先做要紧的事吧。"他抓住我的手,把我拉近。没等我反应过来是怎么回事,我们就像坐在了最令人眩晕呕吐的过山车上,嗖嗖地在空中穿越,速度快得惊人,我一想起来就恶心得要吐。我的胃堵到了嗓子眼儿里,脚底下像着了火似的,我连连尖叫停下停下,可是风太大了,我甚至听不见自己的声音。

接着,突然停住了。

"家,甜蜜的家。"帕特里克说。

我睁开眼睛,感到我的整个身体都在颤抖、痉挛,随着重力和惯性冲撞上来,我几乎要崩溃了。"再——再也——不许——那——那么——做了。"

"我会记住的,天使。"帕特里克说。

我不喜欢他叫我天使,就像不喜欢所有那些跟奶酪有关的绰号一样,不喜欢他总能套取我的情况,却从不向我透露他自己的事情。可是现在,我愿意对所有这些既往不咎。

因为我们就站在我家的车道上。

麦哲伦大街十一号。

房子笼罩在阴影里,窗户全都关着,窗帘全都拉上了。似乎住在这里的人许多年前就搬走了,或只是什么都不在乎了。

我才死了几个星期,时间并不长,特别是在永恒的宏伟蓝图里,更显得短暂。然而,看着秋天萧瑟的日光照着房顶——看着泥迹斑斑、草叶枯黄、未经修剪的院子,和乱糟糟的、日渐腐烂的落叶,听着以及往西几个街区之外大海的古怪低语——突然觉得这段时间好像很久了。

这地方似乎变形了,扭曲了。是以前那个房子的灵魂。

就像我。

我无法把目光挪开。

"这里怎么了?"我问。

"都是这样的。"帕特里克说,"家里失去了亲人。"

开门声吸引了我的注意力。一个小男孩跑了出来,一头蓬乱的黑发,穿着牛仔裤和一件黑色的针织衫。他没有轻轻地关好房门,就冲下了台阶。他把足球扔在车道上,狠狠地朝车库的金属门踢去。

砰!

砰!

砰!

这是杰克。顿时,我全身都起了鸡皮疙瘩。他离得多么近啊,看上去多么真实啊。面颊红扑扑的,鼻子因为寒冷的秋风而堵塞。我想跑到他身边,给他一个大大的熊抱,搂住他不撒手。我注视着他用袖口擦了擦鼻子,然后把球扔下,又朝车库

穿越时空的悲恋

狠狠踢去。

砰!

我顺着车道走了一步,又停下了,意识到这像狄更斯小说里的荒唐情节。

"他看不见我。"

"没错。"帕特里克说,"可是从好的一面看,你头发的样子现在有点吓人,也许还是看不见的好。"

我摸摸乱糟糟的鬈发,想稍微梳理一下,却突然停住手,意识到帕特里克是在取笑我。又来了。我想再恶狠狠地瞪他几眼,就在这时,听见纱门第二次打开了。

"杰克!"

是我妈妈的声音。

接着我看见她了,她从前门探出半个身子。那件绿色的毛衣,是去年奶奶送给她的圣诞礼物,特别柔软。玳瑁框的眼镜。黑色的、波浪形的马尾辫,是不是比我记忆中的短了点儿?

妈妈。

我感到喉咙发紧,脖子后面像有无数根小针在刺着。我想跑到她身边。我多么想跑到她身边啊。

"杰克,亲爱的,不要这样用力地踢车库。声音太吵了。爸爸还要睡觉呢。"

"睡觉?"我说,"还在睡?现在几点了?"

至少是上午十一点了。爸爸一向是个早起的人。他总是天一亮就起床,挤出一个小时去冲浪,然后再去上班。他不可能还在睡觉!如果我们睡到九点还不起来,他总是很生气,即使周末也不行。

第三部　愤怒

"好吧。"杰克的声音显得很淡漠。似乎他根本不想听话，根本不在乎。他没有看妈妈的眼睛，把球扔在地上，助跑了几步，又踢了一脚。这次比刚才踢得还狠。

砰！

妈妈摇摇头。看得出来，她生气了，但不愿意再对杰克提要求。她返身进屋，让门在身后重重关上。

"一个快乐的大家庭。"帕特里克说。

我没理他，顺着车道走过去，坐在离踢球的杰克约莫十英尺远的地方。

杰克·切达尔。

他很漂亮。一个漂亮、可爱、郁郁不乐的男孩，再过几个月就九岁了。我脑海里突然冒出一个念头。

如果他把我忘了怎么办？

他把针织衫脱掉，扔在地上。然后盘腿坐在草地上，伸手从口袋里掏出一副扑克牌。暑假里我一直在教他洗牌，他已经差不多学会了。然而他的手还是太小了点儿，一把抓不住。他像我教他的那样，把牌分成两份（牌越少越好洗），可是当他把那些牌拱起来——想搭成一个弯弯的小拱桥时，牌从手指间滑出来，撒在草地上。

"见鬼。"他嘟囔道。

"再试一次。"我大声喊，"这次用拇指。"

他又重复相同的步骤，可是跟刚才一样，牌还是撒出来了。"倒霉！"他放弃了，继续踢球。

我爱莫能助。我完全没用。我是一个彻底的废人。

"准确地说不是，因为你从技术层面上说已经不是一个人

穿越时空的悲恋

了。"帕特里克说,"我们说话要准确。"

我用手一拍脑门。"哦,上帝啊,你就不能闭嘴吗?"

他微微一笑,"不能。"

我绞尽脑汁想用一句机智的话来反驳他,可是突如其来的喊叫声吸引了我的注意。我起身朝厨房的窗口走去,想看个究竟。他们果然在那儿。爸爸和妈妈,面对面坐在厨房的桌子旁。爸爸面前放着一杯没有碰过的咖啡,妈妈面前是空盘子和一份没有翻开的报纸。妈妈在哭,爸爸的头埋在双手里。

"你不能再这么下去了。"妈妈说,"你还要让我们忍受多久?你还要让布里忍受多久?"

我?他们在为我吵架?

"我需要弄明白。"爸爸说,"不弄明白我放不下。"

"你着魔了。"妈妈说,声音哽咽了,"你治不好她。她已经不在了,丹尼尔。你什么时候能接受这一点呢?"

"这说不通呀,凯迪。"

"她已经不在了,丹尼尔,面对现实吧。"妈妈从桌旁站起身,端着盘子走向洗碗池。她打开热水,水蒸气模糊了我正在窥视的窗玻璃。我又往前凑了凑。

"她是健康的。"爸爸继续说道,"我们已经战胜了病魔,她的心脏很强健。"

"也许不是。"妈妈又哭了,她停下来擦去泪水,"也许我们弄错了。"

"不!"爸爸突然把拳头狠狠地砸在厨房的桌子上,打翻了糖罐。这声音使我和妈妈都吓了一跳,"十五岁的小姑娘急性心肌梗死?心脏组织是不会无缘无故断裂的,凯迪。心脏不会

第三部 愤怒

无缘无故就他妈的裂成两半!"

"冷静一点儿。"妈妈说,"杰克会听见的。"

爸爸深深地吸了口气,他似乎在努力让自己平静下来。"我的团队从没见过这样的病例。"他揉了揉眼睛说,"布里可以帮助我们挽救其他人——确保这样的事情再也不要发生。"

"这不是你的错,丹尼尔。"妈妈轻声说,"不是任何人的错。"

"那个男孩难脱干系。"爸爸摇着头说,"我知道他有责任。"

你说得对,爸爸。你已经接近真相了。

"你打算怎么办呢?"妈妈问道,"把一个十六岁的男孩关起来?就因为他跟你女儿吵了一架?他还是个孩子,丹尼尔。你看见了布里的心脏——"她的声音发颤,"你亲眼看见了,我们都看见了。你难道想说雅克布·费舍尔对此负有责任?"妈妈说不下去了,失声啜泣。

你哪里知道呢。

"你已经在办公室睡了几个星期了。"妈妈转过来面对爸爸,眼泪顺着面颊滚落,"我们需要你,丹尼尔。我和杰克需要你。"

"那布里呢?"爸爸说,"她不需要吗?"

"她已经死了!"妈妈扯足了嗓子喊道,肩膀不住地颤抖。

不,不,不,求求你们不要吵架,求求你们不要吵架。

我想把眼睛和耳朵都捂住——我想逃走,再也不回来。可是我没法让自己从窗口离开。

"已经快要弄清楚了。"爸爸说,"我有了一个理论。"

"你有我们。"妈妈哭着说,"难道还不够吗?"她想拥抱爸爸,可是爸爸挣开了。

"不。"爸爸站起身,"现在还不行。"他从台板上拿起车钥

穿越时空的悲恋

匙,"我是世界顶级的心脏外科医生,凯迪。你认为这像话吗?我竟然弄不清自己亲生女儿的死因,你认为这像话吗?"

这就是我爸爸,总是注重实际。这也是他最擅长的方面。他给出事实,他揭开真相,全国各地——甚至世界各地——的人们都来找他求助。他却不能把我,他的亲生女儿,修复如初,这肯定要了他的命。

妈妈就不同。妈妈是我们家的艺术家,自由灵魂。她在旧金山艺术研究所教高级绘画班。最初相遇时,两人的差异使关系更加牢固。现在,同样的差异却使他们渐行渐远。

"医院里需要我。"爸爸说。

"我们需要你在家里。"妈妈说。

别吵了,别吵了,求求你们别吵架,别为我吵架。真是对不起。

"我尽量争取早点回来。"

"晚饭怎么办?"妈妈生气地说,"今天是她生日,丹尼尔。你难道今晚还要加班吗?"

我怔住了。我的生日。我转向帕特里克。

"十六岁了,"他说,"生日快乐,布里。"

爸爸叹了口气,"我尽量吧。"

"尽量是不够的。"

"我必须这么做,凯瑟琳。"爸爸的声音冰冷、恼怒。我不记得他什么时候叫过妈妈的全名。

妈妈怒气冲冲地走出厨房,"随你的便吧,我不在乎。"

我赶紧离开厨房窗户,奔过后院。一步两个台阶跑上门廊,冲到前门。我必须跟他们说话,必须让他们知道不用为我担心。

第三部 愤怒

我要进屋，然后一切就都会好的。我会想办法让事情好转，这是我的家，他们需要我的帮助。

你不能。帕特里克在我脑海里低语。

不能什么？别再跟我说什么能什么不能。

我伸出手，准备去触摸那光滑而刚硬的金属，就像以前无数次做过的那样。可是我抓住门把手使劲一拧，门却纹丝不动。

怎么——？

我又试了试，还是不行。我被锁在了外面。

"我恨这座愚蠢的房子！"我又踢又蹦，想破门而入。

还是没有反应。不管我怎么做，不管我多么使劲儿地推和挤，用全身的力气去撞，门还是一动不动。

"我讨厌我讨厌我讨厌！"我放开嗓门尖叫，每个字都像滚热的煤炭一样烧灼我的喉咙。过了一分钟，我瘫倒在门廊的台阶上，呼哧呼哧地喘气。我气急了，胳膊和后背上腾起一股股细小的蒸气。全身真像着了火一样。

帕特里克慢慢走上台阶，"感觉好些了？"

"我必须进去。"

"你进不去。"

"莫名其妙！"我嚷道，"为什么不行？"我猛地转过身，一跃而起，又去砸门。喊叫某人——谁都行——求求你，求求你，求求你，让我进去。

"你还没有准备好，布里。还不到时候。"

"什么意思？不到时候？"我气恼地说，"我去参加了雅克布家的派对。凭什么不能进自己家？你瞧，我集中注意力了。"我眯起眼睛看着房门，拼命集中注意力，"我集中注意力了，

穿越时空的悲恋

可是怎么都不管用。"

帕特里克轻声说:"用不着这样,天使。"

这时,杰克从我身边冲过,轻松一拧门把手就拉开了前门。我想跟着他溜进去,想把脚插在门缝间,只要能进屋就行,可是门对着我的脸关上了。

不受欢迎。

我跪倒在地,脑袋贴在前门旁的一扇窗户上。他们又在大喊大叫了。爸爸的声音洪钟似的,响彻整座房子,一字一句都那么响亮、清楚。我听见火腿卷在疯狂地大叫。我用拳头砸着大腿。"我就在这儿!你们俩别吵了!别吵架了!"

我透过窗户望进去。里面的情景跟以前没什么两样。硬木地板,衣帽间,餐厅里的瓷器柜,客厅里又大又舒服的沙发,一排一排又一排的书架,统统没有任何变化。妈妈那些可爱的小盆景排列在用玻璃围住的后门廊上,乱蓬蓬的,无人料理,大概都快枯死了。

可是我无能为力。我什么也做不了,只能眼睁睁地看着甜蜜的、曾经美满的家在我周围分崩离析。我紧紧闭上眼睛,噔噔地用脑门去撞窗玻璃。

我讨厌这样,特别讨厌。一切都这么不公平。

一阵轻轻嗅鼻子的声音吸引了我的注意。接着,我又听见谁兴奋地打了个喷嚏。我一抬头,顿时感到自己融化成了碎片。

隔着窗户与我对望的,正是火腿卷。它那长长的、丝绸般光滑的耳朵,和那让人忍不住要亲一口的脸,离我的脸近在咫尺。

隔着窗户与我对望的，正是火腿卷。它那长长的、丝绸般光滑的耳朵，和那让人忍不住要亲一口的脸，离我的脸近在咫尺。

第十六章

心的伤逝

这不可能是真的。那双褐色的大眼睛不可能在看着我。我转过身看了看街上,那儿肯定有一只松鼠、一只猫或别的什么动物吸引了它的注意。也许是一个跑步的人?或是从布莱纳家前院飞出来的一个飞盘?可是我没看见什么特别的东西。似乎没有任何异常动静。

嘿,真够古怪的。

我重新把脸转向窗口,火腿卷还在,仍然坐在刚才那个地方,仍然直盯着我。一点儿都没挪窝。白亮亮的胸脯鼓鼓地挺着,脑袋好奇地偏向一边。它嗅了嗅空气,发出一声低沉的、不敢确定的低吠。

"你好,小帅哥儿。"我轻声说。

它又把脑袋偏了偏,做出那副爱死人的小狗狗萌态,我看到它开始轻轻地用尾巴敲打地面。

这根本不可能。

我实在忍不住了,慢慢把手伸向窗户。

它往后一跳,叫了起来。

"嘘!"我说,"安静!"

第三部 愤怒

我的话刚一出口,它就竖起了耳朵。

"好孩子。"我说,眼睛盯着这只矮脚长毛猎犬的可爱的脸,"来吧,小帅哥儿。来吧。"我第二次朝它伸出手。我把手贴在窗户上。

火腿卷不动了。尾巴不再敲打,小心翼翼地凑上来再次嗅了嗅。

"火腿卷?"我寻找它的目光,可是看不出它认识我的迹象。它的眼神里什么也没有。

它看不见我。我在骗谁呢?

"对不起。"帕特里克在门廊的椅子上轻声说道,"真的很抱歉。"

我的手落回到身体旁边。我哭了起来。

"我太傻了。"我说,"你是对的。我就是永远永远陷在这里了,陷在这该死的永恒里,没有亲人,没有朋友——"

"哦,谢了。"帕特里克打断我。

"——没有男朋友,甚至没有我的狗——"

"布里,等等——"

"——直到,直到我的灵魂分解,或直在宇宙爆炸——"

"布里,你看——"

"——或直到发生了什么可怕的事——"

"上帝,你能看一眼吗?"

"什么?"我抬起头。

火腿卷在抓挠窗户,就是我的手刚才所在的地方。

"哦,上帝。"我轻声说,不敢相信这一幕。这是我们千辛万苦教会它的唯一的本事。

穿越时空的悲恋

它想握手。

眼泪顺着我的面颊滑落，我发出一声大笑。"你这只疯狂的狗，你能看见我！"一时间，我内心所有的怒气都消散了。我跳起来，又是拍手，又是大笑，火腿卷在玻璃的另一边汪汪大叫，快速地转着圈儿。

"好孩子！"我喊道，"好孩子！"

它的回应是跳起来疯狂地想舔窗玻璃。

帕特里克摇摇头，"真见鬼。从没见过这样的事。"

"火腿卷，别叫了！"我听见妈妈从厨房里喊道，"门口是谁？"

"是我！"我大叫，"妈妈，是我！"

妈妈走到门边，我听见门锁咔嗒一响。突然，她出现在我眼前。

妈妈。

我们面对面。

我伸出手，可是我的手直接穿过了她。

不，求求你。求求你看见我，我就在这儿。

她打了个寒战，用羊毛衫紧紧地裹住肩膀。可是火腿卷瞅准机会，从敞开的房门冲出来，亲热地对我吻了又吻。我尽情地享受，从没像现在这样渴望被狗狗的口水覆盖。

"火腿卷，别这样。"妈妈抓住狗项圈，想把它从我身边拖回去。看妈妈的神情，我知道她开始感到害怕了。有点儿不对劲儿，但她不能确定是什么。

没等我向她伸出手，没等我让她看见我，她就后退一步，进了房门。我又感到那种熟悉的愤怒和怨气在心头泛起。

"妈妈，妈妈，妈妈，不要——"

"来吧，火腿卷。进来吃早饭。"

"停下来！陪陪我！"这不公平，我只是想进去。见鬼，我为什么不能进去?！我朝前跨了一步，火腿卷又开始汪汪叫，脖子后面的毛都竖了起来。

"你这是怎么了？"妈妈说，"别叫了。快别叫了。"

火腿卷没有动弹。它不愿意离开我。

"伊根家的火腿卷，赶紧给我进来。"妈妈严厉地指着客厅。

火腿卷发出一声长长的、尖厉的呜咽，似乎知道自己有麻烦了，可怜巴巴地抬头向我求助。它也不明白我为什么不能进去。真希望有人能给我们俩解释解释。

"没关系，火腿卷。"我柔声说，"进去吧，跟妈妈一起去吧。"我跪下来，双手捧起它的鼻子，把无数个吻印在上面，"至少还有这个。"我说，"至少我们有个秘密。"然后就把它推进去了。

它进去后，妈妈立刻关上门，把我永远地锁在了外面。我透过冷冰冰的玻璃窗看着她。

"我恨这一切。"

"大家都一样。"帕特里克说，"大家都一样。"

突然，车库门打开的声音引起了我的注意。"我去医院了。"我听见爸爸在车库里说。他的口气不亲切，一点儿也不。

不，爸爸，别走。

我擦了擦脸，从地上跳起来，冲下前门的台阶。如果有人想离开这座房子，必须先把我撞倒。我转过房子的拐角，跑过妈妈种的那些鲜艳的玫瑰花。

"爸爸！"我喊道，"别走！"

穿越时空的悲恋

他用钥匙点火,把车发动,后退着驶出车道。我注视着他的脸,他查看了一下来往车辆,往右一拐,驶离了我们的街区。他好像巴不得赶紧离开这里。

我被撇下了,心里非常难过。于是我朝街上走去,开始慢慢地跑,越跑越快,以最快的速度向前狂奔。

"布里,你这是在做什么呀?"

"跟踪他,你以为是在做什么?!"

帕特里克立刻出现在我身边。他抓住我的手。

"抓牢!"

几秒钟后,我的双脚重重地砸在旧金山医科大学的水泥人行道上。我后退了二十步,跌进了篱笆里。

"倒霉。"终于能喘上气来时,我呻吟道,"疼死我了。"

"七分半。"帕特里克说,"高度很好,距离不错,但落地时拖泥带水,自动扣去三分。"

"饶了我吧。"我揉着擦伤的膝盖,"有雾,能见度差。我倒想看看你来一次精彩表演呢。我要求重新计算。"

"好了好了,别太贪心了。你运气好,我还给你多加了半分呢。"

他大笑着把我拉起来。我掸掉身上的灰尘,一瘸一拐地走向马路牙。然后我们等待着。

十五分钟后,我终于看见爸爸那辆旧宝马从路上开来了。他打开闪光警戒灯,向左一拐,把车停在离医院大门不远处的一个地方。他朝我走来时,我站起身。

爸爸,我在这儿。

我伸手去触摸他,可是,就像我刚才想触摸妈妈时那样,

第三部 愤怒

我的手直接穿过了爸爸。他继续往前走。于是我跟着他穿过自动滑门进了急诊室，顺着有一股塑料和消毒水气味的走廊，走进敞开的电梯。他按下四层的按钮，靠在墙上，闭上了眼睛。我终于可以好好看看他了。

他衣冠不整，胡子也没刮。消不掉的黑眼圈已经刻在了眼睛下面，他看上去更消瘦了。但他仍然那么帅气。我探过身想去拉他的手。

爸爸，是我。

他往旁边一闪，把手插进了口袋。电梯停住了。叮叮响了两声，门开了。

帕特里克和我跟着他走过另一道日光灯照亮的走廊，穿过两扇转门。经过加护病房，最后往左一拐进入心脏病区。

我打了个哆嗦，觉得肚子发紧。上次我进来是躺在担架上的，爸爸一直抓住我的手，虽然我那时已经咽了气。

我们又往左一拐，到了他的办公室门口。他在大衣口袋里翻找，掏出一串钥匙，摸索着去拧门把手。我和帕特里克跟他走了进去，房间里一片漆黑，几乎什么也看不见。爸爸关上房门，把我们锁在了里面。

等等，他干吗要上锁？

接着，他啪地打开灯。我惊得大喘一口气。

就像一颗炸弹曾在这里爆炸。房间里一片狼藉。每一面墙壁，从上到下，都贴满了纸片。剪报，X 光片，照片，杂志上的文章，数不清的笔记本。我简直看不到一星半点的白墙。

这些都是什么呀？

"也许他有了一个新的爱好？"帕特里克开玩笑说。

穿越时空的悲恋

我没有笑,因为我有一种感觉,他在专心研究什么东西。我用双手抚摸墙上贴的大杂烩,目光扫过那些标题:

> 半月湾少女心肌梗死
> 当地15岁女孩死于心力衰竭——
> 你的孩子是否也有危险?

我明白了。爸爸确实有了一个新的爱好,这个新的爱好就是我。

墙上还有许多带边框的文章和散乱的剪报,以及一些登着我面部特写照片的杂志封面。

所有这些都关于我?

我不知道该说什么。

"瞧啊,"帕特里克说,"你出名了。"

我走向已经坐在办公桌旁的爸爸。注视着他在一摞一摞的纸堆里翻找,有时停下来剪贴文章,有时从灰扑扑、乱糟糟的书架上抽出一本工具书,查找什么。他在一本又一本笔记本上草草地记录——记录他在研究中发现的所有问题、理论和病例。

我以前从没见过他这副样子,就像原来那个他的一个古怪的翻版,被无法解释的医学现象弄得如痴如狂。妈妈说得对,他着魔了,不把这个谜解开就停不下来。

哦,爸爸,其实就是一颗心碎了。不是什么复杂的事。

我蜷缩在他的黑皮沙发上,以前,我和杰克经常在这里用爸爸笔记本的残页来算命,然后把对方的命运大声念出来。你会有三个孩子,一个宠物,一条名叫拍拍的金鱼。你会住在豪宅里。你会成为一名宇航员。

但我们不可能预言到现在这个样子，再过一百万年也不可能。

看到他这副样子，我感到胸口疼痛。我把这么多人的生活都搞乱了。同时，看到他这么在乎，我觉得自己更爱他了。他把自己封闭起来，就为了解开他医学生涯中最大的一个谜团：我的死因。

电话铃响了。他拿起话筒。

"喂？"他顿了顿，"亲爱的，别哭。我知道。我也很难过。"

我坐直身子。

是妈妈。他们要和好了。

"好吧。"爸爸说，"好的，我马上过来。"

他要回家了，他要回家了，他要回家了！

我跳了起来。我变成了圣诞节早晨的小孩子。

爸爸打完一封电子邮件，整理好手提箱，关灯，锁上办公室的门。我们跟着他走到外面的停车场，钻进车的后座。我真高兴离开了那里。

"真不敢相信，你让我坐这个笨重的破玩意儿。"帕特里克抱怨道，"如果被别人发现，我会成为天堂里的笑柄的。变焦的效率高多了。"

我咯咯地笑了，看他生气挺好玩儿的。

车子在路上疾驰，爸爸打开了收音机。是邦乔维[①]乐队。

"哦，上帝，我超爱这首歌！"我喊道，觉得离开小片店之

[①] 邦乔维，当代美国摇滚歌手，少年时期即开始接触摇滚乐。1983年5月组建同名乐队，逐渐占据市场。以主流硬摇滚、金属摇滚见长。

穿越时空的悲恋

后从没有这么快乐过。"来吧,爸爸,把声音再调大些!"我扯足嗓子唱了起来:

哇哇哦,靠祷告生活!

"哇,我的听力算是彻底被毁了。"帕特里克做了个鬼脸,"记得提醒我,下次你生日送你几节声乐课。"

"哦,好吧。"我嘲笑道,"就好像你唱得比我好多少似的。"

他扬起眉毛,"让你看看大师的水平。"他把头往后一仰,唱起了纯正的摇滚。

抓住我的手,我们一起走,我发誓 发誓!哇哇哦,靠祷告生活!

不可思议的是,帕特里克唱得很棒,真的非常棒。我完全心服口服。"好样的!你应该去参加'美国偶像'①海选!"

他微微一笑,扔给我一个无形的麦克风。"咱俩敢不敢配个和声?"

我尽了全力,但在刺耳地尖叫五秒钟后,我们俩爆发出一阵歇斯底里的狂笑。就算他发现了我的一个缺点又怎么样?笑一笑感觉真爽。不,感觉真奇妙。

现在一切都好了。一切都会好的。

帕特里克笑眯眯地看着我。我也笑眯眯地看着他。

布里?我听见他在低语。你还记得——

"喂!"我看见农贸市场在窗外闪过,不禁大叫起来。我扭头看看,迷惑不解,"爸爸,你在做什么?你忘记拐弯了。"

---

① 美国偶像,美国 FOX 广播公司一档著名的选秀节目。从 2002 年起每年主办一届,目的是发掘新一代的美国歌手,获得当季冠军的选手即为当年度的美国偶像,获得一纸价值百万美元的唱片合约。

第三部 愤怒

难道他走一条新路回家？真怪。

车子在公路上疾驰，经过一条又一条熟悉的街道。

也许他先去什么地方给妈妈买束鲜花什么的？

碰到红灯了，爸爸打开闪光警戒灯。

"爸爸，你为什么在这里拐弯？"

他等两辆车过去，然后迅速左转，进入希尔顿饭店的停车场。

来希尔顿饭店做什么？

他把车驶入一个车位停好，关掉引擎，松开安全带，开门出去。

他到底在做什么呀？

帕特里克不敢胡乱猜测。他像我一样一头雾水。

我们跟着爸爸进入饭店大堂，那里有笑容可掬的服务生、枝形大吊灯和假棕榈树。我们跟着爸爸进入电梯，和他一起升到11楼。

11，我的幸运数字！

我们跟着他走过铺着地毯的长长的过道。最后，他在1108号房门前停下脚步。他敲了两下门。我听见有人在门里把锁打开。门开了。

一个女人。

我僵住了。

不！

金黄色的头发，剪成俏皮的短发型，亮晶晶的蓝眼睛。

不！

"丹尼尔。"

穿越时空的悲恋

"莎拉。"

布莱纳夫人?

我无法呼吸。我的老师,我的邻居,我妈妈最好的朋友。

爸爸扔下手提箱,松开领带。没等我意识到是怎么回事,他突然崩溃,哭了起来。一开始轻轻啜泣,随即哭得越来越伤心,最后百分之百地融化在了她的怀里。

不,求求你。求求你不要。

"真不敢相信。"帕特里克低声说。

哦,上帝,我要晕过去了。

然后,他们拥抱了。

然后,他们接吻了。

然后,我在过道里飞奔,没有回头再看一眼。

第十七章

直刺心脏，都怪你

　　我感到天旋地转。我不知道自己在做什么，要去哪里，是什么时间，甚至是哪一年。我只知道我受了欺骗。我的整个世界、整个身份、整个存在都像是一个天大的、一点儿也不好玩的笑话。

　　如果你的爸爸妈妈——两个一心一意、全心全意相爱的人，每个遇见他们的人都说他们是天造地设的一对儿——如果连他们都弄不好，那么，像我这样一个女孩，又怎么可能继续相信爱情、家庭和天长地久这样的事情呢？

　　我简直气疯了。我生爸爸的气，他把一切都搞糟了。我生布莱纳夫人的气，她给我们家背后来了一刀。我生雅克布的气，他就那样闯进我简单、快乐的生活，而我并没有请他进来。我甚至生帕特里克的气，他把我带回来目睹这一切。我连看都不愿看他，我太生气了！

　　就在我被看见爸爸跟别的女人鬼混的怒火冲昏头脑时，我似乎让自己从希尔顿饭店直接变焦到了半月湾市中心。落地时甚至没有摔倒，这确实很了不起。但我没有心情沾沾自喜。

　　"你想谈谈这事儿吗？"帕特里克猜出我心里想什么，问道。

穿越时空的悲恋

"不想。"

简单，帅气，直来直去。

大马路对面，一个年迈的嬉皮士低声唱起了尼尔·杨[①]的一首歌。这首歌我知道，是爸爸最爱听的歌曲之一。

因为我仍然爱着你，想看你再次翩翩起舞。

因为我仍然爱着你，在这秋分前后的满月夜。

"闭嘴！"我朝他大喊，"没有人想听！"

"看来，时机可能不对。"帕特里克说，这时我们正走过**意面之月**——莎迪最喜欢的一家餐厅，"我想给你一个惊喜。"

"我讨厌惊喜。"

"真有意思，我以前可没听你这么说。"

"你以前听错了。"

我朝皮拉希托小溪公园走去。我需要消失一会儿，坐在草地上，呼吸呼吸新鲜空气，看着那些亢奋的人辩论太阳能风能什么的。

"哦，行啦。"帕特里克发现我带着他往那里走，唉声叹气地说，"你不知道我对阳光和幸福极度过敏吗？"

"今天是我的生日。一切听我安排。"

"好吧。"他说，"除了今晚。今晚得听我的。"

我耸了耸肩，"随便吧。"

我们顺着一些曲里拐弯的道路，走了很远才进入公园，最后发现一大片场地，看上去特别合适。风景秀丽，阳光明媚，草地和土壤的比例恰到好处。我走向一棵孤零零的老白桦树，

[①] 尼尔·杨（1945–），加拿大摇滚乐诞生以来最有影响力的艺术家之一，也是近年来为数不多的仍保持着旺盛创作精力的老牌艺人之一。

第三部　愤怒

仰面躺倒，让脸冲着天空。我想把爸爸倒在别人怀里的画面从脑海里赶出去。那个人是一个我曾经信赖的人，我曾经在乎的人。一想起她，我心里就感到难受。

妈妈知道吗？这种事有多久了？爸爸刚才亲吻布莱纳夫人的样子，看上去绝对不是第一次。

哦，恶心！

这是一个我曾一辈子崇拜的男人。一个我一直把他视为英雄的男人。对我们全家每个人来说，他都曾在某个阶段扮演过英雄。对杰克来说，他仍然是英雄。

我当时就决定，我永远不会原谅他。他做的这种事是无法得到原谅的。他背叛了妈妈，背叛了杰克，甚至背叛了火腿卷。

他背叛了我们大家！

"而且在今天。这么多日子，偏偏是在今天。"我的声音发抖，眼角浮出泪花，但没有哭。我太生气了，顾不上哭泣，"爱情真是一个彻头彻尾的大蠢货。"

我想到去年雅克布的父母分开了很短一段时间。我曾经陪伴他经历整个过程，他父亲搬出去的那个下午，他在我怀里伤心哭泣。我永远不会忘记那天雅克布脸上的表情。他看上去完全像个小男孩，惶恐、困惑、生气，觉得自己也许可以做点什么来阻止这一切。我记得那天夜里我骑车回家，紧紧地搂抱我的爸爸妈妈。虽然他们冲我大声嚷嚷，因为我没有遵守十一点以前回家的规定，晚了差不多一小时。我把他们俩都抱住了，搂得紧紧的。我觉得我真幸运，我们家跟别的家庭都不一样。

我们是幸福的。我们是安全的。没有什么能把我们分开。

然而我错了。实际上，在许多事情上我都错了。

第十八章

十六根蜡烛的柔光

我和帕特里克那天下午一直待在那个地方。我们没怎么说话，只是沐浴在寒冷的十一月阳光下，四仰八叉地并肩躺在地上，注视着头顶的云彩缓缓飘过。

"狮子狗。"帕特里克指着头顶上方一团毛茸茸的大云朵说。

我不屑地哼了一声，"你眼睛瞎了吧？我从没见过比这更不像狮子狗的云。"

"哇，这话说得真不客气，奶油干酪，真不客气。"

"明显是一只兔子嘛。"我翻翻眼珠说，"行了，别生气了。"

时间过去了几个小时。我们注视人们穿着溜冰鞋滑过，牛仔裤裤腰搭在屁股上，内裤清晰可见。我们注视保姆推着婴儿车走过，小婴儿躺在里面，还有小巧玲珑的吉娃娃狗，它们穿的衣服比我的那些漂亮多了。

虽然有这么多东西分散我的注意力，但我麻木的大脑不停地把我拉回到雅克布那儿。我想起我和他在这个公园里度过的那些无比漫长的夏天。我们无所事事地闲待着，打打牌，相拥而卧，进入梦乡，醒来时感觉到他的嘴唇贴在我的嘴上。

什么时候能不这样伤痛呢？

我和帕特里克那天下午一直待在那个地方。我们没怎么说话，只是沐浴在寒冷的十一月阳光下，四仰八叉地并肩躺在地上，注视着头顶的云彩缓缓飘过。

穿越时空的悲恋

帕特里克没有用尖刻的话来反驳我。也许他像我告诉他的那样,终于离开了我的脑海,也许他知道我不会喜欢他的回答。

渐渐地,一天快要过去了。浓雾从索诺玛海滩蔓延过来,太阳在海湾上空缓缓降落。

"恐怕今天的时辰到了,小夫人。"帕特里克说着,伸了个懒腰。他站起身,掸了掸牛仔裤。

"什么时辰?我哪儿也不去。我今晚就睡在公园里。"

"你真难伺候。"他笑了,"行啦,别这么让人扫兴。"

他抓住我的胳膊,以闪电般的速度把我抱了起来。我又感到我的芭蕾平底鞋里发出的那种熟悉的电流噼啪声。

"这次不行。"我呻吟道,眼睛闭得紧紧的。

我们像爆竹一样射了出去,我可以感觉到地面在我身下迅速坠落。我没有睁开眼睛,不想知道我们飞了多高。

天使,如果你不经常四处看看,就永远不会克服这点。

哦,好吧,好吧。

我把眼睛睁开一条缝。我得到了证实,没错,我们果然是在一万英尺的高空。"你可不许把我扔下去。"我咬牙切齿地低声说。

帕特里克让我们俩急速上升,离开公园,朝小片店的方向飞去。

我以为是这样。

片刻之后,当双脚触及地面时,我感到鞋里灌满了沙子。因为晒了一个下午的日光浴,沙子热乎乎的。虽然是十一月,沙子还是热的。这就是加利福尼亚。

我认出了那些悬崖——高耸,巍峨。海浪从海岸线翻滚回

第三部 愤怒

来,形成一道道平行的完美的白色水纹。那些野花我都如数家珍,橘黄色、红色和淡紫色的小花瓣儿在海风中舞动,有时候小花儿也会开在意想不到的地方,如岩石缝里,贝壳下面。

这就是离群马海滩。这就是我从小到大来过上千次的地方,是半月湾我最喜欢的地方之一。雅克布和我多少次在这片海滩约会,就在暑假的最后一个夜晚,我们在这里钻进一条睡袋。在离群马海滩上,他曾跟我在波浪间追逐,在三颗垂直排列的流星下亲吻。就在这里,他真正地、毫不含糊地偷走了我的心。

注:我想把它要回来。

帕特里克带我去过许多地方——许多地方都蕴含着深意——其中,只有离群马海滩是我再也不愿独自光顾的。尽管这也许是我最渴望见到的地方。

"你怎么知道的?"

帕特里克耸了耸肩,又露出他那招牌式的坏笑。"胡乱猜的。"他指着我身后的什么东西,"回头看。"

我照办了,简直不敢相信自己的眼睛。在下面的海滩上,在美轮美奂的加利福尼亚落日——因为有雾而格外稀罕——的映衬下竟然是我那三个关系最铁的死党!

艾玛、苔丝和莎迪,都穿着牛仔裤和运动衫,带着枕头和睡袋,挤坐在一条大大的海滩毛毯上。在她们身边,一小堆篝火噼噼啪啪地燃烧,在橙红色天空的衬托下迸发着火星。看见她们在一起,我又忍不住热泪盈眶。我看着帕特里克。

"这是怎么回事?"

他咧嘴一笑,"是一场生日派对,为你举办的。"

我完全说不出话来。我不知道该说什么,甚至不知道该怎

穿越时空的悲恋

么感谢他。我张了张嘴,却什么也没说出来。

他把手指按在嘴唇上,"她们在等你呢。亲爱的,今晚是属于你的。享受吧。"

接着,没等我来得及反应是怎么回事,帕特里克便俯下身来。他慢慢地、温柔地用嘴唇擦过我的面颊。我闭上眼睛,在那一瞬间,我发誓我感到胸腔里有一阵最轻微的悸动——就在心脏原来所在的地方,有一只精致的小蝴蝶在扇动翅膀。然而这是不可能的。

哇!

几秒钟后,我睁开眼睛,帕特里克已经走了。完全消失在傍晚的暮色中,就好像从没来过似的。

厉害,我真的需要学会这一手。

我在海滩上慢慢地朝朋友们走去。多么渴望我可以冲到她们面前,热烈地拥抱她们,四个人偎依在一起,注视着绚丽夺目的太阳沉落到大海下面。

我走近时,她们的说话声飘了过来,响亮、清晰。她们在谈论我。

"真不敢相信她已经不在了。"苔丝说。她紧紧抱着膝盖,裹在她那件蓝色羊毛衫里,"感觉不像是真的。"

莎迪点点头,"我觉得我可能永远也不会相信。"她眺望着大海,片刻之后,把脸埋在了双手里,"我真想她啊。"

姐妹们,我在这儿,我在这儿。

"我甚至不敢看那个人。"艾玛说,"每次在走廊上遇见他……"她摇摇头,"多么狠心的男人,竟然不去参加女朋友的追悼会。"

第三部　愤怒

我吃了一惊。这么说，她们当时并没有看见他躲在礼堂后面。我猜谁都没看见。

苔丝咬牙切齿，"真是浑蛋！"

"那么，大家都带来了什么？"莎迪打断了这个话题，篝火在她身后熊熊燃烧。

艾玛从包里抽出一件 T 恤衫。海军蓝色，长袖，胸口裂了一道口子。

是雅克布的。他有一次落在了我们家，我立刻就"忘记"还给他了，因为这件 T 恤衫又暖和又舒适，散发着他的体味儿。在无数个夜晚，我都抱着它入睡。

如果有机会，我应该把它扔进垃圾箱。

"太好了。"莎迪说，"苔丝，你呢？"

苔丝跳起来，一头红发在风中飘舞，她把手伸进牛仔裤屁股后面的口袋。她掏出一张照片。我走上前想看个清楚。

是我贴在学校更衣柜里的那张照片，上面是我和雅克布在秋季嘉年华上的合影。雅克布拍这张照片时，我们爬到了城里最大、最刺激的过山车"弯弯绕"顶上，再过几秒钟就要跌入第一个大低谷。照片上，我闭着眼睛，又叫又笑，雅克布在亲吻我的面颊。这是迄今为止我最喜欢的我们俩的合影。

我敢说他新女友的更衣柜里也贴着一张这样的照片。

"轮到我了。"莎迪说。她隔着艾玛探过身，抓过她的大手提袋——里昂·比恩①精品袋，上面绣着她姓名的首字母：STR，代表莎迪·泰勒·鲁索②。

---

① 里昂·比恩，美国著名的户外用品品牌，创始于 1912 年，至今已有一百多年的悠久历史。
② 莎迪的全名是：Sadie Taylor Russo，缩写为 STR。

穿越时空的悲恋

从出生起,她就一直是个明星。

莎迪把手伸进袋子,掏出一个盒子,我一眼就认出来了,是我的。一只旧烟盒,边角都磨损了,上面还有我多年前贴的花卉剪纸。莎迪打开盖子,拿出一本红色皮封面的日记本,上面还系着一根精致的花边黑丝带。

哦,上帝啊!

我瘫倒在沙地上我的朋友们身边,无地自容。

"真的吗,姐们儿?你们真的要这么对待我吗?"

这是我从与雅克布恋爱起就一直记的日记,通篇都是蹩脚的情诗和俗气的情书,我写给他但没有寄出。因为,一)太难为情了;二)其实不是写给他的,是写给我自己的。

还因为那样他就有了我是头号大傻瓜的确凿证据。

我暗暗叫苦,脸烫得无法形容。我再也不想看见这本愚蠢的日记了。

"女士们,请允许我来做这件事,好吗?"莎迪说。

哦,天哪,她真的要这么做了。她真的要读日记了!

莎迪小心地解开丝带,塞进她外衣的口袋里。然后她站起来,走向篝火。她把日记本打开,脸上露出微笑。

"布里。"她说,"这是给你的。"

说完,她开始把日记本撕成碎片。

我吃惊地张大嘴巴,注视着她把一页又一页纸扔进篝火,夜幕中火星四溅,火苗劈啪作响,火舌吞噬了我的文字,我的愿望,我的关于那个心爱男孩的最隐秘的思绪。

太美了,太神奇了。我死后第一次感到有什么东西发生了弯曲和变化。我觉得轻松了,平静了。

第三部 愤怒

一点点地，我开始感到自由。

"对啦!"艾玛喊道。她蹦跳着来到篝火边，团起雅克布的T恤衫，扔进火里。"烧吧，宝贝儿，烧吧!"她喊道，一边挥舞着双臂。

我看着雅克布的衣服在灼热的火焰中扭曲、皱缩，不由得放声大笑。

最后，苔丝举起我和雅克布的那张合影。她亲了亲我的脸，深吸一口气，把照片撕成两半。她撕了一下、两下、三下。最后，我曾经那么甜美的记忆，只剩下一捧杂乱无章的碎纸屑。她举起双手，我惊愕地注视着寒冷的秋风飘过来，把它们吹得四下飞舞——往事、音乐、色彩和时光的细琐碎片在我们周围旋舞。

我们四个注视着碎纸片在黛紫色夜空的衬托下燃烧，发出火光——注视着它们被火焰吞噬，像坠落的星星一样慢慢飘向地面。

"伊根，祝你十六岁生日快乐!"苔丝小声说。

"我们想你。"艾玛说，声音哽咽，"特别想你!"

"我们爱你，布里!"莎迪大声地哭喊。

一阵铺天盖地的疼痛——这次是令人愉快的疼痛——穿透了我的胸膛。拥有这样的朋友，我真幸运。不，岂止是幸运，我是最幸运的。

我也爱你们!

然后，她们三个人挽起胳膊，朝水边走去。当最后几道晚霞在一望无际的大海尽头的地平线沉落时，我最亲密的朋友们向我抛洒飞吻，擦着眼泪，最后跟我做了道别。

第十九章

你的每一次呼吸

篝火一直燃到深夜。我注视着星星闪闪烁烁,并在其他人入睡后淡去,感到一种异样的宁静把我笼罩。

我认为我准备好了。

准备好了什么?

返回小片比萨店,继续前进。

但愿有这么容易,天使!

天快亮时,我俯身想紧紧捏住莎迪的手。我的手指直接穿过了她的,然而,令我惊讶的是,她的眼皮竟然颤动着睁开了。她坐起身,伸了个懒腰,探过身查看她的手机。然后她揉揉眼睛,又披上一件针织衣,迅速爬起来,悄悄地溜出了睡袋。

莎迪小心地害怕吵醒艾玛和苔丝,蹑手蹑脚地穿上她的匡威运动鞋,开始走路。

我跟她一起走。

我们在海滩上往北走了一会儿,最后绕过了沙丘。她抄了一条熟悉的小路,朝摆放着那些野餐桌的地方走去。那里我们曾经去过无数次,在周末和暑假,同学们经常一起去烧烤或玩沙滩排球。

第三部 愤怒

莎迪挑了张桌子坐下，双腿交叉。我坐在她对面的板凳上。她虽然困意未消，仍然美得惊人。长长的黑色鬈发，完美的黝黑色肌肤，无比温柔的褐色眼睛，充满光彩，充满生命。

真希望你能看见我。真希望你知道我在这里。

我和莎迪一起注视着黎明的柔光给天空镀上一道道朦胧的光晕——紫色、蓝色和芭蕾粉红色组成的交响曲。完美的日出景象。艾玛和苔丝肯定会后悔她们错过了美景。懒鬼。这两个家伙，如果你让她们睡，她们没准儿会永远睡下去呢。

"太美了。"莎迪说，打破了沉默。

接着她哭了起来。

"莎迪？"我看到她哭得那么伤心，浑身颤抖，便赶紧凑了过去。

"哦，亲爱的。"我喉头哽咽，"别哭了。我就在这儿呢。"

"布里。"她的声音充满痛苦，"对不起。真的、真的对不起。"

这时候我才明白我的死对她是多么沉重的打击。对她们大家是多么沉重的打击。离开是痛苦的，而自己身边的人离你而去，那肯定更令人痛苦。

"好了，好了，嘘，别难过了。"我轻声说，试着抚摸她的后背，"不是你的错，莎迪。求求你别哭了。"我用双臂搂住她——虽然她感觉不到——滚烫的泪水淌下她的面颊，落进旧木头桌子的裂缝里。

会好的。一切都会好的。

也许是因为我闭着眼睛，也许是因为莎迪的哭声太响，总之，我丝毫没注意有人从沙丘上走来，没听见踩在沙滩上的脚步声。

穿越时空的悲恋

"莎迪?"

是那个人的声音。

我转过身,感觉到莎迪离开了我的怀抱。我听见她大喊一声,哭得更响了。然后,我注视着,像在摧毁一切的慢镜头里一样。

我在这个奇妙的大千世界里最亲密的朋友,跑过去直接投入了雅克布·费舍尔张开的怀抱。

第二十章

伤心人何去何从

我的整个灵魂都麻木了。

是她，是莎迪！

"不！"我呢喃着，看着我的初恋用他的双手握住我最好的闺蜜的双手，我的膝盖重重地砸在了地上。我不确定他们的手握了多久，也不确定他们什么时候分开了。他回到车里，而她偷偷溜回到艾玛和苔丝身边。我甚至不确定帕特里克找了我多久。他找到我时，我蜷缩成一团，目不转睛地盯着十公里外的海平面。时间已经不重要了。

因为我身在地狱。

"天使，尽量别去想了。"帕特里克试图让我振作起来，就好像这不是什么大不了的事，并抱着我回到了小片比萨店。

我的眼前只有莎迪的手臂搂住雅克布的那一幕。她的双眼紧紧地闭着。他的双手扶在她的腰间。这不难理解，从小他俩就是非常亲密的好朋友。也许她一直都喜欢他。而他也喜欢她。

不。停下。你属于我。你们两个都属于我。

突然间，我发现自己像得了强迫症一样，开始回忆和最好的闺蜜共处的每一个细节。这是种很奇怪的感觉。我们曾无数

穿越时空的悲恋

次在彼此家过夜,边笑边闹腾,聊女生之间私密的事,聊男生,聊乳房(或是乳房的发育不足),聊性。我们吵过架,冲彼此大喊大叫,然后哭着和好。我们曾在周末一起骑着自行车去郊游,给对方过生日的拥抱,一起唱布莱尼①的歌,在午饭时间给彼此发短信,放学后一起去逛街,煲四个小时的电话粥,聊一切话题,却又好像什么也没说。这些过往此时此刻都重现在我的脑海中。

所有记忆对你来说仍那么熟悉,仍有着重要的意义,只是意义和你先前想得完全不一样。这一切事实上不过是个天大的谎言!

我说的是一切。好事;坏事;说不上是好还是坏的事;你连对自己的亲姐妹都不会说的事(如果你有亲姐妹的话)。即使你仍竭尽全力地想相信,没有什么能真正影响你和你最好朋友的感情,现在你却不得不面对现实——你们的友谊——整个这段倒霉的关系——就是个天大的玩笑。

而最糟糕的一点是?

这玩笑是开在你的身上。

这就是莎迪。我最好的朋友,第一个朋友。她认识我的时间比任何人都长,也比任何人都更了解我,跟我更亲。她对我的了解是从头到脚、面面俱到的,甚至比我自己对自己的了解还深。当时我那只叫饼干的鹦鹉飞走了再也没回来,我就是向她哭诉的。是她在我爸妈熟睡后,陪我躺在楼顶对着星星许愿,一躺就是好几个小时。是她和我一起傻笑了一整夜,只因为我们不幸地(或是幸运地?)发现,哇,她父母为收看花花公子

---

① 布莱尼,美国歌手。

频道付了费。是她教会我各种用扑克牌变戏法的招数,是她陪我参加了我奶奶芮塔的葬礼。不论发生什么事,一直都是她在陪我面对。

二〇一〇年八月十一日,刚过去的那个夏天的一个晚上,我一冲进家门,跑上楼进入我的房间,就给莎迪打了电话。那是我在地球上的倒数第五十五个晚上,我的心脏仍在跳动,脸颊依然温暖,而不管我怎样努力,就是无法停止颤抖。幸福的颤抖。

那一晚,我初尝了禁果。

莎迪接了电话,我一个字都还没说她就猜到了。

"你们那个了,是吧?"她轻声说。

"也许,"我傻笑着,"也不一定。"

"我的上帝,你们那个了。什么感觉?见鬼,布里,什么感觉?"

他的双手。我的上帝,他的双手抚遍我的身体。他的吻,甜甜的,轻柔的,深情的,无礼的,完美的。

"挺好的?是吧?"她说,似乎有些吃惊。

我失控地笑了出来,随后赶紧用双手捂住嘴,以防我爸妈或者杰克正在门外偷听。

"疼吗?"

我的神啊,可疼了。

"不怎么疼。"

"你这个小荡妇,我才不相信呢。"

"好吧,也许有点儿疼。"

"有点儿疼是多疼?"

穿越时空的悲恋

"莎迪！"我吼道，"很疼，行了吧？满意了？"

"我的上帝！"我能听到她在电话的另一端对着我摇头，"我现在超级羡慕你。"

一点不假。超级羡慕，于是你决定把他从我身边抢走！

我看了一眼卧房镜子里的自己，想看看我的样子有没有什么变化。我的脸颊温热发红。我的皮肤发麻。别人能看出来吗？

"他跟你说了吗？"

"说什么？"

"拜托，布里，你说呢？"

他的双手，穿过我的发丝。他的双眼，深深地凝视着我的双眼，让一切似乎都不再真实。他的话点燃了我的心。

"我爱你。"

他说了。他说了这句话，他是真心的。

是吧？

"喂？"

我倒在床上，对着电话微笑。"是，是的。他说了。"

她没立刻回答，我能猜到是为什么。这是第一次，我比她先经历了生命中的大事。从我们成为最好的朋友以来，所有重要的里程碑，她都会赶在我前面到达。她比我先掉第一颗牙，比我先学会骑自行车，在七年级的时候就来了月经，比我早了整整一年。我们俩都觉得她肯定会先谈恋爱，虽然我们没交流过这件事，但这根本用不着说。

只不过她并没有先恋爱。这次没有。这一次，我赢了。我比她快。第一次，我抢在了莎迪·鲁索前面。

第一次。

第三部 愤怒

我们聊了一小时,一边傻笑一边重温了所有的细节。虽然第二天早上七点我还得去练跳水,但我一点也不在意。就算让我游一百万圈,横穿十个奥运会比赛泳池,这一整天我的脸上仍会挂着呆滞的笑容。

为什么?因为对恋爱中的人来说,世界变得更明亮,阳光更灿烂,空气闻起来更清香,头发更柔顺,突然之间你会发现自己对着路上的小婴儿、陌生人和挽着手沿海岸散步的老夫妇微笑。你会微笑是因为你已经发现了人生中最美妙的秘密。宝贝,你已经毕业并将平步青云。你看上去显得很酷。突然之间,人们看到你都免不了注意到你身上发生了变化。

"你换了发型吗?"

没。

"新衣服?"

也没有。

"戴了隐形眼镜?"

再猜。

你对着他们露齿一笑,他们却仍旧摸不着头绪。当你走开以后,他们还在暗自好奇你什么时候变得这么漂亮。

一定是因为爱情,但现在这一切都结束了。

爱情应该是美好的,但不知为何却离我而去了。

热泪滑落脸颊,烫伤了我的皮肤。无法控制。无力停止。

"嘘,"帕特里克轻声说,"有我在,天使。有我在。"

他们怎么能这样?他们怎么能这么对我?

我胸口的痛楚感又回来了——伤口仍新,深深地,袒露着。

原来地狱并不是一个熊熊燃烧、吞吐着火焰的悲苦深坑。

穿越时空的悲恋

事实远比这更糟。地狱就是你最爱的人伸手攥住你的灵魂,把它从你身体中拽出来。他们有能力伤害你,于是就这么干了。

我感到胸口在紧缩。

我这样的状态已经持续了多久?

一周?一个月?甚至更久?

我感到自己的颅骨中像发生了地震一样,警灯在我的眼底闪烁。我握紧双拳打在沙土上,哭了出来,但我的声音被饥饿的海鸥和清晨太平洋发出的声音淹没了。还有,有沙子留在了我的脚趾间。我真的很讨厌这感觉。

突然间,一切都明了了。我和雅克布之间所有别扭的对视和尴尬的沉默都能够解释了。每一次,当我伸手去握他的手,或是把手伸进他牛仔裤后侧的兜里时,他都会刻意挣脱。当时我就知道我猜得没错。在我死前的几个星期,我已经感觉到我们之间的关系发生了变化——虽然缓慢却一点点在变,我只是不想承认罢了。我们之间的裂痕在逐步延伸,阴冷而灰暗。看着大雨将至,我选择了坐在原地看着乌云聚集而不是跑去寻找遮蔽。我为等待付出了代价。因为暴风雨变成了龙卷风。

我的直觉一直是对的。我并不是在胡思乱想,也没有疯。雅克布骗了我。莎迪也骗了我。几个月来她一直在听我倾诉,等着、看着,看我一点点爱上他。她把我的秘密一个个收集了起来,然后用这些秘密来对付我。

"疼,"我轻声说,"真的很疼。"

嘘,我明白,帕特里克说。他的声音很轻柔。

帕特里克用双臂把我抱起时,我感觉到风拂过我的脸颊和脖颈。

帕特里克用双臂把我抱起时,我感觉到风拂过我的脸颊和脖颈。

我的视线停留在沙滩上的某处,无法移开,三四英尺开外,莎迪和雅克布一起留下的脚印开始模糊起来。

穿越时空的悲恋

我的视线停留在沙滩上的某处，无法移开，三四英尺开外，莎迪和雅克布一起留下的脚印开始模糊起来。

我不能呼吸了。

"你能的。"帕特里克用他的双唇轻轻地亲吻了我的额头。"你必须呼吸。"接着，他轻盈地动了动，双脚离开地面，我感到地球渐渐被我们抛在了身后。

奥布里，睁开你的眼睛。

我深深地吸了一口气，并睁开了双眼。然后我把头靠在帕特里克的胸口，看着我从前的，熟悉的，完美的世界渐渐在火光中消散。

第二十一章

一、二、三、四，告诉我你更爱我

在我这一小片天堂里，每天的味道闻起来都是一样的。每个小时都有烤茄子、波托贝洛蘑菇，嘶嘶冒着气泡的雪碧，和温蒂家①的刨冰（这是我私人订购的）。每一分钟我都踩在方格油毡地板上，看着几十年来椅子在上面留下的污渍和划痕。每一秒钟我都能听到那台老旧的小电视因为信号不佳而发出的噪音——我曾看到过帕特里克盯着这台电视，连续几个小时不眨眼。房顶上的电扇在头顶上懒散地打着转，让我想起过去的每个暑假，想起那些泳池边的聚会和冰镇的柠檬汽水。我再也没法和好朋友们分享这一切了。

倒也不是说我有多介意。

好朋友也没有那么重要。

当然，也有不少事能分散我的注意力，让我不再去想刚刚在我眼前展开的真相。我自学了如何将纸巾撕成雪花的形状，还学会了抛橄榄球和画深色眼线，这都得感谢我的新朋友，四分卫小哥和哥特妹。填字女士甚至手把手地辅导我，帮助我完成了人生第一个纵横字谜。

---

① 温蒂家，美国连锁快餐店。

穿越时空的悲恋

说实话，在我的这片天堂里，总有好多比萨吃，总有浪可以冲，总有消磨不完的时间。只可惜，不幸的是，时间并不一定能治愈所有的伤口。

有时候，时间甚至还会让伤口恶化。

"想出去走走，或是干点别的什么吗？"帕特里克看上去很烦躁。无所事事。

"不想。"

"去游泳怎么样？"

"反对。"

"去骑马？"

"不了，谢谢。"

"那让我亲亲吧？"

我停下看书，抬起头。"你说什么？"

帕特里克咧嘴一笑。"这么说才能吸引你注意嘛。"

"神经病。"

"哇，"他开始滔滔不绝地说起来，"真贴心。"他看了一眼任天堂男孩和手镯女，"看？她喜欢我。你们俩是我的证人。"

"基本上我可以确保她讨厌你。"男孩机械地回答，两个大拇指仍飞速在小键盘上飞舞。

帕特里克不满地吐了口气，转回头看着我说："小屁孩，他们懂什么？"

我听而不闻，迅速读完了最后一段，然后合上《已故者》手册，从小桌的另一边推给他。"给你。看完了。"

"所以呢？"他说，"你今天学到什么了，蚂蚱？"

"你是说除了你闻起来像意大利辣肉肠以外吗？"

"很有趣。"

"不客气。"

"你还学到什么别的了吗?"

"你老妈——"

"你可别说我老妈闻起来也像意大利辣肉肠。"

我做了个鬼脸,"好吧,她闻起来确实像。"

他叹了口气,指着我的项链说:"对了,我喜欢这个。一直想跟你说来着。"

我伸手去摸,将精致的金项链捏在指尖来回转动。

他安静地看着我,"哪来的?"

我没回答。

"敏感话题?"

"我想去桥上看看。"我脱口而出。

"你说什么?"他坐了下来,似乎难以置信,"有什么意义呢,说到底?"

我耸了耸肩,"我就是觉得我准备好了。"

他用手拍了拍额头,并摇了摇头。

"什么?"

"我就是好奇,"他的语气中的嘲讽比平时更浓了,"你是不是特享受痛苦和煎熬啊?"

我瞪了他一眼。

"那,你到底是不是啊?"

"不是。"我闷声说。

他挑了挑眉,"有意思。因为我觉得你是。我觉得你喜欢。"

"好吧,我觉得你是个傻子。"

穿越时空的悲恋

"是吗?"

"是,"我说,"大傻瓜。"

"是也罢,不是也罢,你不能去。你还没准备好。"

"没有吗?"我反唇相讥,"谁允许你说了算?"

"我,"他向前探了探身,说,"我允许我说了算,因为你把逻辑和理智都从窗户扔出去了。"

"我只是想——"

"想什么?"他打断了我,"你只是想干什么?再看看他们俩谈恋爱?看他们没有你过得更好?你觉得这些你都能承受?"他又靠了回去,"我可不这么觉得。"

"我不记得问过你意见。"我生气了。

"是,但你决定要连续几个月闷闷不乐的时候我也不记得你问过我意见。这几个月我过得多带劲儿啊。"

连续几个月。

他说得对。时间不经意地从身边流逝。小片比萨店的窗角还躺着一个破旧的塑料小圣诞树,而圣诞节已经过去很久了。从我离世到现在已经过了很久,我的家人和朋友们恐怕已经开始遗忘了。我能看到从低年级升上来的学生在太平洋峰顶高中的年刊中看到我的照片。我能想象他们会觉得我看上去有点过时了,过期了。就好像我在八年级的时候买的那条粉色的极瘦的牛仔裤,当时我简直为之疯狂,可现在死也不会穿了。

哦!

"好吧,"我回应说,"抱歉我毁了你所有乐趣,因为你显然在你繁忙的日程中忙得不可开交。"

他甩了甩双手。"你倒是想干吗?你是不是想把那两个倒霉孩子捆在铁轨上?扔到海里淹死?或是丢进废水沟里?"

我对他展开了一个灿烂的笑容。"很高兴我们终于在说同一种语言了。"

"拜托,"他呻吟道,"我知道你觉得自己被辜负了,受伤了什么的,但你不觉得也是时候放下了吗?开始自己好好生活也让别人好好生活之类的。"

"放下?"我问,"你怎么会这么说?你知道他们对我做了什么。"我厌恶地摇了摇头,"我不介意你怎么说,但是我是不会让他们得逞的。他们不应该得逞。"

"听我说,'致命诱惑①'小姐,"帕特里克严肃地看着我,"我完全支持你报复他们一下,但是你玩也玩过了。发生过的事是没法改变的。你迟早得接受现实,与此同时,我不能鼓励你一边盯梢一边荷尔蒙飙升。"他对着书点了点头,"你什么也没学到,是吧?"

"哦,"我说,"正相反。我学到了很多。我刚读了在'基本对象的相互作用'中控制自己比控制你想摸的东西更重要。而且一个人在地球上找到并收集的所有东西,都会成为他'灵魂'的资产。就这么回事。"

实际上,这是条很酷的定律。也许可以用来解释世界上一大堆消失的袜子和被盗的钻石。

"多明白啊。"帕特里克说。

"还有,我学到了一定不能空着肚子瞬移。"我拿起刨冰,吃了一大口,故意很粗鲁地大声咀嚼,"现在我们不用担心这事了——"

---
① 1987年的一部美国电影。

穿越时空的悲恋

"现在什么也不用干,"他说,"我再说最后一次,你还是哪儿也不许去。"

"我也再说最后一次,你不是我的老板。"

"谁说的?"

"你说的。我自己制定所有的规则,记得吧?我说准备好了就准备好了。如果你不想跟我一起去,那也没关系。因为我并不需要你。"我又慢慢地咂了一口,用冰冷的、巧克力的甜味刺激我的舌尖,"我谁也不需要。"

"哇!"帕特里克摇了摇头,"这么说可够无情的,小奇多饼。"

"特讽刺,是吧?"

"哦,见鬼了。"帕特里克说。他从我手上把刨冰夺了过去,拿到身前,把最后一口吞了下去。

"哪儿都不如家好。"

第二十二章

每一次看到你坠落，我都会跪下祈祷

有人说，如果你从一个很高的地方掉下去——比如从飞机、摩天大楼、或是一座桥上，你其实没时间恐慌。在下落的过程中，你根本没办法思考到底发生了什么，而到最终落地的时候（天啊），你实际已经被吓死了。

好吧，兄弟姐妹们，你们猜怎样：这些都是骗人的。

弥天大谎！

这次当我坠落的时候，时间似乎慢了下来。我知道风在我身边呼啸，但却听不到它的声音。我知道我的四肢在渺无一物的半空变得绵软无力，却忍不住挣扎着想抓住什么。我知道漆黑的海水正一浪又一浪地扑过来，层层叠叠就像一个停车场，却不敢去看。这辈子我从没有这么害怕过。

"就当这是个游戏。"我听到帕特里克轻声说，"它就会变成游戏的。"

"一个游戏？你疯了吗？"

"吸气，奇多饼！"帕特里克大喊。他瞬移到我面前，截住了我。

"嘿！"我大喊，"你看着！"

穿越时空的悲恋

突然之间,我感到体内燃起一种熟悉的激情,充盈着血脉。从前那种不服输的个性又自动启动了。

哦,你可不应该这样。你输定了,傻小子。

我在身前平举双臂,向前飞了出去,绕过空中橘黄色的吊索和巨大的钢梁,钢梁上的铆钉跟我的头差不多大。

"还有!"我瞪着他大声叫道,"不要叫我奇多饼!"

海浪仍在叠加,越来越近。

三百英尺高。

一百英尺。

"唔!"帕特里克呼喊,"我觉得有必要,奇——奶酪汉堡!我觉得有必要加速!"

七十五英尺。

"来吧!"他蜷起双膝贴着胸口,下巴紧紧收了进去,"炮弹发射!"

他肯定是疯了。我们掉得太狠太快。我学过跳水,知道如果入水的时候角度不对,后果会不堪设想。我尽力让我的身体成一条直线,垂直于水平面。低头,手臂收紧,脚尖对准月亮。

十英尺。

我紧闭双眼,做好砸到水面上的准备。

一英尺。

有一刻,我能听到的只有自己的心跳声——或是记忆中的心跳声。接着,我发现自己正在一个巨大的虫洞里飞驰,一个由一个个星球,一颗颗星星,和亘古不变的太平洋组成的漩涡,然后头先脚后地被卷入漆黑的、没有星光的深夜中。就好像进入了一个设定在涡轮甩干模式的银河系洗衣机。

第三部 愤怒

然而我让自己放松下来——当我把自己交给这片可以吞噬一切的黑暗——一个简单的，一直积郁在胸中的，强烈的想法在我脑海中爆发。

雅克布。

如果我不能拥有他，别人也不行！

"嘿，奇多饼，你还活着吗？好吧，不是真活着的那种活着。你知道我的意思。"

我揉着胃呻吟，"你怎么就不能闭嘴呢？"我全身上下都感到无力。我的头发全湿了，还打着结，我的双臂和双腿扭曲着，就像果冻做的一样。我试图睁开双眼，但面前的光太刺眼了。

"当一只臭鸡蛋的感觉怎么样？"帕特里克奚落我，"要我说，总的来说你的动作还是不错的，不过你的小刀造型比起我的炮弹来可差远了。下次你可以试试更有创意一点的。"

"我会记住的。"我伸出手，将一片巨大的海草从脸上拂去。我微微睁开双眼，意识到我们被冲到了克里希菲尔德的海滩上，就在普雷西迪奥要塞公园旁边。

"好吧，有点意思。"帕特里克说。

"什么有点意思？"

"我完全不知道这是个裸体海滩。跟我生活的年代比，加州真是大不一样了。"

"你在说什么呢？这儿怎么会是裸体海滩。"

然而突然之间我感到一阵小风从我的左臀下掠过。

哦，我的上帝，我没穿衣服。

穿越时空的悲恋

"我的衣服到哪儿去了？"我喊道，拼命想找办法把自己遮盖起来，"转过去，帕特里克！"

"别紧张。"他用双手捂住眼睛，"我什么都没看见。"

我伸手去摸自己的脖颈，意识到我的好运项链仍在它该在的位置上，于是长吐了一口气，感谢上帝。然而一只招潮蟹从我的腋下爬了出来，让我一边尖叫，一边蹦起了一英尺。

"你看，我说了你没准备好回来，"他说，"我们刚到这里你就已经不正常了。"他叹了口气，"女人啊！"

我在海滩上巡视了一下，终于看到了我的裙子，湿漉漉地团在一根被冲上岸的浮木上，距离我们有几码远。我偷瞄了帕特里克一眼。"待在这里别动，哥们儿，不然有你好瞧的。听见了没有？"

"什么？"

"我说，你听见了没有？"

"什么意思？"

"你是聋子吗？我问你听到我说的话没有。"

他邪恶地笑了笑，"是的，奇多饼，我听见你说的了。你真得放松一点儿。"

我提起脚跟，踮着脚尖走过沙滩，尽力捂住自己的胸。虽然实际上也没什么胸可言，不过我还是捂了。我从又是沙子又是水草的地上拾起我那条被水浸透的裙子，把沾在上面的赃物抖掉。经过好一番拉拽，我终于又把这东西套在了头上。唯一的问题是，裙子缩水了。

缩了很多。

"你看着……不错。"在我同意让他睁眼以后，帕特里克说。

第三部　愤怒

我怒目而视。

"不是说你平时看着不漂亮。我是说，嗯，平时也不错。"

我感到一阵尴尬，尽力把裙子向下拉，好盖住我的屁股，还好它没有因为那些我已习以为常的比萨和刨冰而膨胀。帕特里克虽然烦人，但他到底是个男孩。而且，我不得不承认，还是个挺帅的男孩。我已经习惯了他一天到晚奚落我，但这是他第一次真正说到我的外貌。

而且还看到了我没穿衣服的样子。

死了算了。

"你能不能，哦，帮我把拉链拉上？"我嘟囔着，伸着手往后够。

"行。"他点点头，"行，这事我当然能做。"他挪过来，在他轻轻掀起我头发的时候，我感到他的手指划过我的脖颈。

突然间，空气变成了烟的味道。我的皮肤好像着了火一样。

"不许多想。"我警告他。

"又不是没见过，"他平静地说，"我到底是有三个姐妹的人。"

三个姐妹？

有一瞬间，我似乎能看到她们。两个姐姐，头发都是蜜色的，一个妹妹，有一头金发。她们的名字浮现在我的脑海中。

茱莉亚、凯特和阿莱克斯。

但是我怎么会知道这些呢？

"我觉得我好像……就要……搞定了。"最后拽了一下，他帮我拉好了拉链。帕特里克从我身后走向前，似乎对自己很满意，"愿意为你效劳。"

穿越时空的悲恋

我想用几句听上去很酷的话回复他，却感到脸颊变得更红了。

布里，别犯傻。说点儿什么，什么都行。

"你没事吧？"他问，"你看着有点奇怪。"

"我没事，"我脱口而出，"就是有点头晕。跳桥跳的。"

阳光从云后面照过来，将一道长长的阴影打在他脸上。我打了个寒战，抬起头。很快就会起雾了。"我们该走了。"

他踌躇了一下。"好吧，奶酪泡芙，你带路。"

我慢慢伸出手，握住了他的手，按照《已故者》手册中说的，在心中勾勒着目的地的样子。"没什么大不了的。"我把注意力集中在我想去的地方上，想着我准备着陆的确切地点。心里想着要是在出发前吃一块比萨就好了。

然而风又继续刮了起来，太阳不见了，我感到世界在我脚下旋转，直到，砰！我们摔在了草地上，我把他压在了身下。

"不错，"帕特里克咕哝道，"你天赋不错。现在你能下来了吗？"

"抱歉。"我从他身上爬下来，试图搞清方位。我深吸了一口气，观望四周，肺腑中充满了泥土、草地和天空的味道，"我们回来了。"我笑着说，"我们成功了。"

我们的旅程有点惊险，但重要的是我成功地让我们瞬移回了半月湾。我的感觉难以言表，完全自由，又完全在掌控之中。

有史以来，最好的瞬间转移。

"不是我自夸，"我说，"我越飞越好了。"

帕特里克忙着查看我们周围的环境，顾不上回答我。我并不怪他。加州的海岸线刚刚从冬眠中醒过来。山上的花正含苞欲放，花苞在阳光下熠熠生辉。三色堇、罂粟、百合花、提琴颈花，和一块块遍布在山间的蓝金相间的勿忘我。

哈！这花我倒真应该捆成超大的一束，摆到某两个人家门口的台阶上。

树木不知为什么似乎显得比以往更高了，平日里死气沉沉的枝干，都舒展开来，伸向天上的光源。空气是清香的，春天的味道。

春天。

这时，面前再也没有什么东西能阻挡我了。当然，除了一排又一排的花岗岩墓碑以外。

"到达终点。"说着，我突然有种到家的感觉。说是这么说，倒也没什么值得惊讶的。

我们落在了墓园里。

第二十三章

嘿，嘿，嘿，你，你，
我不喜欢你的女朋友

我走到自己的墓前，跪在地上。布满尘埃的白色石碑上刻着我的名字。

"感觉一点也不真实。"我呢喃着。

"好笑的是，"帕特里克说，"我不敢说时间能改变这种感觉。"

抓挠。尖叫。窒息。

双眼感到轻微的刺痛。"不要哭。"我斥责自己，"不要哭。"

痛楚。灼伤。被撕成两半。

但是我无法控制自己。一滴孤单的眼泪沿着我的脸颊滑落，坠入纤长的，未经修剪的草叶间，野花在草坪上零零散散地开了一簇又一簇。

"有人来看过我吗？"我擦了擦鼻子，试图把土整平，却发现没法触碰地面。我的手连一个印记都没法留下，"为什么不行？为什么？"

"这里。"帕特里克跪下来，对我说。他把手放在我的手上，"感受一下大地。感受它的脉搏。"他用力往下按了按，"感受光照在上面的感觉。感受它呼吸的方式。"

第三部 愤怒

我试着按照他说的去做。我盯着我们的手,两只手都融入大地中。"我做不到,"我低声说,"我什么也感觉不到。"

"控制你自己,"他说,"记住书里面是怎么说的。关键不在于控制某件东西,而在于控制你自己。"

但是怎么才能做到呢?我怎么才能控制自己呢?

"如果不行就假装你能感觉得到。"他说,"直到你真能做到为止。"

我用另一只手抹了抹脸,颤抖着,深吸了一口气。我集中精力,让自己感觉强大。我集中精力去感受周遭的一切。控制。

我感到帕特里克的手指和我的手指紧握在了一起。我们的手和泥泞的土壤、沙子及眼泪混在了一起。

"我做不到。"

"你可以的。"

"我尽力了。"

"再加把劲儿。"

我为了集中精神而太用力,感觉都快脑震荡了。我盯着地面,渴望着,拼命想和我过去的世界联系起来。我探索着自己的内心深处,把自己仅有的一切都调动起来。

但我还是做不到。

我低下头,怨恨自己。

然后,突然之间,有什么东西咬了我一口。

"哇!"我把手抽了回来,"这是什么鬼东西?"

"蚂蚁?"帕特里克猜道。

我盯着自己的大拇指,上面的小印渐渐红肿起来。我看着帕特里克,睁大了眼睛。"它咬了我。它咬了我,我感觉到了。"

穿越时空的悲恋

他笑了,"感觉不错吧,哈?我知道你能行——"

我张开双臂抱住他,这让我们俩都吃了一惊。"哇!"他轻声说。他让我抱了他一分钟,然后慢慢地,他也抱住了我。有半秒钟的时间,我们的脸只有半英寸之隔,我想不起我们为什么要回到半月湾了。占据我全部思绪的,只有他的心脏在我胸前跳动的感觉。温暖而平稳。

我们在我的墓碑前拥抱着,一段记忆闯入我的脑海中。一个男孩和一个女孩,一起跑过开满野花的田野。他们的笑声回荡在晶莹的夜空下。

突然之间,我感到一阵寒意。这不是我的记忆。

"有人来了。"帕特里克的声音让我回过神来,我感到他的手臂放松了。

我随着他的视线望去,看到一个身影逐渐靠近。我看到她深色的头发和纤瘦的身形,看到那双明亮的棕色眼睛。愤怒的火焰在我心中燃了起来,无论在哪儿我都能认出这双眼睛。

莎迪。

"她来干什么?"

帕特里克摇了摇头,"看来你的访客比估计的要多?"

她手里捧着满满一束向日葵和小雏菊。我希望我能把这些花扔回到她脸上。

"练习一下,"我听到帕特里克说,"又有谁知道呢?"

我站在对面望着她,看着她越走越近,我感到脸颊一阵发烧。"你想干什么?"

她在距我的墓碑一英尺的地方停了下来,视线穿过我的身体。"嘿,布里,"她轻声说,"我知道你肯定恨我——"

"是,"我愤愤地说,"是的,我恨你!"

"——但是我很想你。我真的很抱歉。我不想隐瞒你。但这不是我能决定的。这不该由我来说——"

"你怎么还敢道歉。你怎么还——"

"她在努力。"帕特里克打断了我,他的声音很温和,"你应该听听她怎么说。"

我愤愤地瞪了他一眼。

"好吧。"他摇摇头,"你要恨就恨吧。你说了算。"

她看上去和以前一模一样,一样完美的头发,一样完美的晒成古铜色的皮肤。一样的能致人死命的眉毛。我不想承认,却不得不说她看上去美极了。虽然此刻她显然很难过,但我敢说过去几个月她过得很好。我敢说她很幸福。

哦,我倒想知道是为什么。

我看着莎迪低下头看着我的墓碑,想在她脸上寻找情绪波动的痕迹——自责或是悲伤或是别的什么——我想知道他们俩是如何把这整件事隐瞒这么久的,就在我的眼皮底下。而且要我说的话,很可能是在所有人的眼皮底下。她们为我点篝火的那晚,艾玛和苔丝显然完全不知情。莎迪也背叛了她们,这想法让我的胃里一阵痉挛。她是怎样装作爱我的。

对不起,但你不应该这样对待你爱的人。

这肯定不是件容易的事。他们肯定一次次偷偷约会,一次次说谎,一次次偷偷接吻。她从我那里偷走的吻,真的非常感谢。

天啊,她竟然到我的墓前来了,胆子真大,想在我无法回答的时候跟我说话。我却没法告诉她,我的地盘儿一点都不欢

穿越时空的悲恋

迎她。

"地盘儿?"帕特里克哈哈大笑起来,"你是认真的吗?奇多饼,你怎么就跟从西区故事中走出来的一样。"为了取笑我他甚至跳起舞来,并哼起了一首熟悉的百老汇之歌。今今今夜,今今今夜,今今今夜我们会把他们找回来。

我忍不住笑了笑。只笑了一下,但毕竟笑了。

接着,突然之间,莎迪的手机响了。她把手伸进棕色的 Coach 背包里,这包是去年我们俩一起在商场里买的。"有点过时了吧,虐待狂?"我说。

帕特里克挑事了,"这儿倒是有一个虐待狂,不过肯定不是她。"

莎迪终于掏出了她的苹果手机,"嘿,亲爱的。什么事?"

亲爱的?

一阵沉默。

"嗯,我在忙一些杂事。"

哦,现在我就是件杂事了。是吧?

慢慢来。帕特里克似乎很担心我会突然自燃。

"好的。"莎迪回头看了一眼墓园的大门,"听着不错。我开了我妈妈的车。我们十五分钟后见。"

"哦,一个秘密的约会地点,"帕特里克说,"我最喜欢这种事了。"

我又看了他一眼,眼神中充满了邪恶。本来我计划在查看过自己的坟墓后就去找雅克布。但这样退而求其次也行。不,这样甚至更好。

抓住他俩。在他俩独处的时候抓住他们。

"天,妹子,你的内心也太扭曲了。"帕特里克摇了摇头,"真是够扭曲的。"

我看着莎迪把她带来的花放下,小心翼翼地斜靠在我的墓碑前。就好像这些花能弥补我所经历的一切。

好吧,莎迪·鲁索,有件事我得告诉你。

我也许是死了,不过这一次你会陪我一起死。

第二十四章

失去信仰

我们在莎迪妈妈的捷达车里坐了十分钟。"我们开得太快了点儿吧?"我偷瞄了一眼仪表盘,"看上去你最近在各个方面都不怎么遵纪守法,是吧,鲁索?"

"拜托,实际上抢闺蜜男朋友这事并不违法。"帕特里克看了我一眼,暗示我有些失控了。

"也许不犯法,"我回答,"但是应该立法管管。"

我们经过了路左边萨姆·乔德的房子和路右边的半月酿酒公司,接着是洋蓟农场和法国人之溪。

"二十七年了,这个镇也没多大变化。是吧?"

我张大了嘴,"等等,什么?你也是这里人?"

他大声地哀号了一声,"你是认真的吗,小姐?哇,下次我需要私家侦探的时候提醒我别雇你。你觉得呢?我一天到晚在小片比萨店待着就因为比萨那么好吃?"

"我,好吧,我——"我哑口无言,突然觉得很尴尬。但帕特里克说得对。我完全不知道我们来自同一个镇。我怎么会忘了问这么重要的信息?"对不起,"我说,"我真是个白痴。"

他用手肘顶了顶我的肋部,"给我买杯刨冰,我们就扯平

第三部 愤怒

了。"

"刨冰？在哪儿买啊？"我抬起头，意识到莎迪已经从高速路上下来，停在了温蒂家的停车场上。"

"嗯，"帕特里克一边享受着汉堡和薯条的味道，一边说，"我已经太久没吃过真货了。"

"你当时多大年纪？"我问，"我是说你——"

"死的时候？"他说："十七。好吧，大概快十八了。"

我心算了一下，把他身上八十年代的装束也考虑进去了。"所以一直以来……难道说我一直和一个四十五岁的人混在一起？"我笑了起来，"我妈妈会杀了我的。"

他也笑了，"至少我表现得和我的年龄不一样。"

停车场另一边传来的关车门的声音吸引了我们的注意力。我们在莎迪锁上车门前跟着她下了车，而我对即将面对的一切已经做好了准备。在三秒钟之后，我就会看见雅克布那辆墨绿色的萨博，我给那车起了个昵称叫青芥末。

我会看到他，和她，在一起。

呸！

我不确定自己会做出什么反应。上一次我几乎被摧毁了。六个月并没有那么长。我希望我能够冷静对待。

控制，我对自己说。控制。

莎迪向一辆车走过去，但那车并不是墨绿色的，而且肯定不是辆萨博。那是一辆浅蓝色的本田。

艾玛的车？她来这儿干什么？

"嘿，姑娘。"她对莎迪说。看到她把头发剪得非常短，我倒吸了一口气。苔丝从车里出来，站到她们旁边。她看上去更

穿越时空的悲恋

高了,如果还有这种可能性。她已经五尺十英寸了。她将长长的,金铜色的头发扎成了一个马尾。她看上去非常美。首席芭蕾舞演员。

莎迪在胸前交叉双臂,面对着她们。"好吧,你们俩要见我?"

艾玛和苔丝对视了一眼。

"哇——噢!"帕特里克说,"我有预感这事会很有趣。我真希望温蒂家有卖爆米花的。"

我让他别出声,不想漏听一个字。

艾玛紧张地看了苔丝一眼,然后说:"我只是想说……对不起。"

"啊?"我脱口而出。"艾玛有什么可道歉的?"

莎迪睁大了双眼。显然,她也不能相信。

"我们这样指控你是不对的,"艾玛继续说,"只是,"她停了下来,又看了苔丝一眼,"所有人都在说。我们必须知道真相。"

"我们希望你原谅我们,"苔丝补充道,"我们真的很抱歉。"

事情的发展让我完完全全,百分之百地失语了。我错过了什么?

不要对她道歉。她是坏人。她是骗子!

莎迪低下头盯着自己的双脚,"我郑重声明,你们俩要知道,雅克布·费舍尔和我只是普通朋友。我们一直都只是朋友。在布里和我认识前就是朋友了。"她的声音弱了下去,"你们俩是相信我的,是吧?"

艾玛叹了口气,"是的,我们相信你。你得承认——"

第三部 愤怒

"我不是傻子。"莎迪擦了擦眼睛,"我知道大家都在议论什么。但是发现你们俩也相信那些……"

"不!不,不,不!"我尖叫着,希望我能影响艾玛和苔丝,"她在表演。她跟你们说的任何话都不要相信。"

"……真的让我很伤心。"

哦,你这个贱货。你这个彻头彻尾的贱货!

我再也忍不了了,一点都不能忍了。我飞了起来,来回晃动,用尽全力踢了车后轮一脚,从腹腔深处用力尖叫。

上帝!!!!!!

车狠狠地晃了一下,而我摔在了水泥地上,痛苦地呻吟着。"哎哟哟哟,"我抱着脚喊道,"哎哟哟哟,哎哟,哎哟,哎哟,哎哟哟哟。"

帕特里克张大了嘴。他看了看车,看了看我,又转头看了看车,骄傲地笑了起来。"伊根队加油!"

"哇,"苔丝远离了车几步,说,"你们感觉到了吗?"

"我绝对感觉到了什么。"艾玛说。她跪了下来,检查车胎,"刚才到底发生了什么?"

莎迪环视了一下停车场,想看看有没有别人注意到什么,"也许是地震或者别的什么?"

我站起来,意识到我干了什么。

我的上帝。我的上帝。我的上帝!

我的脸上展开了一个非常灿烂的笑容,"我做到了。我又做到了。我实现了该死的接触。"

"是的,你做到了!"帕特里克对着车点了点头,露齿而笑,"再试一次。"

穿越时空的悲恋

我整理情绪。

控制。

我又踢了一脚,这次是对着车门。

"见鬼!"苔丝跳了回来。我的脚在车门上留下了一个小坑。

我转回头,大声喊道:"我状态好极了!"

帕特里克举起手,想用力和我击掌庆祝。

我摇动着手臂,但却没拍着。

"好吧,"帕特里克说,"看来我们得继续练习击掌。"

我笑了,一点也不介意。我感觉浑身充满力量,就好像我什么都能做到一样,击掌庆祝除外。看着莎迪做出史上最无耻的事,还敢说谎隐瞒,我已经正式准备好试验我的新技能了。一种无法控制的,想孤注一掷的冲动让我的皮肤发烫,急于造成一些严重的伤害。因为每个姑娘都应该知道,对待自己的闺蜜,第一戒就是:

汝不可窃闺蜜之男友!

我跳上艾玛车的引擎盖,放纵自己用力踢了一脚。这一次,当我的脚实现接触时,挡风玻璃上出现了一个洞。看着大块大块的玻璃碎片掉落在沥青地面上,姑娘们的嘴都张大了。

她们尖叫起来。艾玛和苔丝钻进了她们的车里,莎迪也冲进了自己的车。"回头再给你们打电话!"艾玛冲莎迪大喊了一声,接着两辆车都冲出了停车场。

"啊,倒霉,我们的车走了。"帕特里克说。

我没注意听,"今天是星期几?"

我跳上艾玛车的引擎盖，放纵自己用力踢了一脚。这一次，当我的脚实现接触时，挡风玻璃上出现了一个洞。看着大块大块的玻璃碎片掉落在沥青地面上，姑娘们的嘴都张大了。

穿越时空的悲恋

他抬起头看着太阳。"用我在《已故者》手册第十三章中学到的东西——'专业生存技能'——我得说大概是四月二十八。"

"我是想问星期几。"

"等一下。"我看到他伸出手想去拿什么。

"什么?"我说,"这是什么?"

他拾起莎迪的手机,脸上浮现出一个愧疚的笑容。

天煞的头奖,蝙蝠侠。

"他按了一个按钮,屏幕随即亮了起来。"修正我刚才的回答,"一秒钟后,他宣布,"现在是四月二十九日,星期五。"

星期五。我在记忆中搜寻。每天放学后雅克布都会去练田径,但是周五通常是比赛时间。

帕特里克再三确认了周围没有脉搏还在跳动的人看着。随后他把手机塞进了口袋,这样活人就看不到了。现在这手机已经正式成为我们的了。一件我们拾得的物件。

"拿过来。"我伸出手。

"等一下。"他说,"你到底想干吗,奶酪饼?"

"谁?从前的那个小丫头?说什么呢,先生,我不明白你的意思。"

"听着。"他的声音变得严肃起来,"我会再陪你玩一会儿。但是我不希望你失去理智。奇多饼,有些规则你必须遵守。"

"哦,是吗?"我反驳道,"比如呢?"

"比如忘记这些笨蛋,并重新开始。你该好好安——息——了。还有,"他径直地看着我的眼睛,"很快,你必须回到小片比萨店,必须离开他们。你知道的,对吧?"

第三部　愤怒

　　我怒目而视，却一个字也没说。帕特里克是个好人，我已经渐渐开始喜欢上他了。但是他是绝对不可能明白我心里的想法的。他怎么可能明白呢？他只不过是个上世纪八十年代的男生，不幸把摩托车开得太快了。他怎么可能明白爱情、失恋，或是心被撕成两半的真正感觉呢？

　　他什么也不明白。这就是我要说的。

　　我当即决定不回小片比萨店了。

　　现在不回，永远也不回。

　　我尽力掩饰自己的这个想法，以防帕特里克用意识潜入我的大脑中探寻。我尽了最大努力让自己至少听上去像在说真话。

　　"是的，"我点点头，"我知道我们得回去。"

　　也许莎迪并不是唯一一个擅长说谎的人，因为帕特里克相信了。

　　他笑了，"那好吧。"

　　我感到歉意，这是当然的，但还没自责到改变决定。不管是面对地狱或是洪潮，没什么能让我回去的。

　　帕特里克不行。填字女士不行。魔鬼本人不行。

　　没人能做到！

第二十五章

永远的黑暗和忧伤，
永远的蓝色忧郁，为你

我决定在距离太平洋峰顶高中校园整整七个街区的地方等着雅克布，他每天都一定会骑着那辆旧自行车（黑色罗利混合性能型），在完全相同的时间（下午两点四十二分），在同样的地方（波波家）出现。

我敢肯定，每分钟他都有可能出现在眼前。他应该在去往贝尔彻草场的路上——大家都管那地方叫嗝隔地——太平洋峰顶高中的田径队一直在那里比赛。这当然不代表我对他的事特别上心，以至难以自拔什么的。

Aucontraire,monfrere①.

我得正式声明，这并不是说我对某个男孩着迷到对他的日程表了如指掌，以便能不小心偶遇他。这叫做效率。为什么要浪费时间和精力满大街瞎跑，猜想着某个家伙到底在哪儿呢？既然你有办法获悉他的动向，直接过去不就行了。我觉得这样挺直截了当的。

啊，好吧，因为你是个跟踪狂。

帕特里克给了我一个"他可没开玩笑"的眼神，"Facutvivas."

---

① 法语：正好相反，哥们儿。

第三部　愤怒

他努着嘴说出一句拉丁语。这话的意思是做点有意义的事吧。

我挥了挥手，打发了他，并第十七次扫视了这个街区，以防雅克布飞车而过的时候错过他。"又不是说我以前慢跑时每半小时都会从他家经过一次之类的。"

"是啊。我相信每小时经过一次已经很频繁了。"

我打了他的手臂一拳。

又过了几分钟，帕特里克开始有些不耐烦了。"他不会出现了，奇多饼。我们这么做太傻了。不，让我重新措一下辞。你太傻了。"

我转过身面对他。"行啊，你可以走啊。实际上，你能走吗？你在影响我集中注意力，我希望能准备好。"

"哦，你想甩掉我，是吧？"他的后背靠在电话线杆上，"很遗憾地通知你，我哪儿也不去。"

我摇摇头，有点生气。"走也好，不走也好，随便你。我真的不在意。"

突然之间——我所有的感官都警觉了起来——我听到自行车轮的声音。我感觉到自己因为紧张出了一身冷汗。他靠近了。我能感觉得到。接着我看到他自行车的前轮向右拐进了米尔街。

我呆若木鸡。真的是他。他的头发又长又乱，似乎几个月没剪了，他的肩膀也比以前更宽了。

他成长了。

这想法让我有点难过。所有人都成长了，除了我。

"准备好了吗？"我蹲了下来，做好准备动作。

"我还是觉得你疯了。"帕特里克抱怨道。

"真有趣，因为我可不记得问过你意见。"

穿越时空的悲恋

我们两个面对面站着，中间隔了大概六英尺远——帕特里克靠在电话线杆上，而我靠着花园简餐咖啡馆的窗子，太平洋峰顶高中的四年级学生总来这里吃饭。我们的计划是在雅克布去田径队比赛前好好吓唬他一下。他是个挺迷信的人，尤其在面对田径比赛的时候，于是我想到要做点真能把他吓坏的事，同时——希望可以——让他在全校同学面前崩溃。我希望让他感到尴尬。

不，我需要羞辱他。

"游戏开始吧。"我轻声说。

他的自行车越骑越近了，终于我连他的眼白都能看到了。这是我自己的碉堡山战役。

啊，我们有点过分了，是不是？

"别着急，"我说，"别着急……行了，就现在！"我们跳到雅克布行车的线路上，手拉着手，就像在玩手挽手向前冲的游戏一样。在雅克布骑着车径直穿过我身体的一刻，我紧紧地闭上了眼睛。

我能听到他的心脏在胸膛中跳动。我能感到他的脉搏穿过我的血管。我能闻到他指尖下的尘土。有半秒的时间，我不敢睁开眼镜。这感觉太神奇了，就好像是现实版的费里泽尔女士和她的魔法校车①从人身体中穿过去。我能看到他的血液、细胞和动脉，都以完美的搏动频率生机勃勃地呼吸着、颤动着。雅克布·费舍尔所代表的一切在瞬间将我吞没，这种强大的力量几乎让我窒息。

我把脚跟踩得更实了一点儿。我不打算移动。

---

① 《魔法校车》，一部由童书改编的动画片。费里泽尔女士是故事中的主人公。

第三部　愤怒

我很强壮。我很强大。我能控制住自己。

"见鬼了！"雅克布大喊，他的车把失去了控制。在他向左打滑，撞进我事先从花园简餐咖啡馆后面拉过来的好几袋垃圾里时，我听到了链条从他的车上脱落的声音。他的自行车狠狠地撞上了电线杆，随后飞进了车道。一辆迎面而来的汽车紧急转了方向，但还是压过了自行车的轮胎。

砰——嘣！

"有人摔了！"我将双臂举过头顶，并跳了一小段庆功舞。雅克布呻吟着，从一大堆变质的三明治和过期的意大利辣肉肠中翻过身。

"祝贺你，"帕特里克说，"高兴了吧？"

我跳到他身边，在他的脸颊上轻轻地一亲。"是的。"

他看着我的样子就好像我疯了一样，"这又是干什么？"

我笑了，"感谢你出色地完成了帮凶的任务。"

雅克布慢慢从垃圾堆里爬出来，站稳脚跟。他看上去极为迷茫，并且——就像我这个天才事先预估的一样——完全吓傻了。

"嘿，你没事吧？"一个男人从花园简餐咖啡馆探出头来，"伙计，我们都看到你摔出去了，可摔得够惨的。"他对着那堆垃圾点点头并笑了出来，"不过还挺幸运。我们一般会等到关门的时候才把垃圾搬出来。你看，有人在关照着你呢。"

哦，你根本想象不到。

"是，"雅克布说，"我也不知道刚才到底发生了什么。大概是我走神了吧。"他看着他的自行车和一片狼藉的便道，"抱歉，我惹了麻烦。天啊，我会把这些都收拾干净的。"

穿越时空的悲恋

"没错,"我生气地说,"费舍尔,你是惹了大麻烦。我来就是为了确保你把麻烦都收拾干净的。"

帕特里克拍了拍额头,"女人啊!"

"继续前进!"我拉起他的手,直接瞬移到了嗝嗝地。

第二十六章

你应该知道

嗝地上人满为患（也就是说，对即将发生的一切来说，这简直是完美的会场）。场地中什么样的中学生都有。有书呆子、瘾君子、啦啦队的女霸王、留着梭鱼头的潮人，鼻子上架着五十年代的图书管理员才会戴的眼镜；甚至连戏剧社的白痴们也来了。我看了看记分牌，就明白了其中的原委。我们的对手是圣马特奥独眼龙队。至少从上世纪九十年代开始我们两所学校就一直是死敌。

事情终于朝着我的意愿发展了。我的，我的，我是怎么转运的啊。面对我的好运，我痴痴地大笑了一会儿。这肯定是有史以来最好的田径比赛。

"我想提醒你一下，你刚才听上去就像是吸血鬼德古拉。"帕特里克说，"你能不能帮我个忙，别再发出这种妖怪一样的声音了？你有点吓着我了，奶酪妹。"

我们之间的老戏又上演了，我对他听而不闻。"那个手机呢？"我将手伸向他的口袋，但他却阻止了我。

"小姐，别那么着急。"他掏出莎迪的手机在我眼前晃了晃，"在找这个吗？"

穿越时空的悲恋

我跳了起来，想把手机抢过来，"别那样。快给我。"

"那你得保证不干傻事才行。"

"好吧，好吧，我保证。"他把手机递给了我，我随即按了莎迪的密码。她的密码一直都没有换过。

Juilliard①.

我试着按莎迪的思路，以最像她的口吻给雅克布写了一条短信：JF②！我的天，在嘀嘀地！你到了吗？要往死里跑啊！

哇——哈哈，往死里跑！

我看着自己写的短信扑哧一笑，帕特里克一脸怀疑地看着我。"有什么好笑的？"

"不好意思，这恐怕是机密信息。"接着我按了"发送"。

他呻吟道："提醒我永远别站在你的对立面。"

过了几秒钟，手机振动起来。雅克布回复道：正在路上。摔车了。今晚能送我回去吗？××

我反复将短信看了几遍。明摆着的,这两个显而易见的×，代表爱。我感到体内涌起一种兴奋的冲动——就像以前他每次给我发短信，或是他说我可爱时的那种感觉。

"新消息，奶酪妹，他的短信不是发给你的。"帕特里克说，"他以为自己是在给她发短信。"

我瞪着他，"哦，是吗？谢谢你说出了这么明显的事实。"

一分钟后，我看到雅克布推着他那辆摔坏了的自行车来到护栏边，连锁都懒得锁就把车扔下了。我跟着他来到所有运动员拉筋的地方，看着他开始热身。

---

① 即茱莉亚德音乐学院。
② 雅克布·费舍尔的简称。

第三部　愤怒

毫无疑问，他是太平洋峰顶高中最棒的短跑选手。自从八年级时他打破了由一个十二年级生麦克·雷米创造的疯狂纪录后，就有大学招生办的人像蜜蜂一样缠上他了。普林斯顿大学几乎已经在田径队里为他锁定了一个位置，只要他在毕业前保持现在的平均成绩就行。他是个风云人物，低调但很受欢迎的那种。他一直是个随和、亲切、品学兼优的男生。大家都喜欢他，一直都喜欢他。

他不是那种背着女朋友和女朋友闺蜜约会的男生，更不可能会背叛他喜欢的人。这就是为什么这件伤心事这么难以置信，这么出人意料。坚实的、平稳的、可以依靠的大地在我脚下崩塌了。没有铃声，没有火警，没有大象在海啸前往内陆迁徙。

说实话，虽然已经过了这么久，但我心里的某一部分还是无法相信。

雅克布和莎迪。

整件事一点都不合理。

但斗转星移，事情似乎发生了变化。我注意到别的学生看他的眼神和对他的态度与以往不同了。当他从身边走过时，他的队友都眯起了眼睛，放低了声音。

什么情况？

雅克布将右臂伸到胸前，接着又换到了左臂。

"嘿，费舍尔，你迟到了。"教练鲍比说，"赶紧热身，下一个就是你。"

"对不起。"雅克布低下头，向他的队伍一路小跑过去。

当他跑到他们中间时，我看到了他们面部表情的变化。啊，肯定出了什么问题。他们的目光一点也不友善。没有人笑，没

穿越时空的悲恋

有人问:"怎么样啊?",也没有人伸手和他击掌。除了尴尬的,令人不舒服的沉默,什么也没有。

想明白这是为什么以后,我周身上下都感觉到一种快感。

"他们知道了,"我低声说,"他们都知道他对我做了什么。"

"所以你的意思是说,"帕特里克说,"我们的任务完成了?"

我用讽刺的口气笑着说:"继续做梦吧,帕特丽夏妹妹。"

短跑选手们走到了起跑线前,雅克布在最远端的内道。

完美!

"运动员,各就各位!"教练鲍比喊道,把发令枪举过头顶。

男生们单膝跪下。

"运动员,预备!"

我听到发令枪的声响,看着他们跑了出去,肌肉屈伸,心脏跳动。

这是短跑,只有一百米。雅克布跑在最前面。观众们为主队加油,我看着他的眼神锁定在终点线上。

"太平洋—峰顶—高中!太平洋—峰顶—高中!太平洋—峰顶—高中!"

他们很快就会看到我的实力了。一切将从伟大而倒霉的计划开始。全校的所有人都在场。所有教职工,所有的老师。

在观众席,一个很高的位置上,坐着一个深色头发的漂亮姑娘。她独自一人,我可以清楚地看到她的脸,就好像天上的云专为她打开了一个口,将一束光照在她的脸上。

莎迪。

看着雅克布冲着我跑过来,我又笑了。

"伤你的心去吧,鲁索。"我轻声说着,半蹲下,做好最后

我蹲下身子，伸出脚，精神比任何时候都更集中。我做好了冲撞的准备，因为，是的，我估计会很疼的。不过这对他的伤害要比对我的伤害大得多。

的准备动作。他几乎要跑到我面前了。我几乎能在他深蓝色的眼中看到自己的身影。

突然间,我想起了他心跳的声音,对我要做的事感到羞愧。

但是我同时又想起了自己心跳的声音。

我蹲下身子,伸出脚,精神比任何时候都更集中。我做好了冲撞的准备,因为,是的,我估计会很疼的。不过这对他的伤害要比对我的伤害大得多。

三、二、一,接触!

转瞬之间,世间的一切似乎在尖叫声中戛然而止。我听到了骨头碎裂的声音。我听到观众们突然鸦雀无声,看着他们之前的MVP脸朝下摔落到沥青地上。

接着,就好像音乐一样,我听到了甜蜜而辉煌的胜利的消息——我前男友的普林斯顿大学奖学金就此灰飞烟灭。

第二十七章

哭一条河给我

帕特里克不理我了。他在"惩罚"我。他觉得我的行为就是所谓的"太过分了"。

"我不是针对你,"我说,"但是我觉得一条扭伤的腿换一颗破碎的心是很划算的事。"

他竖起了眉。扭伤?

"好吧,好吧,"我的语气弱了下来,"骨裂。随便你怎么说。"

救护车来的时候观众席仍完全处于混乱中。雅克布被送到医院,医生给他做了 X 光检查并打上了石膏。除了急救人员、我、帕特里克以外,只有一个人从后门爬上车陪了他一路。莎迪。说真的,这两个人还能更俗套一点吗?

我们四个默默地坐在向医院疾驰的救护车里。"哦,哦,真是尴尬啊。"帕特里克说。

我顾不上回答,双眼死死地盯着莎迪,希望她能在突然之间燃烧起来。

"雅克,刚才是怎么回事?"莎迪轻轻地将手放在他的手上,"你到底绊到什么了?"

"轻点儿。"雅克布冲正在帮他包扎的急救人员叫了一声。

穿越时空的悲恋

接着他生气地甩了甩双手,"我不知道,行吗?什么都没有。我什么都没绊到。"

"但是你肯定是绊到什么东西了。所有人都看到了。"

"那你还问我干什么呢?!"他嚷道,"如果所有人都看到了,那不如你告诉我发生了什么吧。"他把头靠在担架上,声音颤抖起来,"我是说,上帝啊,全完了。"他指着被包扎起来的腿说,"全毁了。"

"也不一定?"她试图安慰他,"等等看医生怎么说吧,我们——"

"骨折了。"他难过地说,"这是我逃离这里的车票。我重新开始的唯一机会。现在我完全走投无路了。"他紧紧地闭上了眼睛,脸上浮现出一个痛苦的表情,"我向上帝发誓,今天就好像有什么诡异的力量在跟着我一样。先是自行车,现在又发生这样的事。"

莎迪靠了过来,轻轻地帮他将一绺鬈发从他眼睛上拨开。真恶心!

"什么意思?你的自行车怎么了?"

"什么叫'什么意思?'比赛前我不是发短信给你了吗?"他不悦地说,"你还让我往死里跑。"

她困惑地摇摇头,"你在说什么呢,雅克布?我从来没给你发过这样的短信。"

雅克布盯着她看了许久,抓起包,在里面翻找。终于他找到了手机,将那条短信调出来,拿给她。"你没发吗?"

我看到她一边读一边睁大了眼睛,"这不是我写的。我不知道这是谁发的短信。今天我把手机丢了,我觉得应该是丢在温蒂家了。艾玛的车出了些奇怪的问题,我肯定是在那时把手机掉了。肯定是别人捡走了,别人发了这条短信给你。"

帕特里克邪恶地看了我一眼。

糟糕。

"艾玛,"雅克布愤恨地说,"绝对是艾玛干的。"

莎迪摇了摇头。"艾玛不会这么做的。她和苔丝还向我道歉了。"

他抬起头,"真的?"

莎迪点点头。

"我拨一下你的电话,"他依旧怀疑,"看看有没有人接。"

啊——哦!

我和帕特里克面面相觑,听到莎迪的电话在我的裙子口袋里振动起来。

"你不打算接一下?"帕特里克问。

"哦,不打算。"我有些尴尬,"直接转留言信箱吧。"

他做了个笑脸,"好主意。"

救护车突然在几秒钟后急停下来,车后门打开了,我和帕特里克跳了下来,听到几个穿着亮橘色衣服的哥们儿告诉雅克布坐好不要动。接着他们数到三,将担架从车上抬了下来,并把他移到一个轮椅上。

"我在这儿等着,等你爸妈过来。"莎迪说,"里面见。"他轻轻地在他的脸颊上亲了一下,"听着,别担心,好吗?不会有什么事的。普林斯顿不会改变主意的。我们会拦着他们的。我保证。"

我看得出雅克布并不相信她。但他还是对她微微笑了笑。

穿越时空的悲恋

"谢谢,莎迪。"他轻声说,医护人员开始将轮椅往医院里推,"没你我可怎么办呢。"

哦,我不知道,也许和我约会?

"上帝,够了!"帕特里克喊道。他的脸红了起来,这一次他看起来像是真生气了。

"嘿,别冲我嚷嚷!"我拽住他夹克的袖子,不小心让他的疤痕露了出来。

他抽回手臂。

"对不起,对不起,"我说,"我老是忘记你对穿着有多讲究。"

他脸上的表情说明他现在没心情开玩笑。

"听我说,"我恳求道,"我真的非常非常抱歉,好吗?我并不想——"

"不,你想。"他脱口而出,"你完全不觉得抱歉。"

我难受极了。我从来都不是一个恶女。我连只蟑螂都没杀死过,上帝。这是我人生第一次报复别人,真的。但是,拜托,我有我的理由。我不想再当那个乖乖女了。我不想再当那个忠实却反被利用的朋友了。所以这一次我反击了。好吧,对,也许有些人因此受了点儿伤。

但那又怎样呢?他们这些人本来就应该受到惩罚。

我能感觉到自己的皮肤上冒了一缕缕黑烟。当个浑蛋的感觉并不好,不过再怎么说,也轮不到帕特里克来管我。看到他脸上那种自以为是,像汤姆·克鲁斯似的表情,就好像在说他比我正派,我的火也上来了。他生我的气,凭什么?

"我不觉得抱歉又怎么样?啊?"我回嘴道,"我不欠任何人的什么道歉。"我向急诊室走去,"尤其是不欠你的!"

第三部　愤怒

帕特里克拉住我的手臂,"布里,别去!"

我试图挣脱,"放开我!"

"我真不应该鼓励你,"他说,"这整件事就是个错误。你太执着了。我现在才意识到。"他握紧了拳,"我明白,行吗?相信我,我知道这么做好像很好玩儿,但是你只会让自己的状况越来越糟。你得放弃这份执念。不然你永远也不能迈出下一步。"

"那又如何?"我边喊边走,"也许我不想迈下一步。也许我在这儿远比在天堂开心。也许我根本不关心你那白痴的单子上白痴的下一步。也许我更愿意跟我的朋友我的家人在一起,而不是永远和你耗在一起。"

他的眼睛闪了闪,"朋友?我知道我跟你不是一个时代的人,但我相当确信对朋友不应该是这样的态度。"

"他们是罪有应得!他们俩全是!你知道的!"

"他们已经为自己的错误付出了代价,布里。你走后他们俩都不好过,这可能是你永远都没办法了解的。"他把手伸向我,"是时候收手了。游戏结束了。"

我退了一步,怒火像熔岩一般在我心中澎湃着。"关你什么事?你为什么突然关心起他们俩的感受了?"我笑了,"不要告诉我——你不是也爱上莎迪了吧?"

"别闹了。"他说,"为什么不能顺其自然呢?"

"因为我不愿意,"我反唇相讥,"因为我死了,但他们还活着。因为这不公平,她不配得到他,行吗?他是我的!"我的声音颤抖着,突然间热泪盈眶,"他是我的,不是她的。"

"你为什么会这么关心两个一开始就不配做你朋友、男朋

穿越时空的悲恋

友的人呢？"帕特里克瞪着我说，"你为什么就不能想开点儿，重新开始呢？他伤害了你。她也伤害了你。你怎么就不明白呢？"他把袖子撸了上去，露出伤疤。我退缩了。他在这个地球上真的经历过非常可怕的事。

但什么事呢？

"他得到了你的心……"帕特里克的声音逐渐悲伤起来，"他得到了你的可爱的，有趣的，完美的心……然后毁了它。你为什么要让他重复一次伤害你呢？"

只有一个答案。简单明了，但这是我唯一的答案。

"因为我爱他，"我说，愤怒的眼泪顺着脸颊滑落，"他也爱我。我知道他爱我。我知道。"远处传来一声响雷，风也呼啸起来。我没动。

"爱？"他冷笑道："你觉得那是爱？"

"如果你爱过的话也许能明白，"我说，"也许你就能明白失去你的知己是什么滋味。"我停了下来，"失去他们两个！"

帕特里克眼睛里的光不见了，我从来没看到过他的双眼这么黯淡过。"天使，"他轻声说，"你不懂的事不要乱说。"

这是我最后的底线。我感到一股火焰从我的脚尖升起，顺着我的脊柱冲入我的双臂和前胸后背。我能感到自己开始燃烧。

"离我远一点儿，"我说，"别靠近我！"

他已经不想再回答我了。

"你想怎么样就怎么样吧。"

接着，他走了。

第二十八章

别做梦了,已经结束了

走到卡布里尤车道我才意识到我快走到家了。和帕特里克的争吵让我焦虑不安,心不在焉,所以根本没注意街道的名字,直到我抬起头看到几栋房子外的车道上停着我爸爸的宝马车。我踢了一脚脚下的沙砾,向前走去。

我是对的。我是对的,而帕特里克错了。他知道什么?他从来没经历过这些。

我从兜里掏出莎迪的手机。到现在为止莎迪都过得逍遥自在,但我很快就会让全世界都知道,我还留了几手,谢谢捧场。我按了几个键,只用几秒钟就打开了她的脸书主页。

"放回去,"我能够想象出帕特里克会如何指责我,"想都别想,奶酪饼。"

我像驱赶一直烦人的蚊子一样把他从我的思绪中赶了出去,开始在莎迪的个人信息上做手脚。她已经快一个月没更新过她的状态,这对她来说算是相当长了。我点进她的收件箱想看看有没有什么值得一看的信息,却意外地发现里面是空的。难以置信,尤其是考虑到这姑娘有一千多个朋友。

她肯定把证据都删除了。

穿越时空的悲恋

你有什么可藏的呢,莎迪?

就算在过去几个月中她的社交指数暴跌,我有种感觉,太平洋峰顶高中肯定有一堆人对莎迪·鲁索最近的活动非常感兴趣。

"不该让你的崇拜者们干等嘛。"我对着她的手机说。接着,我键入了史上最完美的状态更新。

> 流言是真的。
> SR+JF= 永远
> p.s. 布里是谁?
> "如此这般。"

我笑了,退出了账号,把手机扔回兜里。任务完成。随后我往我家后院的门廊走去,顺便瞥了一眼布莱纳家的房子。他家的院里种着黄色的水仙,院子外围着白色栅栏。我皱起了眉头,厌恶地看着眼前虚伪的假象。我很好奇,事到如今,布莱纳先生有没有发现我爸爸的所作所为。

妈妈有没有发现。

一想到爸爸和莎拉·布莱纳在一起这件事我就感觉胃里一阵绞痛,我的整个人生就是个谎言。为什么杰克和我不能生在一个和谐、正常的家庭里,生活没这么戏剧化?我叹了口气。也许下辈子吧。

我想了一下轮回这个概念,如果能够回来,我想变成什么。一只海豚,也许吧,或者一只考拉熊。但是,说真的,真有人想再活一次吗?活着的麻烦事太多了,太痛苦了。我不需要再重复一遍，面对一堆新的问题。一次就够了。

但随后我想到了雅克布，并忍不住想象了他的来生会是什么样。

一只猪。不，猪比他可爱太多了。也许变一只虫子吧，或者一只老鼠。

哦，绝对是只老鼠。

至于莎迪？这显而易见。她会变成一条蛇。一条巨大的、奇丑无比的、黏糊糊的食鼠蛇。想到莎迪腹部贴地向前滑动的样子，我几乎笑出声来，这让我暂时缓解了目前实际情况带给我的困扰。

不管我愿不愿意承认——我并不愿意——我心里都有种难以摆脱的感觉，帕特里克是对的，我确实有点过分。

"也可能是太过分了。"我想象着他的对白。

"哦，闭嘴。"我咕哝道。极端情况就需要用极端手段。在我看来，他们俩过得太逍遥了。

比如雅克布，我敢保证肯定有某所非常合适的大学想要他加入田径队。至于莎迪——我毫不怀疑她依然能考上茱莉亚音乐学院，依然能进入百老汇，尤其是考虑到她一直在勤学苦练，做一个彻头彻尾的大骗子。

因为众所周知，骗人和表演基本上是同一回事。

我在车道边停了下来，突然意识到我有个更紧迫的麻烦要解决。

或者说，是个问题。

现在该怎么办？

帕特里克说得对。我想做的事已经做完了。我让雅克布尝

穿越时空的悲恋

到了他自己酿下的苦酒。

但现在我不知道自己该何去何从了。

我是该留下来继续纠缠我的朋友、家人，直到他们去世，到另外一个世界来找我？还是该志愿加入少年天使护卫队，守护妈妈和杰克,确保他们的人生能尽可能地顺利一些？说实话，我不觉得这主意有多好，守护却要全程束手旁观，恐怕很快就会让人厌倦。

等一下，我的思绪回到了几年前的那个午后——就是我和我的朋友在市中心买到幸运项链的那天。那家商店几乎是凭空出现在我们面前，就好像是专门在等着我们一样。

兔子洞。

爱丽丝掉到她专属梦境的地方就叫这个名字。我回想了一下那家商店的样子，想到了那里昏暗的，褪色的地板，想到了茉莉花味的熏香，想到了温暖、惬意的纸灯笼照着淡黄色的墙壁。当所有细节一一浮现在脑海中，我感到我的幸运项链正在发热，烫疼了我的肌肤。我把手指垫在项链下，想冷静一下。

这时我突然想到。

我的专属梦境。

我看了看傍晚的天空，又看了看北方，旧金山的方向。

我的兔子洞。

我可以从那里消失，至少可以挖个坑躲一阵，直到想明白自己今后的人生到底怎么过。哦，是死后的日子怎么过。

一阵犬吠和一对带斑点的白色爪子把我从沉思中推了出来，回到门前的草坪上。

第三部 愤怒

"火腿卷！"

它扑到我身上，就好像我是全世界最大的百吉牌狗粮肉条。

"停！"我大喊，"下来，下来。"

火腿卷打了个鼻响，高兴地低声叫着，围着院子一蹦一蹦地绕着大圈，耳朵被甩到了脑袋后面。终于，它跑累了，栽倒在我身边扎人的草地上，尾巴一个劲儿不停地摇。

"慢点儿，小伙子，慢点儿。"我在它头上抓了抓，又轻轻挠了挠它脖子底下的软毛，直到它平静了一些。

它把爪子按在我身上，又用湿黏的嘴亲了我一遍。

"见到我很高兴，哈？"我坐起来，环顾院子，"你一个人在院子里干吗呢？妈妈呢？杰克呢？"

听到我弟弟的名字，火腿卷哀呼起来，那短促、尖锐的声音就好像是专为融化人心而发出的。它跳起来，小步跑到狗门前。接着它转了回来，叫了一声，让我跟着它。

"抱歉了，伙计。"我摇摇头，"咱俩都明白我不能从那儿进去。"

它打了个喷嚏。

"你想说什么？"

它跳回到我面前，开始在草地上兜圈子，叫声听起来更像一只鬣狗而不是一只普通狗。我走近房子，从后窗往里望进去。

屋里就好像被龙卷风席卷过一样。

厨房里堆了一摞摞的盘子，杂志和报纸扔得到处都是。灯很暗，我注意到桌台上几个中餐外卖饭盒似乎已经放了很久。

"哇，"我看着火腿卷说，"发生什么了？"我妈妈是绝不可能让屋里脏成这样的，绝不可能。我快步跑到车库，从圆形的

穿越时空的悲恋

小窗向里望。妈妈的车不见了。渐暗的日光告诉我晚餐时间快到了,她绝对应该已经到家了。我又看了一次,确保自己没看错。那辆斯巴鲁不在。

我开始担心。如果妈妈不在家,说明杰克也不在家。我想了一下所有的可能性,也许他们去温哥华看我外公外婆了,也许他们去了波特兰,我姨妈姨夫家。但是还没到放春假的时候呢,对吧?而且如果他们真去了的话,怎么会不带上火腿卷呢?我们每次过春假都会带上火腿卷,每次。

火腿卷跳过来,在离我几英尺远的地方坐下来,看着我。

"妈妈去哪儿了?"我又问它一遍,"杰克去哪儿了?"听到杰克的名字,它又一次疯狂地叫了起来。

"好吧,好吧!"我用手遮住耳朵,"敏感话题。我知道了!"

它坐了下来,用爪子撑住头。它用眼睛告诉我的,正是我不想知道的事。

走了。他们走了。

"她知道了,"我轻声说,"妈妈肯定发现了。"

我看了房子一眼。这全是我爸的错,全是。是他拆散了我们家。是他迫使妈妈和杰克离开的。他是个怪物,毁掉了我们曾经拥有的一切。

我的目光停留在几英尺远的一块石头上。不大不小。火腿卷跟着我的视线看到了石头,并冲了过去,就好像这是一根棍子或是一个网球,但是我用嘘声制止了它。

"停下!这不是玩具!"

它退后几步,但我能看出来它仍旧认为我们在玩游戏。

集中。控制。

火腿卷打了个鼻响,高兴地低声叫着,围着院子一蹦一蹦地绕着大圈,耳朵被甩到了脑袋后面。终于,它跑累了,栽倒在我身边扎人的草地上,尾巴一个劲儿不停地摇。

穿越时空的悲恋

我想象着自己的手握在石头冰凉、光滑的表面上。我慢慢地俯下身,告诉自己要保持冷静,保持稳定。我对自己的大脑发出我能想到的最简单的信息。

捡起来。突然间,我真的捡起来了。

我用手掌摩挲了一会儿,感受着石头光滑的边缘和上面粗糙的斑块,好奇为什么这么小的东西会这么沉。然后我直起身,手臂向后撤,将石头径直投向我家的房子。

石头从空中划过,世界也好像慢了下来,直到最后它砸在我家后侧的大窗上。我先听到了玻璃碎裂的声音,然后才看到玻璃窗碎了,碎玻璃掉落在门廊的地板上。

我爸爸惊恐的声音从屋里传出,"见鬼了吗?嘿!谁在外面?"

这个世界上我最不想见到的就是他。在我心里他必须是一个怪物。如果他看起来是爸爸的样子——我记忆中的,我爱的爸爸的样子——我不确定自己是不是还有气力跑开。于是我拔腿就跑,沿着房子尽可能快地摆动我这两条死腿。"我恨你!"我哭了,"我恨你!"

直到一两分钟后我的芭蕾平底鞋踩到了沙地,清凉的风迎面吹来,我才让自己停了下来,调整呼吸。我跪在海滩上,双手捂住脸,眼泪夺眶而出。我紧紧地把眼睛闭上,感到世界朝我坍塌下来。这一次,我是真真正正、完完全全地一个人了。

妈妈和杰克都走了。爸爸是个怪物。我们的家散了。

然而我随即听到了一声鼻息。我感到温暖的,湿润的鼻子贴着我的脸颊。接着我睁开双眼,意识到我并非独自一人。

并不完全是。

因为火腿卷跟着我来到了沙滩。

第二十九章

在天使的怀抱中

"你不能待在这儿,你这只傻狗。"看着夕阳西下,我斥责它说。"你得回爸爸那儿去。你得回家去。"它把头歪到一边,我知道它和我在想一样的事情。

哪来的家?

它想得有道理。但是又该怎么办呢?如果一只狗独自在高速路边游荡,很快就会有人把它带走——或卖掉或(更有可能)自己留下养。说真的,怎么会不带它走呢?它实在傻得可爱。

"他们估计会给你起个很糟糕的新名字,比如爆破或者小闪什么的。"我哼了一声,"我可不想这样。"

它打了个哈欠,嘴长得超级大,接着翻了个身,趴在地上。

"我也是完全一样的心情。"

我们在一起待了很久,看着潮水上涨,星星一颗颗地醒了过来。我跟火腿卷讲了这些日子我都去了哪儿,看到了什么。和它讲了帕特里克、填字女士,讲了我从金门大桥上跳下来——还跳了两次,至少——还有我宁愿再死一次也不想再吃一块比萨了。

它将它柔软的,可爱的脑袋靠在我的膝头,呼了口气,就

穿越时空的悲恋

像以前一样。

我知道它的感受。

火腿卷躺在我身边，让我产生了一种错觉，好像我和它只是一个普通女孩和她的宠物，而不是迷失的灵魂和流浪狗。我不禁想到，如果《已故者》手册中能写一章关于带狗瞬移的内容就好了。不过认真想起来，这恐怕不是什么好主意。

我看着它，亲了亲它的鼻子。"那样的话估计会有人向官方举报，说看到一只不明飞行狗。"它又向我靠了靠，我忍不住闭上眼，只闭了几秒钟。日光已经基本消失。要是能休息一下多好。

然而，突然间，一些不知从何而来的微小光点缠住了我，刺痛我的手臂。这触发了我警戒的本能，我站起身来。火腿卷吸着气，尾巴击打着沙地。

砰！砰—砰！

"嘘！"我环顾四周，但是几乎什么也看不到。我开始感到害怕。我一个人大晚上的跑到这儿干什么啊？"过来，小伙子。"我用手臂抱住火腿卷。它不是什么德国猎犬，但如果四周真有什么人，我希望他们看不出其中的区别，"要不要咆哮两声？"我轻声说。

它挠了挠耳朵，打了个鼻响。

哦，好吧，就好像这样能吓住他们似的。

一簇黄色的光在我面前闪现，我不禁跳了起来。待我稳住呼吸，才发现这一点光在一秒钟后就熄灭了。然而另一点光在离我的肩膀几英寸的地方又亮了起来，光点悬在半空中。

"啊？"

一开始,只有一两点光。但很快又出现了一点,接着又是一点。我惊喜地看着这些一闪一闪的小光点在半空中汇聚,绕着我们的头顶舞动。

萤火虫。

没过一会儿我就数不过来了。大概共有几百只。我从来没见过这样的景象。萤火虫在加州是非常罕见的,所以我生前没见过,甚至连梦都没梦见过。真是太奇妙了。

不,这是魔法。

我们目不转睛地看着,看得如醉如痴。萤火虫开始逐渐沿着海滩上移,向着北方,照亮了通往旧金山的路。

"这是个信号,"我轻声说,"这一定是个信号。"我能感觉到萤火虫纤巧的双翼在空中颤动,鼓起轻柔的风让我脖颈上的项链冷却下来。我看到它们忽明忽灭,留下一道道光迹,在海岸线上点起柔和的、友善的荧光。

火腿卷跳了起来,抖了抖身子,追着萤火虫到了海边。

"等等我,小伙子!等等我!"

我追了上去,一边笑,一边踩在清凉的、映着荧光的海水中,踩出一朵朵水花。萤火虫在闪烁的海岸线上越聚越多,我们在闪耀的火花中跳舞,一路追着它们。很长时间以来,一种已经被我遗忘的感觉第一次回到我心中。

希望。

一种一切仍然有可能的感觉。

我把火腿卷搂到臂弯里,这着实费了一些力气,我在它耳边轻声告诉它不要动。接着我把意念集中在"兔子洞"上——想着店里那扇镶着蓝色玻璃的彩绘大窗户,想着房顶上挂着的

穿越时空的悲恋

那排白色纸灯笼,想象着颤抖的烛光和墙上用黑色墨笔留下的字迹——都是最著名的童书中的名句。

火腿卷哀叫了一声,于是我又把它往怀里搂了搂。这样它就不会跑开了。我叨念着唯一能给它的建议。

"抓紧,火腿卷,抓紧我。"

而后我们被卷进了海水、沙子、雾气和一群发光的虫子汇成的漩涡,头前脚后地打转。虫子太多了,让我几乎没法呼吸。我感觉到自己的双脚离开了地面,我听到火腿卷开始疯狂地吠叫。我们就这样被吸入了空气中,去往旧金山市区的中心地带。

时间慢了下来,就像进入了从前的默片里。我身边的一切都渐渐模糊了。在这个时刻,我心中只升起一个念头。

我希望帕特里克在我身边。

第四部

讨价还价

第三十章

加州梦

夜幕中的城市，到处都影影绰绰。四下一个人也没，一点动静也没有，就好像有什么人事先拿了个巨大的吸尘器，把所有生气都吸走了。

我们没能准确地在目的地着落——没落在海特区，而是到了渔人码头附近。不过这也没关系。所有的街上都没人。所有的大楼都上了锁。一点呼吸都听不到，一个活人也找不到。

我带着火腿卷在街上兜来绕去，一会儿向左转，一会儿向右转。盘踞的大树在路面上投下诡异的阴影。我微微颤抖，计算着还要多久太阳才能升起来。但我们往前走得越远，天空似乎就越黑，而头顶上的星星似乎也燃得更耀眼。

最后，我只好掏出莎迪的苹果手机想看看时间，却发现手机已经黑屏了。"不争气的电池。"我把手机朝左近一个垃圾桶一抛，手机落了进去，发出哐的一声。这声音让火腿卷叫了起来。我突然有点害怕，感觉似乎走进了《僵尸的黎明》的场景中。在那部电影中，女孩和她的狗最终成为了某个僵尸老哥的晚餐。

"哪儿都不如家好。"我轻声说，同时紧紧地闭上了眼睛，"哪

穿越时空的悲恋

儿都不如家好,哪儿都不如家好,哪儿都不如家好。"

我甚至刻意把左右脚的平跟鞋往一起磕,希望能让我们脱离困境。但是当我睁开眼睛时发现,很显然多萝西的把戏对我们不起作用①。

我想象着帕特里克翻着白眼对我说:"想得美,奶酪脑瓜。"连火腿卷都冲我打了个鼻响,就好像我是个白痴。

"得了吧,"我说,"你有什么更好的办法吗?"

我们继续在街头行进,从码头走到牛谷区又走到北滩。我和家人以前常到这里吃意大利菜。我抱着希望,期待他们能出现,也许他们会坐着爸爸的车突然来到我面前,从摇下的车窗中召唤我俩一起回家

我在骗谁啊?这里只有我,只有火腿卷,只有天空中的圆月和璀璨的星空。

由于距离已然不远,我决定从徒步小径走过去——这条隐秘的窄巷曾经是我最喜欢的地方。整条街布满了树木、鲜花和常春藤,是整个城中眺望阿尔卡特拉斯岛和海湾最好的位置。

不过我爱徒步小径,说到底还是因为这是雅克布和我第一次约会的地点。那是在太平洋峰顶高中秋季正装舞会上我们第一次接吻后的第二天。

走到小径,我允许自己在头脑中播放那个秋日午后的闪回画面。我回忆起空气中蜂蜜的甜味和树叶飘落到旧石砖路上彼此摩挲的声响,回忆起那天天气晴朗、温暖,惊喜来得毫无征兆。雅克布·费舍尔——喜欢吃"樱桃惊喜"口味冰激凌②的

---

① 在《绿野仙踪》的电影里,女主人公多萝西在迷路时只要闭上双眼,脚尖互击三下,她的红色魔法鞋就能平安送她回家。
② B&J 牌冰激凌中的一种口味。

第四部　讨价还价

男孩——竟然真的会喜欢我。

记忆中的画面再次出现在眼前，让我喜上心头。地上的阴影渐渐剥离。鲜花开始绽放，花梗纷纷挺直。我的皮肤阵阵发热，窄巷内一下子布满了阳光。

突然间，我看到了我们。他和我。或者更确切地说，是过去的我。我睁大了眼睛，呆呆地看着雅克布漫步走入小巷，他穿着褪色的牛仔裤和我最喜欢的帕塔哥尼亚抓绒帽衫，他的手指和我的手指扣在一起。

"我们去哪儿啊？"过去的我眼睛上蒙着布条，笑着说，"我们到了吗？"

"你很快就会看到的，"过去的雅克布说，"再走几步就到了。"

火腿卷抬头看着我，尾巴敲打着路面上参差的鹅卵石。它仰头哀叫，弄不明白为什么会突然出现两个我。

随后我明白了。这只狗能够看到他们，它能看到我的回忆。

"好吧，连我想什么你都知道，哈？你到底是什么东西啊，火腿卷，难道是超感神狗？"

它舔了舔我的手作为回应。

我想这代表肯定。

"最好别是什么鬼地方。"曾经的我一边笑一边回答。

"别担心。"雅克布逗我说，"我保证在'全美超模大赛'开始前送你回家。"

我无法将眼光从那个女孩脸上移开。她曾是我，我曾是她。只不过，不知道为什么，我觉得自己不是。这段记忆清楚地印在我心里，但是出于某种原因，我产生了一种正在窥视别人人

穿越时空的悲恋

生的感觉,就好像那天从一开始就根本不属于我。

我还记得那个下午雅克布给我留下了多么美好的印象。他声音里的自信,他的放松、自如都深深打动了我。然而再次从全新的角度审视他,我能看出他实际上有多么紧张,就好像他在担心我并不喜欢他一样。

"在这儿等着。"说着,他放开了我的手。他把手伸进背包,从里面抽出一大块海蓝色的毯子。我看着他将毯子铺在一小块正方形的草坪上,然后颤抖着掏出各种从农产品市场买来的好吃的。这其中至少包括五种奶酪,还有鲜红色的覆盆子,一个新鲜出炉的法式面包,还有一块烤苹果酥作为甜点。

这是我的最爱。

我听着他深深地吸了一口气,解开我眼睛上蒙的布条。"好了,你可以睁眼了。"

过去的布里双眼一适应日光就发出了一声惊叹,"这全都是你为我做的?"

他屈身摘了一朵小红花,在他把花递给我的时候,我感到胸口一阵紧缩。我知道即将要发生什么。

过去的布里羞怯地笑了,接过花,倾身去闻花的香气。但是她一定是吸得太用力,以至于花飞了起来,黏到她的鼻子底下。

我不好意思地哼了一声,再次感到尴尬。

"伙计,你吸气可真有力。"雅克布笑完喘了口气后开玩笑说,"你该不会有吸尘器的功能吧?"

过去的我摇了摇头把花扔回给他,"你说的应该是割草机吧。"

我看到他眼中闪烁着温柔的光,"布里,生日快乐!"

我听着他深深地吸了一口气,解开我眼睛上蒙的布条。"好了,你可以睁眼了。"

穿越时空的悲恋

随后我们就忘情地吻在了一起。

我感到我的双眼变成涌着眼泪的井,不得不转过头。一瞬间,阴影又浮现出来,像蛇一样扭动着爬回到鹅卵石上。少年和少女不见了,阳光散去,黑暗降临。

"傻孩子。"我默念着,感觉前所未有的寂寞。

火腿卷又哀叫了一声。

"没说你。"我纠正自己,"你是我唯一喜欢的男孩。"

短短几秒钟,又只剩下我们两个。在阴森的旧窄巷中靠在一起。

"加油,火腿卷。我们走吧。"

我们继续向前。每走到一处,我都能看到让我回想起过去的东西。长得过于繁茂的常春藤让我想起姨妈在西雅图的家。墙上掉了角的招贴画上画着和平标志、彩虹和跳舞的骷髅,就像爸爸收在我家车库里的那些死之华乐团宣传画。黑白条相间的遮雨棚与我和杰克共用的二楼卫生间贴的壁纸几乎一模一样。

这感觉就像是我的记忆已经走遍了整个旧金山,留下一道以布里为主题的脚印。我们从比尤拉街向左转,又从施雷德街向右转,走过半个街区,我们到了。

出乎我意料的是,当我抬起头,我的"兔子洞"却消失了。

或者,更准确地说,只剩下断壁残垣。

这地方完全被烧毁了。正面从前十分美丽的窗户现在碎了。门开着,只有一半连在墙上,就好像是被某个特别粗暴的人踹开的。外墙上有黑色的涂鸦——墙上的灰泥和砖面上画着我不认识的奇怪图形,门口的旧路灯看上去似乎已经很久没亮过了。地面上满眼都是闪烁的碎玻璃碴儿。

第四部 讨价还价

这一幕让我毛骨悚然，让我不禁希望此刻我已经回到了半月湾。

"我负责把咱俩带到了全宇宙最恐怖的一条街。"我说。不过好在，至少我还没踩在香蕉皮上摔个仰面朝天，或者不小心丢失了所有的衣服——出于我对自己的了解，这事也不是完全不可能。

想起第二次跳金门大桥之后，帕特里克不得不帮我拉上裙子的拉链，我不禁脸红了一下。这世上第一个见到我裸体的男孩竟然是个八十年代的死小孩，我还真是走运啊。

行了，好吧，也算是个挺帅的八十年代的死小孩，但还是……

"加油，狗人。"我跪下去，搂住火腿卷，想带它一起瞬移回半月湾，"这儿没什么可看的。"

身后传来一个声音让我僵住了。

"这么快就走了吗？"

我转头往四周看了看，突然屏住了呼吸，一个和我年龄相仿的女孩正面对面站在我眼前。她身材娇小、健美，有一对迷人的颧骨和一双炭灰色的眼睛。一条长长的深色辫子松散地顺着肩膀垂下来。她的皮肤白皙，让我联想到瓷娃娃。实际上如果不是那道像小火苗一样从发际线延伸到整个左脸颊的烫伤疤痕，这个姑娘完全可以去当模特。绝对！

我盯着她，整个人呆若木鸡。但这并不是因为她的美貌。

而是因为我认识她。

"嘿，布里。"她笑了，眼睛里闪着光华，犹如未灭的余晖，在黑暗中照明，"是我，拉尔金。"

第三十一章

享受沉默

"拉尔金?拉尔金·拉姆西?"

我重重地在她胳膊上砸了一拳,以惩罚她吓了我一跳。"你怎么会出现在这儿?"

"哇!"她笑着喊了出来,"我的上帝,我真希望你能看到你现在的表情。真是无与伦比。"

我完全不敢相信。这太疯狂了,不可能是真的。然而,这个女孩肯定、绝对是拉尔金。她看上去还是九年级时我记忆中的样子。当然,除了"已去世"这件事和她的伤疤。我退缩了一下,想起她死得有多惨。

这世界可真小。或者说死后的世界可真小。

她走到火腿卷前。"这只比格犬叫什么啊?"

"巴吉度猎犬。"我纠正她,"怎么,你不记得它了?"

她凝视了整整三十秒钟,一个字也没说。"火腿卷?"她屈身摇了摇它的爪子,"不——可——能。"从她的语气能听出她着实吃了一惊,"开什么玩笑。我从没见过逆超度。"

"逆什么?"

"超度。"她挠了挠它耳朵后面的毛,它开心地打了个大大的哈欠,"你的脉搏还在跳动着,狗狗,"她告诉它,"你不应该出现在这儿。不,你不应该。"

"哦,这个,"我说,"是啊。它就是差不多跟我过来了。"

"典型的猎犬,总是瞎走。是吧,小伙子?是不是?是,你是!"

火腿卷翻了个身,欢乐地喘着气。接着它放了个屁。

"哦,见鬼,火腿卷。"我呻吟道,"拜托!"

拉尔金蹦了起来,捂住鼻子。"搞什么鬼。它出什么毛病了?"

"不好意思,"我替火腿卷向拉尔金道歉,"这只是代表它喜欢你。"

她笑了,"乐意知晓。"

看着她站在雾蒙蒙的月光下,我仍然不敢相信眼前所见。"你怎么会出现在这儿呢?"我对着她惊叹不已,"我走了一整夜。我以为整座城市都空了呢。"

"我就喜欢这一点。"她笑了,"但真正的问题是,你来这儿干什么呢?"

我顿了一下,耸耸肩。"我想我需要换个地方,换换风景。"

"不,傻瓜。我是说,你怎么死了?发生了什么?你不是游泳队还是什么的女王吗?"

我笑了,"我想你说的是跳水队。"

"游泳,跳水,"——她挥了挥手——"都会让你的头发变绿的。那发生什么了?有什么能打倒坚不可摧的奥布里·伊根?"

坚不可摧?哈,真可笑!

穿越时空的悲恋

"我不知道，"我边说边试图寻找合适的词汇，"好像应该说是我的——"

"等等，等等，等等。让我猜猜……"她双臂交叉在胸前，慢慢地围着我转，"会不会是……飞机失事？"

我摇了摇头。

"遇上抢银行？"

"不是。"

她看了一眼火腿卷，"闻了狗的屁而死的？"

"嘿！"我笑了，"别闹了。"

"好了，好了。"她咯咯地笑着，"我只是将各种可能性都考虑进来。"她像个侦探一样审视着我，"热气球事故？车祸？因为男生？"

我注意到她最后一个答案，感到自己微微颤抖了一下。

"因为男生！"她大声喊了出来，"就是这个，对吧？"

我点点头，"沾边儿"

她举起手，"我太厉害了。击掌。"

我哼了一声，"我知道你厉害，行吧？"

"拜托，我是认真的！"拉尔金说，"击掌，姐们儿！我只猜了五次就猜到了，多厉害。"

"哦，好，"我说，"好吧。"我快速举起手，拍了她的巴掌。

"耶，这可是史上最糟最缺乏热情的击掌了。"她又一次举起手，"再来一次。"

我丢给她一个诡异的眼神，对于自己的技术不佳感到有点尴尬。

"拜托，"她说，"就当作你拍得是他的脸。"

第四部　讨价还价

我哼了一声,但是还是决定试试。我想起他的脸,他呆滞的、烦人的、说谎的脸。我想起每一次都是他决定我们去哪儿约会,想起放学后他家的零食总没我家的好吃,想起我从没对他说过他的口气有时闻起来有点像蓝色牧场调料口味的多力多滋,我是多好的女朋友啊。

"我等——着呢。"拉尔金不耐烦地用脚点着地板。

我想到了那天早上在海滩上他把莎迪搂在臂弯里。我想到了他们俩是怎么背叛我的。

接着我竭尽全力拍了拉尔金的手掌。

赞!

"晕!"拉尔金叫了一声。她退了一步,吹了吹自己的手掌让它冷却下来,"好,这才叫作击掌呢。"

我露齿而笑,忍不住想如果帕特里克看到这一幕该多好。"谢谢。"

她把周围的碎玻璃碴儿踢开,在马路上离我几英尺的地方坐了下来。"所以。真那么糟糕,哈?"她把手伸进兜里翻了翻,掏出一包烟。

"是。"我点点头,"就是那么糟糕。"

她把那包烟递给我,"要一根吗?"

"不,谢谢。我不吸烟。"

"你随意。"她的大拇指轻轻向上一翻,一簇橙色的小火苗在她的手掌中燃起,不需要打火机了。

哇哦,我可能漏掉了《已故者》手册中的相关章节。

我目不转睛地盯着她看了一会儿。火苗在拉尔金的脸上打出一道诡异的光,照亮了她的烧伤。我不禁想起了帕特里克的

穿越时空的悲恋

伤疤。想起他耸耸肩,满不在乎地说:"摩托车事故,没什么大不了的。"

想起他的声音,我的胃里一阵酸痛,我对于跟他说让他滚开感到内疚。不,比这更糟。

我感到自己很自私。

我们默默地坐在一起,直到她的烟几乎燃尽。我意识到我不知道该跟她说点什么,因为上一次我们真正好好聊天还是五年级时拼车的那一次。

"我也爱过一个人,"拉尔金开口说,"那个倒霉家伙根本不知道有我这个人存在。"

她笑出声来,轻轻地用手划过脸颊上的疤。"当然,我也没存在多长时间。"然后她冲着我眨了眨眼睛,"哦,好吧,算他倒霉。"

难以相信长得像模特一样的拉尔金——不管有没有疤——会因为一个男生伤心。没错,她确实喜欢独来独往,但是我仍然很难将拉尔金·拉姆西和因为男生而困扰联系在一起。

但谁又知道呢?我想。也许每个人伤心的概率是一样的。

"是谁?"我想知道更多细节,于是追问,"你喜欢的男生是谁?"

"你保证不许笑?"

"我保证。"

她羞怯地笑了笑,"奥尼尔博士。"

我张大了嘴,"那个化学老师?"

"我知道!"她呻吟了一声,"但是拜托。他好帅啊!"

我没法和她争论。我知道我和很多女生都这么想也包括莎

我们默默地坐在一起,直到她的烟几乎燃尽。我意识到我不知道该跟她说点什么,因为上一次我们真正好好聊天还是五年级时拼车的那一次。

穿越时空的悲恋

迪在内。

我们聊啊聊啊,几乎停不下来。我告诉她关于小片比萨店的事,也将我和帕特里克的争执告诉了她。我告诉她我几乎已经克服了对摩托车的恐惧,告诉她我爸爸和布莱纳太太的外遇。我甚至连我的心碎成两半的傻事,和比我更傻的伤了我心的男孩都告诉了她。我说了他傻发型,傻笑,傻滑板,傻田径队——还有他对《指环王》傻傻的痴迷。

"我不知道,"她说,"这个叫雅克布的哥们儿听起来像个真正的比尔博·傻瓜·巴金斯。我觉得你没他更好。"

能把这么多东西从胸中倒出来感觉真好。真的,真的很好。我慢慢地吸了口气,海滩、海浪、日出的气息充盈着我的胸口,我感到了完全的释放。

哦,终于,阳光。

我抬头看着天空,然而让我惊讶的是海平线上找不到一点点金色、蓝色或紫色的痕迹。只有无边无际的黑暗。

"别惊讶,"拉尔金说,"太阳很早以前就不在这里升起了。"她站起来,挺了挺身子,"嘿!"她笑了,"至少我们不会得皮肤癌。"

"有道理。"我说,随着她一起跳了起来。我还没反应过来,她就一个熊抱搂住了我。

"我真高兴你来了,布里。"她看了一眼火腿卷,它正在对面的便道上平静地打着鼾。一瞬间,她的眼中似乎闪烁着星光,"你们俩。"

第三十二章

就像一句祷词

每当谈到死亡，人们总是执着于死前闪过眼前的最后一件事。最后一个念头。最后一个记忆。最后的感觉，最后的吻、争执，或是收音机里播放的最后一首歌——最后某一件重要的事，按理说应该能像胶囊一样装载你的整个人生，这一瞬间能将一切包裹进一个巨大的、刺眼的、完美的最后之光中。

但是这儿有个关于大闪回的秘密。

它不存在。

不。实际情况比这容易很多。

第一步：你存在。

第二步：你不存在。

灯灭了，再也不会亮了。这是个令人恐惧的想法，我知道。相信我，我也曾经惧怕黑暗。

但是现在我不怕了。

自从拉尔金让我知道了什么是释怀，怎么解放自己的思想，或者不妨说，怎么过得更精彩。

在我和某个我不想提的男孩约会的那一年，我一度连续几

穿越时空的悲恋

个小时播放同一首肉麻的歌曲,还会跟着唱,让我自己沉浸在乐曲或歌词中,就好像每一句话都是特别为我们写的。但拉尔金教给我如何放弃那些旧音乐。她帮我制作了新的播放列表。

一个更好的播放列表。

我简直不敢相信自己在小片比萨店浪费了多少时间。那地方的一切都病态地以过去为主题。从我一遍一遍在头脑中循环播放的记忆,到我曾幻想过的地方,到我许下的愿望,无处不与过去相关。

在这儿,情况则大不相同。在这一片天堂中,你完全不用担心过去或未来的任何人、任何事,只有此时此刻才是重要的。太阳从不升起,也不会落下,所以也不存在什么昨天和明天。活人的世界完全在视线之外,在考虑之外。不必再纠结于过去。不必再躲进避风港中。我感到自由,这也许是有生以来的第一次。

而整个城市就是我们的游乐场。

过了一段时间,我开始感到如鱼得水。拉尔金和我让火腿卷充当了特派味觉大师,鉴定我们的膳食。它叫一声说明食物没有任何问题;两声则说明有点问题。我承认我在小片比萨店有些被宠坏了,伸手就能无休无止地拿到比萨,所以改为淘垃圾觅食后需要一段时间适应。然而拉尔金告诉我,如果你有足够的耐心——和胆子——肯定能找到足够多的食物。

这也许并不是完美的安排,但是我们三个还能应付。我只知道,我喜欢这地方的气场,圆月在我们的魔法小世界中投下一个巨大的光圈。我感觉到我终于找到了家,不管我们实际在什么位置上。

第四部 讨价还价

虽然，偶尔，我会希望我能跟帕特里克分享这些。

帕特里克？你在吗？

没有回答。通讯已经中断了。最终，我不再呼唤他了。

我们三个睡过公园、废弃的缆车、房顶，还在普里西蒂奥的艺术宫里睡过一次，我们四肢伸开躺在里面，就像是那里的主人一样。因为，实质上，我们确实是那里的主人。我们用风一般的速度穿过街道，打碎卡斯特罗区的玻璃，将多洛莉斯公园里的垃圾桶，从头到脚掉过个儿来。

拉尔金是我遇到过的最好的听众。她总想更详细地了解我的过去和我当时对未来的设想。她从不打岔，也从不在我说话的时候将目光从我脸上移开。在听我说话的时候，她有时会笑，有时会哭；有时她会让我把头枕在她的腿上，就像我想要却没有的亲姐姐一样，捋着我的头发，直到我睡着。

过了一阵，当我终于厌倦了聊自己的事，她开始讲起她的生活——尤其是我们失去联系的那些年。她告诉我，她在太平洋峰顶高中从来没有什么特别亲密的朋友。她爱上了摄影，因为在镜头后看世界感觉很好。她说她这是在以自己的方式用镜头审视那些浑蛋们，他们总是因为……

接着她又告诉我那场大火之后她感觉自己有多丑，当她在这个世界中醒来，为自己的容貌感到无比自卑，于是竭力想找到一个没有人会盯着她看的地方。她告诉我，她是如何在游荡了几个月后听到这座城市的召唤，而她只是跟着召唤而来的。

她告诉我，在这座城市中，迷了路也没有关系，当个怪胎也没有关系。而两个怪胎总比一个好，这一点我们都赞同。

每次当我们无聊至极的时候，都会从城里最高的摩天大

穿越时空的悲恋

楼——泛美金字塔上跳下来，比比谁落得更快。我们会先比谁能先爬上那四十八级台阶，穿过餐厅、纪念品商店，然后从一条弯弯曲曲、贴着难看的壁纸、铺着更难看的地毯的长长走廊中通过。接着我们会跑到已经废弃了的旧观景甲板上——将旧金山的每一个细节都尽收眼底。

"你知道吗？"有一天晚上，拉尔金站在金字塔的最顶端说。我们的腿在城市上空晃动着。她解开辫子，开始用手指梳理她长长的黑发，"我觉得我自己待得太久了，已经忘了有个犯罪同伙是件多么棒的事。"她对我咧嘴笑了笑，"我喜欢我们这个组合。我们是史上最棒的搭档。"

最棒的，我想到了布里、艾玛、莎迪、苔丝。

我摸了摸幸运项链，在我想起她们三个的时候，心形的小吊坠在我的指尖微微发烫。我没有把我的三个死党告诉拉尔金，在那一刻，我愿意以一切换取回到过去和她们在一起的机会。

"我也喜欢我们这个组合。"我说，随即将我朋友们从思绪中甩出去。我没必要提起过去的事。

"顺便提一句，你的项链真好看。"拉尔金说，"我一直想跟你说来着。"

"谢谢。"我说。我第一次发现她的左肩上有一个小小的文身。一个小圆圈上画了一个 ×。只不过那看上去并不像是用普通的文身墨水绘成的，而像是用某种刀刻在她手臂上的。

这个标志看上去不知为何有点眼熟，但我又说不出为什么。

"你什么时候文了这个？"我问。

她瞟了一眼自己的肩膀，让如烟的鬓发垂下来。"哦，这个，只是十年级春假时我犯的一个愚蠢的错误。我们一帮人一起去

第四部 讨价还价

了坎昆,在家长睡着后溜了出来。那个叫贾斯汀·强斯的孩子文了一个,问我敢不敢也文一个。你知道,我想我确实是个经不起激将的人。"她翻了个白眼,"青少年。"

我转回头看着地平线。突然间海湾中的一个阴影吸引了我的注意。"那是什么?"我的视线停留在了一个孤零零的小岛上,位置在阿尔卡特拉斯岛和索萨利托(这是海边的一个小城,城里有全世界最棒的烤奶酪店)之间。那地方看上去很荒凉。我目光所及之处,除了森林和海滩外什么也没有。

"天使岛,"拉尔金说,"听说过吗?"

我在记忆中搜索,却一无所获。"没。"

"好吧,那可算不上是什么好地方。你觉得这座城市很诡异?天使岛是你一无所有的时候去的地方,是亡灵投死的地方。"

她的措辞让我感到一阵毛骨悚然。

亡灵投死的地方?

一瞬间,我确信我听到一阵耳语——轻柔的、焦虑的,几乎听不清楚。

"天使,小心。"

还是说,这只是我的想象?我畏缩了一下,不太习惯这种头脑中存在着另一个人的感觉。

"现在要非常非常小心。"

拉尔金抓住了我的手,那声音一下子烟消云散了。"答应我和我待在一起,布里。自从你来了,一切都变得比以前美好了。"她站了起来,举起双臂划过这疯狂的全景图,"还有什么能比这更好的吗?"

穿越时空的悲恋

她说得对。

我想到自从来到这儿,我的心情变得多好。我有多庆幸能遇到她,能有一个家。

"没有。"我告诉她,"没什么能比这更好的了,我保证,我会留在这儿陪你的。"我这话是肺腑之言。

她把我拽起来,我们肩并肩站在一起。"看谁先下去。"

我窃笑道:"你确定要跟跳水女王比赛吗?"

"姑娘,"她也不输嘴,"打败你不在话下。"

于是我们数到三,一起从大楼的侧面跳了下去,随着一路围着我们呼啸的风,留下一串疯狂的笑声。

几天后——因为没有真正的日出,所以很难计算日子——我们正在田德隆区,我们最喜欢的一个地方闲逛。那地方是约翰·马考雷中士公园的游戏场,位于奥法瑞尔和拉尔金街的交汇处。

"这真是到目前为止旧金山最美的一条街了,你觉得呢?"拉尔金吊在单杠上头冲下脚冲上说。

我荡着秋千哼了一声。"自恋狂。"我异常用力地踢了一脚,然后收腿,顺着金属链条的摆动向后伸展。等我动得够快了,就闭上眼,假装自己在飞。夜晚清甜的空气环绕着我,在身后不远处,我能听到火腿卷淘沙子的声音。

我们花了几个小时玩拉尔金最喜欢的游戏——真心话大冒险。到目前为止,她已经挑战我坐在一个垃圾桶里从朗伯德街滑下来,而我则挑战她叫醒一头在码头上打盹的海豹,以至于她差点被海豹用鳍抽到脸上。现在又轮到我了。

第四部 讨价还价

该我了。

"真心话还是大冒险?"拉尔金说,"你最好选大冒险。"

我摇了摇头,"不可能。那个该死的垃圾桶都把我搞晕了。要不我就选……真心话!"

"你说真的?"她呻吟道,"哦,我的上帝,你太无聊了。"

我笑了,"无聊只可能是因为你问我无聊的问题。"

拉尔金安静了片刻,我开始好奇她脑子里到底在打着什么鬼主意。她的想象力相当丰富。我很可能给自己找了个大麻烦。

"怎么样?"我叨唠着,"拉姆西,祭出你的杀手锏吧。"

她向后一翻,轻快地跃下单杠,走过沙地来到秋千旁,坐在我身边的空秋千上。"如果让你回去过你以前的生活,"她终于开口说,"只过一天……"她灰色的双眼和我对视着,"你会愿意吗?"

啊?

一开始,她的问题显得非常容易。然而让我惊讶的是,当我张开嘴想回答的时候,却一个字也说不出来。

我反而哭了起来。

她坐在秋千上看着我,但什么也没说。

我用手背擦了擦鼻子,对自己表现得像个小孩子一样感到尴尬。"我想会吧。我觉得。你呢?"

她丢给我一个悲伤的表情。"实际上,我已经回去过了。"

我感到一丝微弱的电流从我身体中穿过。"你已经回去过了?这是什么意思?"我从秋千上跳下来,突然警觉起来,"你在说什么?"

她看着我,却什么也没说。在惨白的月光下,我几乎能感

穿越时空的悲恋

觉到她脸上的烧伤活了过来。能看到它们扭动着，盘转着，像一条条着了火的蛇一样。

我往后退了一步。

但是这只不过是拉尔金而已。我不怕拉尔金。

"听我说，布里。"她的声音听起来平和而轻松，而她的双眼目不转睛地盯着我的眼睛，"你的故事我都听过了。很显然，你还没有释怀。我的问题是，要是我能够帮助你释怀，你会怎么办？要是我能够多给你一天道别的时间……再活色彩缤纷的一天？"

我的头脑中塞满了问号。我摇了摇头，百感交集。

愤怒。

困惑。

兴奋。

恐惧。

"我不明白。"我说，并试图保持冷静，"这是不可能的。"

"如果可能呢？"

我用力瞪着她，"但就是不可能。"

她笑了，"永远不要说不可能。"

我突然想起了帕特里克说的话："永远不要说不可能，天使。"

"不要说了，"我急了，"这并不好笑。"

"谁说我在开玩笑？"她伸出手抓住我的手，"不要担心。我们不必现在就讨论这个话题，也许你还没准备好——"

"怎么回去？"我打断她，"你是怎么做的？你是怎么回去的？"

第四部 讨价还价

她放开了我，从她的秋千上站了起来，做了个懒洋洋的侧手翻。"关键不是怎么样，而是多少。"

"你什——什么意思？多少什么？"

拉尔金掸了掸手上的土，耸了耸肩。"你知道的。为了回去你愿意付出多少。"

"付出？付给谁？我有什么别人想要的东西吗？"

这个场景让我开始感到有什么事情不太对。有什么事情让我感觉到很不对。

"你的项链如何？"拉尔金小心地说，"你会愿意用项链来交换吗？我能安排你回去过你想过的任意一天，比如说杰克在朱迪家举办的生日聚会？或者是某个再寻常不过的星期五晚上，和艾玛、苔丝待在一起，和杰克玩四子棋，在 Netflix 网络电视台上看《海底总动员》……选择权在你手里。"

我将手放在了锁骨上。

我的项链？她要我的项链做什么？

"而且我戴起来恐怕会更漂亮，"她边笑边说，"金色真的不太适合你。"

她说话的语气开始让我烦躁起来。太甜，太做作了。就好像花生巧克力棒外面又裹了一层香草，吃一口你的味蕾就要爆炸了。

"哦，哦。"拉尔金的眼睛睁大了，就好像丛林里某种永远快乐的动物。比如一只兔子，或者是一只小鹿。

哦，我的上帝，她是小鹿斑比。这么一想，我的思绪暂时被打乱了。她的迪斯尼卡通形象绝对是斑比。

"或者是舞会的那晚怎么样？那该多好？你可以直接在舞

穿越时空的悲恋

池上拒绝雅克布，让他尴尬得无地自容。"

这句话终于让我忍无可忍了。我不喜欢听她将我人生中最美好的时刻一一数过，就好像这些记忆也属于她，而她比我更了解我自己。我们现在说的是我的人生，而不是她的。

"我已经回去过了。"我生气地说。

她小鹿斑比般的眼睛闪烁着光辉，"不一样的，你还没有。"

世间的规律好像突然间被打乱了，世界突然间失了衡，我似乎感觉到一阵恶心。"别说了，"我说，"我不想再玩了。"

"这不是游戏，布里。我们可以做个交易，就在此时此地。"她笑了，"这比你想象得简单多了。而等你回家玩够了，你会回到这里，我们会永远一直玩下去。就你和我。你觉得怎么样？"

我觉得怎么样？我几乎失去了辨别力。"重新过一整天？"我轻声说，"任意一天？"关于家的回忆——那些无聊却异常美好的对日常生活的回忆——像潮水一样汹涌而来，我的身体也随之开始颤抖。我和朋友们一起唱着嘎嘎小姐的歌去上学。妈妈在我生日的那天做薄饼给我，而爸爸唱着鲍勃·迪伦的歌给她造势。暑假时杰克在洒水喷头下追着我跑时发出的笑声。雅克布的唇贴住我的唇时被电流击中一般的温热感。

"你是说真的吗？"我轻声说，"我真的能回去吗？没有附加条件？"

"这个……"拉尔金咯咯地笑了，又指了指我的项链，"只有一个小小的条件。"她又做了个侧手翻，"如果你好好想想的话，这其实是很划算的交易。"

我抬起手，轻轻地摸了摸我脖子上柔软的，纤细的项链。然后摸到后颈，在我的头发中摸索着那个小小的金属锁扣。然

第四部 讨价还价

而当我试图解下项链的时候,一小股热流开始噼里啪啦地刺痛我的皮肤,就像被无形的橡皮筋绷了一样。我的眼角闪过一簇蓝色的火苗。

这一刻,另一段记忆突然出现在眼前。

而当我抬起头,整个城市都不见了。

第三十三章

你一定是我的幸运星

玻璃像水晶一样光滑、透明,当我小心翼翼地触碰它时,手指在上面留下了些许印记。

他爱我。他不爱我。他爱我。他不爱我。

"亲爱的,请不要触摸展柜。"柜台后面的女士说。她的头发在脑后松松地扎了一个位置很低的马尾辫,"我们刚刚清洁过。"

我从自己情情爱爱的幻境中惊醒过来,"哦,不好意思。"

在屋子的另一端,我听到刻意压低了音量的笑声。我感到脸烧得通红,拖着脚走到艾玛和苔丝站的地方,她们身边是个古董帽架。"非常感谢。"我说。

苔丝拿起一副巨大的黑色太阳镜,戴上试了试。"怎么样?"

"我觉得好看。"艾玛说,"很有奥黛丽·赫本的风格。我完全支持你买。"

"我的上帝,姑娘们,'兔子洞'是最棒的!"莎迪从试衣间中蹦出来,身上穿着一件紫色抹胸式连衣裙,"从此以后我们每个周末都要到这儿来。"她从苔丝鼻子上摘下太阳镜,戴在自己鼻子上。

第四部 讨价还价

"嘿！"苔丝抗议道，"你别打它的主意，莎迪。"

"哦。"莎迪在离她最近的镜子前摆了一个姿势，"我戴着真的很好看嘛。"

"什么？！"苔丝喊道，"不可能，你看着像个蚂蚱似的。你的脸配这个太小了。"她伸出手，用脚尖拍着地板，"拿回来。"

莎迪一边笑一边把太阳镜还了回去，"好的，好的，好的。不过告诉你一声，我刚刚把你从我的奥斯卡获奖感言中删除了。"

"我甘愿冒这个风险。"苔丝又把眼镜戴上了。

"哦，姑娘们，快过来！"艾玛招手让我们去一个隐秘的角落，她手里拿着一个小巧而有些褪色的乌檀音乐盒，每一面都有手绘的小雏菊。

"太美了！"莎迪跑了过去，身上还穿着那条裙子。

"你还没看到我在里面找到了什么。"艾玛扬起下巴。她脖子上挂了一条精致的银色项链，一只小巧的知更鸟从链子中间坠下来。

"艾玛，这真是太完美了！"我倾身过去想看得更仔细一些。

"是吧？"她咧嘴一笑，"看，这儿还有其他项链。"她打开音乐盒，我们都凑过来往盒子里看，里面是一些混在一起的金银饰品。

幸运项链。

每一件都闪着光华。每一件都让人想戴上试试。

"等等，姑娘们，你们喜欢这个吗？"苔丝说。她伸手过去小心地拿起一个铜制的美人鱼，当它隐约发光的时候，几乎和她的头发是同一种颜色。"我必须得买这个。"她将美人鱼交给

穿越时空的悲恋

我,"能帮我戴上吗?拜托了,美人。"

我解开锁扣,把项链系在她脖子上。项链的长短非常合适;不算太长,也不算太短。

"完美。"苔丝满面笑容,看上去更像小美人鱼艾丽尔了。

莎迪从眼前抚开一绺黑色的乱发。"轮到我了。"她花了一两分钟在项链中挑拣一下,看上去有些失望。"哦,姑娘们,我没看到自己喜欢的。"

"这条怎么样?"我伸出手从中挑出一条金色项链,项链坠是一颗小巧、不规则的星星。

"布里!"莎迪张开双臂抱住我,"太完美了。我喜欢!"她在首饰盒中翻了翻,"你戴这条怎么样?"她托起一个项链坠,举到我眼前。坠子在她的手掌中向我闪闪发光,当我拿起它的时候,感觉好像是它选择了我。

一颗心。

莎迪移到我身后,将我的头发捋到后面,这样我就能将项链扣起来了。然后她抱了我一下,并亲了我的脸颊。"好看!"

"嘿,我知道了。"苔丝说,"让我们一直戴着这项链,一直戴着它们,一直互相支持,不管发生什么。"

"哦,好吧。"莎迪戏剧性地叹了口气,"我会把你加回到我的奥斯卡获奖感言中的。"

我们彼此相互看了一下,然后全都笑得直不起腰了。

"一直。"我说。

"永远。"莎迪看着我,笑着说。她棕色的眼睛闪烁着,我能看出她有多喜欢我。

哦,莎迪。我好想你啊。

第四部 讨价还价

突然之间，我感觉到金饰贴在我的皮肤上产生的冰凉感。我闻到了城市中被污染过的闲酸味空气，小店不见了，马考雷公园游戏场又回到了眼前。

拉尔金已然站在我面前，她的手向前伸着。"你好？你还在地球上吗，布里？"

一种感觉从心底升起。

不。我不能给她。

"这里。"拉尔金从牛仔裤的后兜里掏出一把生锈的小折刀。

她从哪儿弄来这玩意儿的？

她向我迈了一步，"让我帮你把它取下来。"

火腿卷肯定又一次读懂了我的心思，它开始在游戏场的另一端低沉地吠叫。

我仔细地审视着拉尔金，"你用小折刀干什么？"

"不用害怕。"她说，"不会伤到你什么的。你会得到你想要的，我会得到我想要的。然后——"她甜甜地一笑，"我们会永远成为最好的朋友。"

好吧，跟踪狂，这事做得有点太过了吧。突然间我觉得自己完全吓丢了魂。

"听着，"我边说边往后退，"我觉得我还没准备好做这样的事——"然而我还没意识到发生了什么，就感觉自己对四肢的动作失去了控制。我感到自己跪在了她面前的沙地上，就好像一只待宰的羔羊。

什么？！

我看着她手上转着小折刀向我走过来，心中布满恐惧。

穿越时空的悲恋

等一等。我们说的到底是什么交易。

我只是个女孩，只是个由烟、尘和褪色的记忆组成的女孩。她能从我这里要走什么呢？

"救赎。"我感到我好像听到了帕特里克的耳语，"她想要得到你永恒的救赎。"

"我永恒的什么？"我的前额出了一阵冷汗。

"我把链子割断后你就能回家了。"拉尔金拿着刀冲着我的脖颈，"就像拍照片一样。你说奶酪饼就行。"

我一边试图弄明白她的话是什么意思，一边感到我并不存在的脉搏开始越跳越快。她在说真话还是在忽悠？

"家？"我说，"你是说真的？"

她点点头，"如假包换。"

我颤抖着，摸到了颈后的锁扣，尽管金色的心型小坠开始发热，在我的皮肤上燃烧。这一次它比以往烧得更烫，更厉害，更疯狂，随着痛楚加深，我喊了出来。

突然之间，我开始担心我没法将项链摘下来，它会先在我皮肤上烧一个洞出来。然而当我抬头看到拉尔金的双眼，我看到了更可怕的东西。

她的眼睛是冰冷的，是空洞的，是死的。

"跑，布里。现在就跑。"

不管这是不是我想象出来的声音，我都不打算冒这个风险。

于是我吹了声口哨把火腿卷招过来。我蹦了起来。接着，我拔腿就跑。

"这里。"拉尔金从牛仔裤的后兜里掏出一把生锈的小折刀。
她从哪儿弄来这玩意儿的?

第三十四章

能死在你身边，是多么神圣

一个鬼女孩和一只狗手忙脚乱地抱在一起，落在雅克布家的后院，然后滚进了灌木丛。"啊！"我边说边吐出一大口树叶和枝条，"我觉得我扭伤了屁股。"

说到屁股，火腿卷的屁股正压在我脸上。"哦，真恶心，火腿卷，快下来！"它咕哝了一声踩到地上，抖了抖毛，项圈发出一阵叮当乱响。

"我老了，不能老这么干了。"我呻吟了一声，直起身来。我站起来的时候，后背啪的一声响了一下。我当即发誓我一有时间就一定要去报个瞬移训练班。我蹑手蹑脚地穿过后院，走到费舍尔家的阳光房，从百叶窗中向里望。我的双眼一适应阳光，我就意识到我正盯着费舍尔先生的后脑勺，更确切地说是后脑上秃了的一大块，此时他和雅克布的妈妈正在看《美国偶像》。

"哦，他太差了，"费舍尔太太说，她正在评论一个哥们儿在电视上演唱的"抓住这种感觉"。

"比上一个还好一点儿，"费舍尔先生一边说一边翻着报纸，"你又给学校打电话了吗？"

第四部　讨价还价

费舍尔太太坐直身子，我能看出她面带倦容。"我打了。"

"然后呢？"

"他们不能做出任何保证。教练很难过，整个余下的赛季雅克布都不能参赛，他们也做不了什么。他说到了夏天他们会重新研究这个问题，到那时他会有更多的时间康复。"她停下来，慢慢地喝了一口茶，这花了很长时间，"他现在唯一能做的就是维持 GPA 的分数，并继续进行物理治疗——"

"我儿子要上普林斯顿！"费舍尔先生重重一拳砸在桌子上，这让我想起我从来都不太喜欢他。我印象中他的脾气一直不好，而且对雅克布和玛雅实在太苛刻了。完全是个军人出身的父亲，严格，爱用命令的口吻说话，有点老派。有一次他看到我们俩在沙发上接吻，当时我感觉他气得简直要上九霄了。

"玛丽，这孩子太努力，而且已经到了这个地步。如果因为一点小伤影响前途，我会气死的。"

"声音小一点儿，"雅克布的妈妈说，"你知道他有多难过。你知道这一年对他来说有多不容易，先是布里……"她停了停，"现在又受伤了。如果我们把他逼得太紧，他会决定不再练田径了。"

"他要放弃先等我死了再说。"费舍尔先生扔下报纸，"他只需要练得更刻苦一点儿。放弃不是选择。"接着他冲出了房间。

突然间，我觉得自己被内疚吞没了。我给雅克布惹了怎样的麻烦啊？我只不过是希望能造成点影响而已。我并不希望毁掉他的整个人生。我现在知道我不应该惩罚他了。我不应该偷偷跟着他们，偷了莎迪的手机，窥探他们的私密对话。

穿越时空的悲恋

我不应该仇视他们。

没错,我有我的理由。但我确实被愤怒冲昏了头。莎迪是个很好的朋友——一度曾是我最好的朋友,而雅克布是个很棒的男朋友。但我们只有十六七岁。如果我没有死的话,该期待什么呢?他会是我一生唯一的爱人?某一天我们俩会一起骑着车进入高中毕业后的斜阳?

事实上,当我认真思考这件事时,我意识到,我们的关系一直都不完美。我们一直都不是十分相配。雅克布非常幽默、帅气、聪明、体贴——比我认识的任何男生都要好。但他又有点冷淡、情绪化,在事情不尽如人意的时候对自己过分苛刻。有那么几次——虽然我不想承认——我并不那么喜欢和他接吻。我们有过几次特别美好的吻,那是当然,但也有时我会感觉到我们的吻中少了点什么。

尽管我一直不明白是为什么。

看着我的父母关系破裂,我开始重新审视一些事情。也许,只是也许,雅克布并不是我一直梦想的那个男孩。

也许因此而惩罚他是不公平的。

如果莎迪和雅克布找到了那个天堂和人间所有人都在寻找的东西,我又凭什么阻碍他们呢?也许我手上没有一支魔法棒能修复我所破坏的一切,但我可以试试。而且,生命很长,但死后的日子更长。我不想像填字女士一样埋头在一个又一个填字游戏中过后面十五个永恒。我知道我应该怎么做了。

是该和雅克布·费舍尔讲和的时候了。

我穿过后院,绕过游泳池,来到那棵房子左侧的大红杉树旁。我试图瞬移,但是从城里过来的行程让我筋疲力尽,我没

第四部　讨价还价

有余力再瞬移了。我最好的选择——唯一的选择——就是爬上去。

当我抓住我能摸到的最高的一根树枝，甩过一条腿骑上去时，火腿卷就待在我脚底下，并好奇地看着我。"我很快就回来，"我说，"你留在这儿。"

它发出了一声又长又低的哀鸣。接着它张开嘴，似乎打算叫出声来。

"你敢叫，火腿卷·伊根。"我轻声说，"你一叫雅克布的爸爸妈妈就会把你直接送回家。"

我又够到了下一根树枝，把自己撑得更高。我本想调动身体里蜘蛛猴的潜力，但确信我只调动了身体里吉娃娃的潜力。我不知道我为什么会觉得死后我会变成爬树专家。

"哇，我太不擅长这件事了。"我抱怨道。我裙子上的丝带在各种跳、在海湾中游泳和硬着陆的摧残下已经撕成了碎布条。现在这些布条突然缠在一根枝条锋利的一端。我竭尽全力将布条解下来，但是在这个过程中我快速地看了地面一眼。火腿卷现在和我的小脚指头差不多大。

"他们给这东西施了什么肥？"我说，"这树比以前高多了。"但是现在已经没有回头路了。我抓着树枝越爬越高，直到我差不多爬到三楼的高度。我倾身靠向树干喘了口气，并把眼前的乱发拨开。接着我数到三，像走钢丝的人一样伸展手臂，慢慢地开始在树枝上走动——一次一步——走向十五英尺远处亮着灯光的卧室窗前。

不要掉下去，不要掉下去，不要掉下去。

等我爬到这条树枝的枝头，我能做的只有一件事了。

穿越时空的悲恋

跳。

我又深深地吸了口气，然后让自己从空中往下落了五英尺，落地时砰的一声巨响，我的脸砸在了常春藤上。

火腿卷开始在脚下的某处吠叫起来。"你敢叫，"我说，"你别让我再下去。"我伸手抓住布满常春藤的棚子，想象着如果帕特里克看到这一幕会怎么取笑我。

这无关于另一边有什么在等待，而是关于攀爬——我几乎能听到他在耳边故意对麦莉·塞勒斯①的歌进行拙劣的模仿。

接着，我感到一种悲伤带来的剧痛。

不管衣着是不是可笑，我真的开始想念他了。

我终于挪到了雅克布的窗前，并慢慢地向里窥探。我几乎是一下子就看到了他，正坐在书桌前背冲着我。他弓着背，埋着头，书和纸散落在他身边。然而当我靠得更近时，我意识到他并没有在写字。

他在哭。

---

① 麦莉·塞勒斯，1992年出生，美国当红女歌星。

第三十五章

如果你不自救，谁还能拯救你的灵魂

很幸运，雅克布的窗子开得足够大，正好能让我爬进去而不造成任何干扰。同时，他的音乐也放得很大声——火车乐队的专辑《拯救我，旧金山》——所以我想即便我弄出点声响，他恐怕也听不到。

我环顾他的房间，发现里面的陈设一直都没什么变化。白墙上贴满了田径队的宣传画，地毯和床罩都是海蓝色的，房间里摆着他赢的田径奖杯，还挂着一张世界地图，上面用图钉标出了所有他未来想去跑一跑的地方。有夏威夷、澳大利亚，还有中国的长城。

就在此时，火车乐队的歌《半月湾》响了起来，让我想起以前我们一起在市中心闲逛的那些时光。分享 M 记的奥利奥奶昔，在音乐棚这家唱片店挑老唱片和每一次汽车到缅因街的路程。我的目光落在他床头的双拐上，这让我倒抽了一口凉气。

骑自行车出去玩肯定要等一段时间了，而且他连辆自行车都没有了。这也是拜我所赐的。

帕特里克说得对。

女人是疯狂的。

穿越时空的悲恋

雅克布用手背擦了擦脸，开始咳了起来。我能听到楼下他的父母开始冲着对方大声喊叫起来。

真是个欢乐大家庭。

"嘿，雅克布，"我站在屋子的另一端，柔声说，"我在这儿。"我并不想吓着他，所以我让自己和他之间保持相当远的距离。但是随着歌曲旋律的推进，他的肩膀颤抖得更厉害了。

我自责地看着他的双拐，接着听到他的手机响了起来。他拿起手机，清了清喉咙："嘿，什么事？"

他的声音仍让我心动，虽然我的感觉已经开始有了变化。

"没什么。我不知道。"他停了停，我能隐约听到莎迪的声音从手机中传出。

"我担心你……不是你自己……你必须告诉他们。"

"我不一定要做什么。"雅克布反驳道，"他会把我赶出家门的，你明白吗？田径队的事就已经让他气得够呛了。不能让任何人知道，莎迪，我不能——"

她的声音又从手机中传了出来，听上去很激动。"不公平，随他们去吧。谁在乎他们怎么想啊？"

"我在乎！"雅克布喊道，"我很在乎，行不行？看看我已经给大家带来了多大的伤害。我真不应该告诉你，所以你就忘了吧。这不是你的问题。你不明白。"

"雅克布——我——"

"听着，我得挂了。"他挂了电话，把手机扔到了床上。

我完全迷惑了。他说的是什么问题？他们在说什么事？学校的同学们不可能还在因为他和莎迪约会而为难他吧？几乎已经经过了一学年了。太平洋顶峰高中肯定已经找到别的什么

第四部 讨价还价

新鲜事去议论了。除了某个男生和他死去女友的闺蜜约会以外，肯定会有别的八卦。上帝啊，只要看看新闻就行了。

他把音乐的声音放大了很多，将指尖插入头发中。我穿过他的房间，用尽我力所能及的一切办法试图不发出任何吓人的死亡气息。我来到他身后，集中我的能量。接着，非常缓慢地，我将一只手放在他的肩膀上，接着是另一只手。

雅克布。我在这儿陪你。

他崩溃了，用手捂住脸。孤单的、痛彻心扉的哭声一涌而出，连深情的不插电歌曲也只能微微掩盖住一点儿。他的悲伤看着溢得四处都是，看着他的肩膀塌陷下来，我觉得我能品尝到；我能闻到；我能感觉到。

"嘘，"我轻声说，"会好的。"我用手指向后捋着他的头发，"不管是什么事，我保证你一定会好起来的。"我只是不明白。认识他这么久，我从没看到他这么伤心过。

从没有！

我让自己的手轻轻地抚摸着他的后背，去感觉衬衫下的身体散发出的热度。然后我弯下腰，几乎不敢呼吸，温柔地用我的唇亲吻了他的脸颊。一个吻可以挽回一切。一个吻可以为我让他经历的一切道歉。

我只希望他能感觉到。我很抱歉，雅克布。

然而当我移开嘴唇，这世界和先前并没有什么不同。他仍旧是一团糟，而我只不过是他卧室墙上一道淡淡的阴影。

他往椅背上靠了靠，用袖子擦了擦脸。接着他伸手拿起自己的活页笔记本，开始继续写着什么。当我看着他的笔尖在这张凌乱的纸上移动时，并不想去分辨那些混合着眼泪的男生字

穿越时空的悲恋

体都说了些什么。但是当我看着他的指尖把笔握得那么紧时,决定看看他到底在写什么了。

这世界上有什么东西能让他写得这么专心呢?一篇申请大学的文章?一份实验报告?也许是他迟交了这学期的论文?

我向前倾,想越过他的肩膀,看得更仔细一些。然后我发现,这不是那些东西,而是一封信。

然而当我发现这是一封怎样的信时,我感到整个房间都开始旋转起来。

我不能再这样活下去了。

我不能再隐瞒,或装作是另一个人。我试图改变。我试图成为另一个人。

但我就是这样的人。我就是这种人。

我停止了阅读。

你是哪种人?

我想起我们最后那次约会的晚上。

二○一○年十月四日。就是那一晚,他的话让我的心脏永远地停跳了。事实是,我已经知道他会和我分手了。在他来接我约会的时候,我在他的眼中看到了恐惧和悲伤。我只是不想去面对。

不要这么对我。我想起自己坐在他对面无声地祈求。不要这么对我们,拜托!

当然,最后他还是说了那句话:

我不爱你。

第四部　讨价还价

但如今坐在雅克布的卧室里，看着他，我突然想到，我根本没听他说过其中的理由。从海滩的那天早上开始，我一直都以为他选择莎迪而放弃了我。但万一是我误会了一切呢？万一是我犯下了可怕的、极大的错误呢？

我的思绪转了起来。我意识到那天早上在点完篝火后，我只看到雅克布和莎迪拥抱在一起，再没有别的了。我看见过他们交换眼神，交换耳语，互发信息，但从没见过他们接吻。我看着他们各自开始崩溃，陷入沉默，而我们的朋友则开始因此而责难他们。

一直以来，我就是其中的带头人。

我躺倒在床上，事实开始在我眼前清晰起来。

"你是爱我的，"我轻声说，"只不过和我对你的爱不同。"

虽然花了很长时间，感觉像是已经死了一辈子一样，但我最终还是明白了其中的不同。所有的事情都吻合。所有的逻辑都说得通。

雅克布并没有爱上莎迪，他只是将自己的秘密告诉了她。

他藏得最深的秘密！

而说到底，莎迪唯一的错只是帮他保守了秘密。

"拜托，不要这么做，"我祈求他，眼泪顺着脸颊簌簌地滑落，"请你听我说啊。"

但他没有听见我的声音。他听不见我，因为他正忙于写他的遗书。

我宁可死也无法告诉你我是同性恋。

这样会让我们都容易一点儿。

第三十六章

总有什么东西在提醒着我

　　雅克布的房顶离地面很远，但我还是跳了下去。我几乎没有感觉到树叶纷纷打在我身上，或是我在落地时扭伤了脚踝。

　　莎迪的家。我得去莎迪的家。

　　我无法聚集足够的速度进行瞬移，所以只能像一个老太太一样在街道上蹒跚而行。

　　如果我没办法和她沟通怎么办？如果她不能及时联系上他怎么办？

　　我的头阵阵地疼着。我感到胃里一阵酸楚。闪电撕裂了夜晚的天空，而我停了下来。当我抬起头，我确信我几乎能看到一个女孩的脸躲在云后，看着我。

　　"我该怎么做呢？"我哭喊道，"我必须救他！拜托了，请帮帮我！"

　　又一道闪电，那张脸消失了。

　　有片刻的时间，我转回头向着雅克布家门前的路望去，心里想着他的眼泪。然后我又向前看了看莎迪家大概的方向，那是在小镇的另一端。至少需要十五分钟，还是坐车。一种恐惧感开始在我心中蔓延,就好像一片慢慢扩散的雾。我完全走投无路了。

不,应该说我完全搞砸了。我没法往前走,但也退不回去了。

"你为什么就不能试试真的呢?"我对着自己那双没有用的手祈求,"你为什么就不能挽回这件事呢?"

我听到树叶婆娑的声音,看到深色的藤条开始晃动,从路肩向前扭动。突然之间,到处都能听到拉尔金的声音。她的话像寄生虫一样硬是顺着我的喉咙,充斥着我的胸口。

比你想象的容易。

我摸了摸自己的项链,想起了她的提议。我终于明白她为什么想要这条项链了。这条项链意味着我在地球上留下的一切。它代表我最爱的人和我们之间的感情。

这是我的救赎!

我的喉咙突然哑了。我不确定我能将这件事进行下去。

"不要怕。"拉尔金的脸在天空中闪过。

如果就靠这一次了呢?我想。如果这是我唯一的机会了呢?也许我能够回去再生活一天,给予雅克布他需要的帮助。也许我可以弥补我所造成的伤害,确保没有其他我关心的人会和我一样毫无意义地死去。也许我可以用这一天让雅克布意识到他并不孤独。帮助他意识到只是因为他是个复杂的人,并非不值得爱。

因为他只是个人而已。

拉尔金说过我能够回去。她说过我可以回去重过一天,没有附加条件。

嗯,只有一个条件。

穿越时空的悲恋

我小心翼翼地将长发移开解开项链。我将它举到眼前,看着那颗金色的心型挂坠——完美的不完美的心——垂下来在项链底端摇晃。

这会是真的吗?这项链真的会和我永恒的救赎有关吗?

我想起了雅克布。想到他脸上的痛苦,他眼中的泪水,和他在绝望中写下的文字。我深吸了一口气,知道自己该做什么了。"要好朋友干什么用呢?"我轻声说。

过了一会儿,我抬头一看,拉尔金就站在我身边。

"我期望你会回心转意。"她轻轻地碰了碰我的手臂,"好吧,"她说,"我们达成协议了吗?你愿意拿什么来换取在地球上再活一天?"

在她还没问完问题前我就已经知道了答案。只有一个办法能从天堂出来。

就是这个了。

"所有的一切,"我说着将项链递了过去,"值得用一切交换。"

第三十七章

听一听自己的心声，再和他道别

走私人的灵魂是非常恶劣的生意。《已故者》手册中用"罪大恶极"一词来形容。说这是反天堂、地球、人类，以及天地人之间所有一切的最严重的罪行。

幸运的是，这看上去也正是拉尔金的课余爱好。

"你要选哪天呢？"她的声音听上去轻松而随意，就好像我们聊的话题是她的头发，或是 J.Crew 品牌最近的比基尼特卖。

"你管不着。"我愤愤地说，也不在乎自己是不是很粗鲁。我完全没有心情闲聊。

"随你便。"她的声音听上去比以往任何时候都甜美，但是她撸我袖子的架势可一点也不友善。她跪在我身边，用一把小刀对准了我的手臂。

"嘿！"我喊道，"你在干什么？我已经把项链给你了。"我试图将她推开，但是她比我预想的抓得更牢。

"别紧张，并不疼。"她说，"你就把这当作一个酷卡俱乐部的入会仪式吧。"她骄傲地指着自己的文身，"看？现在我们一样了。"

我张大了嘴，"你不是说这图案是在坎昆文的吗？"

穿越时空的悲恋

"我说过吗？恐怕我的记性不如以前那么好了。"

拉尔金在骗人，这绝对会很疼的。

不过我还是尽力往积极的方面想。在我们的交易中我能得到的是：在活人的世界再呼吸一天。在此之后，我将完完全全属于她。

真是段健康的关系啊。

"我会从十开始倒数，这样你会很清楚什么时候该开始尖叫。"拉尔金说。

"非常感谢。"

"十，"她开始数数，"九，八……"

这是值得的，我想。我将挽救一个生命。我将修复破碎的一切。多一天——去生活，去回忆——永远永远。

为此我将永存感激。

我睁开眼睛，看到刀锋在月光下反射着光辉。

"五……四……"

我闭上眼睛，准备好迎接疼痛。然而就在我感觉到刀尖刺入我的皮肤前，我的脑海中突然闪过另一件事。

或者说另一个人。

我想起他的飞行员夹克和荒唐的笑话。我想起被他推下金门大桥的时候我有多生气，想起每次他叫我奇多饼的时候都能把我逼疯。我想起每次不用我说他就会主动帮我倒满雪碧，想起当我筋疲力尽的时候他是怎么将我抱回小片比萨店。我想起每一次他叫我天使时的声音，想起每一次我坐在他摩托车的后座上，用双臂抱着他时，都会有种家的感觉。

"一！"拉尔金轻声说。

我睁开眼睛，看到刀锋在月光下反射着光辉。

穿越时空的悲恋

帕特里克，我很抱歉。

突然间，有什么东西以每小时一百英里的速度从侧面向我撞过来，将我像个保龄球一样撞倒在大街上。我脸着地掉进了一个沟里，拼命探出头呼吸，全身上下布满了泥土、野草和水草。我用力翻过身，几秒钟之后，我意识到火腿卷正在疯狂地舔着我的脸，试图帮我清洁干净。

"咳，狗嘴味。"我将它推开，卷起袖子想好好看看我的肩膀。拉尔金的刀仅仅蹭破一层皮。

突然一阵撞击声吸引了我的注意力，我跳起来，向声音的方向跑过去。在离我大概四十英尺远的地方，帕特里克和拉尔金正面对面，摆开了对峙的架势。他的手里握着她的小刀，刀尖指着她的喉咙。

"我们不需要你的服务了，"他说，"你走吧。"

"她做了决定，"她说，"我们要做笔交易。而你怎么还不回你那个小破比萨店？别干涉我们了！"

看来我对拉尔金讲的那些关于帕特里克的事，她都认真听了，要不就是她认出了那件皮夹克。

帕特里克向前迈了一步，以警示拉尔金和我，他是认真的。

求你了，我柔声祈求道。我必须这么做，为了雅克布。为了雅克布我必须回去。

"看，她想回去。"拉尔金说，"你不应该限制她。而且你自己做不到，并不代表她做不到。"

我转头看着帕特里克："她在说什么？"

"我们要保守秘密？"拉尔金说，"要知道，这可不太礼貌。你要不要跟全班同学说说你的秘密？"

第四部 讨价还价

"哦,你给我滚吧,"帕特里克反唇相讥,"你根本不了解她,布里有更好的去处,凭什么要陪着你过你那可悲的、半死不活的人生?"

一瞬间,拉尔金脸上的烧伤似乎在月光下鲜活起来。"更好的去处,你是说和你一样吗?"她双手抱怀,"听着,邦·乔维,你的事我都听说了。关于你那肉麻的摩托车,和你有多喜欢她,可她压根就不打算回报你什么。所以先管管你自己吧,找个别人迷恋,行吗?因为你和她——"她用尖尖的手指在空中画了一颗心,"是行不通的。"

哇,闯大祸了!

帕特里克的目光和我的碰在了一起。

肉麻的摩托车?真是太过分了,维滋乳酪,太过分了。

我绝对没这么说过。我发誓。

他把对他的侮辱暂时放下不提,转回头面对拉尔金。"听着,罗宾,或者蓝松鸦,或者不管你叫什么名字。我不会让她这么做的,就这么简单。"

"木已成舟,"拉尔金说,她看了我一眼,"过来,告诉他。"

"真滑稽,"他说,"因为我感觉你错了。"帕特里克把手伸进兜里,掏出了我的项链。

"嘿,这是我的!"我跑过去从他手里把项链抢了回来。

"你说得对。"帕特里克的声音听上去有点疲惫了,"这是你的。绝对不要给她。布里。什么都不值得拿来交换你要交换的东西,什么都不值得!"

"你别管了,"我求他,"求你了。"

他又把刀尖对准了拉尔金的喉咙,"你说我敢吗?"

穿越时空的悲恋

他的目光追着我想寻求帮助,但是就在这个时刻,我真的不知道我站在哪一边。

"好吧,"拉尔金说,她似乎感到了我的犹豫。她死死地盯着帕特里克,"我告诉你的这件事你一定要相信,在这个世界上最糟糕的事莫过于喜欢一个并不喜欢你的人。我真不想说,比萨男孩,但是你的女孩已经把你忘记了。"她苦笑了一声,"所以无论如何,你都已经输了。"

你的女孩?忘记你了?

"你在说什么?"我说,完全摸不着头脑,"拜托,有没有人能说句英语?"

"事实证明,"拉尔金给帕特里克一个不怀好意的笑,"看来你确实和你看上去一样蠢。"

"别再说了!"我说,"别用这种语气和他说话。"

她一把抓住我的肩膀,把我拽到离她很近的地方,以至于有一秒钟我似乎能感觉到毁掉她美丽脸颊的大火释放出的热气,"我真的不敢相信你会站在他那边,布里。我不敢相信你竟然会为他和我作对。我们可是从小到大的朋友。这对你有任何意义吗?"

"拉尔金——"

"你和其他人都一样。"

"不。你知道这不是真的。听着——"

"不,你听着,"她说,"你对痛苦和寂寞全然不知。但是你会知道的。你很快就会体会到全世界所有人都会把你遗忘,就像你根本没存在过一样。你会知道孤身一人是什么滋味。"她开始往后退。

第四部 讨价还价

不，不，不，不！

我不能让她走。我需要她带我回去。如果我不回去，谁知道雅克布会对自己做什么。有多少人生会因此而毁掉。

"这里，"我绝望地拿出我的幸运项链，"拿去吧。你让我做什么我就做什么。"

她盯着项链看了许久，然后擦掉了一滴眼泪。"算了。你们俩应该在一起。"

然后她就一下子消失了。

不！！

我跑上前去，在空气中徒劳地撕挠，试图抓住她消失的轮廓。然而在几秒钟之间，除了一道烟，她已全然不见。

就好像她从来就没出现过一样。

我跪了下去。太晚了，我失去了唯一一个救他的机会。

救我自己的机会。

"这不可能。"我轻声说。

我听到拉尔金的小折刀咔嗒一声掉到了路面上。"天使，"帕特里克柔声说，他把头靠在我的肩膀上，"对不起。"

突然之间，我整个人都好像着了火一样。所有储存着关于我的皮肤、血液、眼泪和骨头的记忆的粒子和原子都沸腾起来，在我的裙子下燃烧。我感到自己即将化作火焰和灰烬，最终消失殆尽。某一部分的我几乎希望我消失。至少这样我就没有感觉了。

上帝啊，我已经厌倦了所有的感觉，厌倦了痛楚。我只是不敢相信。我无法理解为什么帕特里克要毁掉我唯一一个弥补自己过错的机会。他把一切都毁了。他毁掉的比一切还要多。

穿越时空的悲恋

对不起，雅克布。真的，真的很对不起！

我甩开帕特里克的手，站了起来。"你有什么毛病吗？我做什么或不做什么跟你没有任何关系。我怎么选择度过永生不由你决定。我想怎么做就怎么做！"

我胸口潜伏的痛感已经变成了灼热的生疼，我几乎承受不住了。这痛楚似乎要将我肺里的空气都挤压出去，直到我感觉自己像个干瘪的氢气球一样，很快会被抽干，倒下。

"我不能让你这么干。"帕特里克低下头，"你一点也不了解你打算做的事意味着什么。你现在不明白，但是我保证你会后悔的。"他的声音很轻，充满了绝望，悔恨，和让人难以承受的悲伤。

但是我并不在意。

让他难受去吧。让他感到自责！我怒火中烧，连看都不看他。

也许我可以再试一次。也许还不算太晚。也许我可以向她道歉——

"不！"帕特里克突然抓住了我，用力摇晃我的身体，"这真的是你想要的吗？放弃你得到安宁的唯一机会？永远给那个控制狂当人质？活得太痛苦只好去求死？"他的眼睛中闪着火光，"原谅我，天使。原谅我。但是我拒绝看着你选择在地狱度过永生而袖手旁观。"

我试图摆脱他，并最终挣脱了。"那你可以不要看啊。你可以走开。"

"请你试试，"他把他的手放在我的脸颊上，"请你试着去回忆。你看不到我为你放弃了什么吗？你不知道我等了多久吗？你感觉不到吗？"他最后一次看着我的眼睛，而我的喉咙中充满了燃烧的汽油的味道。我感觉到火和烟的热气刺痛着我的眼睛——就好像我会从内到外被活活烧死。

"不要碰我！"我尖叫道，"我从没有要求过你帮我！你为什么就不能不干涉我的生活，死后的生活，或者不管叫什么？"我把他推开，"你为什么就不能不管我？"

"布里，不要——"

"不要什么？"我对着他的脸说，"你到底想要什么，帕特里克？你到底想从我这里得到什么？"

他无法回答。

我摇摇头打算离开，"算了。"

"不，"他突然抓住我的手，"我……我是说，我们——"

"没有我们。"我打断了他，"只是你，然后是我。就是这样，以后也都是这样。"

"但是，天使。你不明白——"

"我真不能相信你居然觉得你才是重点。拉尔金说得对。我不敢相信你竟然为了某种愚蠢的、可悲的、绝不可能有结果的暗恋而毁掉了我弥补自己错误的唯一机会。"

他看起来就像被我抽干了一样，"怎么会呢？"他轻声说，"你怎么可能会忘掉这么多？"

"忘记的人不是我，"我说，"看看你自己！你在这儿待了那么久，已经忘了被人关心的感觉。你已经忘了承诺你会一直在身边支持一个人意味着什么。"

我的声音开始颤抖，但是我继续说了下去："你花了太多时间开愚蠢的玩笑，只考虑你自己，你已经完全忘记爱是对除了

穿越时空的悲恋

你自己以外的所有其他人而言的。"我擦掉了气愤的眼泪,"虽然我从来就没期待你能明白。"

他没有立刻回答。但我能看到这些话对他造成的影响。他眼中的火花消失了。

"对不起,"他最后说,"我只是想让事情变好。我只是想保护你。"

"好吧,我不需要任何人保护,"我气冲冲地说,"尤其是你。"

这些话一冲出口,我就希望能收回来。我不敢相信自己听起来有多残忍。问题是有时候言语和箭一样,一旦射出去,就收不回来了。

我被自己的残忍吓着了。但是他接下来说的话让我更为惊讶。

"你不知道我爱你吗?你看不出我一直都——"

"好吧,我不爱你。你听到我说了吗?"我看着他的眼睛,射出了我最后的一支箭,"即使你是宇宙中最后一个男孩,我也不会选择你。"

他脸上的表情说明他并没有看出我在说谎。

"Dulcebelluminexpertis。"

"我真的没心情听你——"

"战争对没上过战场的人来说是甜蜜的。"他说,"我知道你听不懂。"

然后我们之间已无话可说。

他把双手插进兜里,"谢谢你的诚实。从现在起我不会再来打扰你了。我不会再耽误你的时间了。"

我把自己的项链丢在地上,项链坠还在闪着微光,我看着他的肩膀在月光中渐渐模糊起来。棕色牛皮夹克突然间看着非常旧，已经破了，有了裂纹，就像是另一个时代的东西。

因为它本来就是另一个时代的，我意识到。

随着他渐渐消失，有一缕光从他身后透出来，就像是个反向宝丽来相机。先是他的军靴从黑色变成绿色，又变成黄色、白色。随后是他的牛仔裤。接着是他的手臂和肩膀，然后是眼睛——那双温柔的深情的眼睛——直到他几乎完全消失了。

我的内心嘶吼着，让我去道歉——去祈求他不要走——但是我没有动。

最终，他抬起头给了我一个伤心的笑容。我看到他的嘴微微动了动，但却听不见他的声音。没关系，我已经知道他在说什么了。

"再——见。"

我咬了咬嘴唇，转向另一边，闭上眼，在这一刻希望我从没遇到过他。希望一开始在小片比萨店他就不要和我说话。希望他不曾将我从桥上推下去或是教我瞬移，骑着摩托车带着我在海岸飞驰。但现在再说如果已经太晚了。

木已成舟！

于是突然之间，就这样，我又一次独自一人了。

但是我深知这一次和上次不同。这一次，寂静让人难以承受——让人窒息——我感到自己被一个空洞的吸尘器吸到了一个只在我梦中出现过的地方。一个异常黑暗、平静的地方，甚至可能是大洋的底部。

拉尔金说得对。

我救不了雅克布。我连自己都救不了。我是个没用的，没

穿越时空的悲恋

有爱的人，只是在浪费空间。这就是为什么，到头来我能做的只有爬回我家的门廊将头靠在扶手上等太阳升起。

"现在该怎么办？"我低语道，"现在会发生什么？"

这是个愚蠢的问题，因为我已经知道了答案。

什么也没有。什么也不会发生。

我把头埋进胸口，带着恐惧和孤独吸了一口气。我感觉到我的心脏——不，是对心脏的记忆——再一次碎成了几片。

第五部

悲 伤

第三十八章

自从你离开后

  我对鲜花腐烂的味道困扰着。我被黑色礼车的样子和车轮压过沙砾的声音困扰着。被铲起来的土像雨一样落在墓碑上，墓园冰冷坚固的铁门被砰地关上，把我永远关了起来。

  我吃不下，睡不着。我过去的梦魇带着报复心又回来了——有时候一晚上要做三四次噩梦。噩梦往往在我刚刚睡着就开始了。一上来是发动机引擎的声音，接着是我在高速路上飞驰，风拂过我的头发，即便我戴着头盔。太阳照热了我的双颊。我感到一切都充满了可能性。

  但这是美梦结束，噩梦开始的地方。就在我感到自己是世界上最幸福的女孩的时候，一种沉重的感觉席卷而来。此时我注意到空气中一种奇怪的味道，汽油和金属烧焦的味道。我感到摩托车开始失控，突然间我明白了一切将如何结束。

  伴随着我的尖叫声，记忆中谁放开了双手。

  接着——砰！我睁开眼睛出着冷汗，惊慌失措，蜷缩在小片比萨店里我的小桌前。

  不，我们的小桌。

穿越时空的悲恋

我想你,对不起!

每一晚都和前一晚一样。我躺在那儿闭着眼睛,等待着噩梦将我吞噬,再将我吐出来。刷牙,洗脸,再次重来。除了感受胸口中的疼痛,想着这感觉什么时候能停止以外,我什么也做不了。只是,我已经开始渐渐明白永远的真正含义了。

永不停止。

我从来没感到过这么孤单。这地方没有我能说上话的人。帕特里克走了很久了,恐怕是能离我多远就走多远。连火腿卷也不在我身边了。

原因是我看到家附近到处都贴着彩色的寻狗启事。在所有电话亭、路牌、我家方圆十英里内所有的信箱上都贴满了,绝不可能看不到。

> 走失:世界上最可爱的狗。
> 听到以下名字会响应:火腿卷,豚鼠,肉肉,肉终结者。
> 拜托,拜托,拜托,请将它归还至麦哲伦路11号,找丹尼尔·伊根医生。

最终我觉得自己必须做出正确的决定。我知道火腿卷已经不再属于我了。事实上,他一直是爸爸的狗,是爸爸把它从众多小狗崽中选出来的。火腿卷最爱的也是爸爸。火腿卷和我爸爸是买一送一的特别优惠,绑定销售。

虽然我不想承认,但我不应该留它在身边。

于是我最后一次带它来到海边散步,跟它道别,带着它走回我家的前门廊,眼泪从我的脸颊上滑落。

"你现在必须得回家了,小伙子。"

它翻了个身,玩闹地叫了一声。它一直爱开玩笑,总是试图让气氛轻松下来。

"不,豚鼠,"我摇摇头,"这不是游戏。爸爸在拼命地找你呢。他很想你。"我抱住他,然后用手捧住它的脸,一个劲儿地亲他的鼻子。它用它棕色的大眼睛看着我,反过来舔我的鼻子。

"你乖乖的,行不行?不要跑到别人家的草坪上去。"然后想到了什么,偷瞄了一眼对街布莱纳家的房子,"好吧,这样。我现在特别允许你跑到那块草坪上。但别人家的不行,怎么样?"

不,他的眼睛似乎在说,不要走,一起玩儿。

突然之间它叫了起来,一个劲疯狂地又叫又吼——巴吉度犬大声的吠叫,三英里内的所有人都能听到。

完美的时间。

我知道爸爸在家。我能感觉到。

"这就对了,"我挤出一点笑容,"我爱你,威士忌男。"我集中所有的注意力,踩上门前的地砖,按下了门铃。是时候面对音乐,面对他了。

然而,过了一会儿,当前门打开的时候,站在门口看着我的不是爸爸,而是她。整个地球上最恶劣的人。

"你让她进了家门?"我厌恶地说,"你让她进了我们家门?"

"哦,你去哪儿了,你这只傻狗?"莎拉·布莱纳惊呼,"快来!"

看着她用经过美甲的手抱住火腿卷的脖子,我的血液开始疯狂而暴力地沸腾。我想象着把她从它身上推开,用门一次又

穿越时空的悲恋

一次地夹那些涂了红指甲的手指，直到她明白拆散别人家庭的滋味。

她伸出手用力挠了挠火腿卷耳朵后面。

"这根本不是它喜欢的那只耳朵。"我急了，"伪装者。"

"丹尼？"她转过身冲着屋子里喊，"它回来了！你的狗回来了！"

一瞬间，我考虑了一下要不要趁此时机从她手中把它抢回来，然后带着它一起回小片比萨店。也许我犯了一个大错，也许火腿卷就应该和我待在一起。当我听到爸爸从楼梯上下来，看到火腿卷的尾巴开始摇晃，我就知道我的答案是什么了。

不管我有多痛恨这个答案。

于是我转过头再没多说一句话，流着眼泪穿过院子，我跑得足够快，直到能让双脚离开地面。而当我回到自己的那片天堂——眼泪夺眶而出——我决定永远不再回头看了。我对这些来来回回已经厌倦，是时候安定下来好好地，慢慢地伤心了。看着世界在我周围转动太让人难受了。我没任何事可做，也无话可说。

地球上已经没有任何值得我留恋的东西了。画上句号吧。

至少在小片比萨店，我可以做我自己的事。我可以自己坐一整天一整夜，也没有人介意。我会走出很远去散步，也不知道自己在往哪儿走。我会一遍又一遍地看那几部伤感的电影，直到我能将最悲伤的台词都背下来。有时候，当我闻腻了比萨的味道，我会走出去坐到高速路旁的悬崖边上。我会望着大海，允许自己想想雅克布。不知道他是不是实施了他的计划。

我找遍了自己这一片天堂也没找到他，这似乎是个好现象。

第五部　悲伤

不过我想他也可能去了别的地方。

更糟的地方，像拉尔金那样。

我试图不让自己往那儿想。

于是我闭上眼睛，头朝下跃入大海，让我自己径直落入大海底端昏暗的沙地。那是大海安静的最深处。静谧，也很祥和。

而且，在水下，没人能看到你哭。

我不知道自己在水中潜了多久，也许几天，也许几个星期。但这没什么不同。我时而数海胆，时而和偶尔出现的寄居蟹玩马可·波罗游戏①，时而用水槽编手镯，通过这些事情打发时间，或什么也不干，只是假装自己是小美人鱼。虽然我的乳房可没大到能挂住一对贝壳。（为什么还没到十六岁就很倒霉地死掉的第 3714 号理由。）

有时候我以为自己看到了帕特里克的脸像个水母一样在阴影中摇晃，想象着他伸出手拉着我一起游回到海面上。我忍不住想如果曾几何时我们能在地球上相遇生命将会有多么不同。如果我们能生在同一个时代，年龄相仿。如果在那晚的舞会上亲我的是他，是我们俩在旋转的彩灯无尽的光点下起舞。

最后，我意识到在阴影处摆动的东西确实是个水母，于是我决定到此为止，游回到岸上，重新开始过每日沉浸在自怜中的生活。原来痛苦也会让人完全控制不住地上瘾。

我甚至回过旧金山几次，想着也许能看到拉尔金的身影。我去过所有我们最爱的地方——游戏场、码头，甚至金字塔的顶端——但我没找到她。就好像我们待在一起的那段时间全部是我自己幻想出来的。就好像我是整座城市里唯一的圣灵。

---

① 一种用听声辨别方位的捉迷藏游戏，常在水中玩。

穿越时空的悲恋

谁知道呢。也许我就是。也许永恒的孤独是对我之前竟然傻到相信真爱存在的惩罚。

不是说这多重要,不是说我多关心。

因为你猜怎么样?

我已经不再相信了。

我不知道自己在水中潜了多久,也许几天,也许几个星期。

第三十九章

使出你的杀手锏

我在巴西雨林中穿行。高温、湿气，热得我反应迟钝，头顶还有一群群蚊子发出嗡嗡声。四下趴着懒散的蛇，和我的头差不多大的甲虫，还有在树下睡觉的老虎。

推。

等等，巴西哪儿来的老虎。划掉。

我在印度丛林中穿行。高温、湿气，热得发晕——

推。

我在空中乱抓了一阵。有什么东西在咬我，蜘蛛？猴子？蜘蛛猴？巨蟒要缠住我的脸？我从灌木丛中冲过，躲到一棵大榕树的树荫下。这里没有爪子，没有利齿，没有毒牙或细长的腿，解除警报。我安全逃脱了。哦！

推，推。

或者不是。

"别闹了，"我呢喃，"我忙着呢。"

"哦，你看着不怎么忙。"

"我的确忙着。"

"忙着干什么？"

第五部 悲伤

我坐起来对着手镯女,"我正在冥想,行不行?"

"哦。"她退了一步,"不好意思。"她把一绺金色鬓发别到耳朵后面,手镯在她手腕上晃动,发出丁零当啷的声音,和以往一样。我双手抱怀。这个姑娘以前从没和我说过话。她期待什么?我们能立刻成为最好的朋友?

"抱歉,"我说,并不刻意掩饰我的烦躁,"但是你推我干什么?"

丁零当啷,"我只是想问你能不能给我签个名。"叮当,"我不想打搅你,修禅。"

"我的签名?"我揉了揉鼻子,"你要我签名干什么?"

"那还用说,"她笑了,"因为你是名人!"她指着电视,电视前聚着几个小片比萨店的常客,"快看,你上了新闻呢!"

她抽的什么风?真是个超级烦人的戴手镯的神经病。我站起来,慢慢拖着脚走到电视前,因为我觉得只有这样才能让她闭嘴。但是当我看清电视上接受采访的人时,我完全不敢相信自己的眼睛。电视上的人是我爸爸。

"开大点声,"我对四分卫小哥说,"拜托了。"

每个人都有伤心的时候。然而大部分人不知道的是,伤心可能会致死。今天我们采访到旧金山医科大学著名的心脏病专家丹尼尔·伊根医生,他去年一年一直在研究伤心综合征——一种从各方面都和心肌梗死非常相似,但经常被错误判断的病症。

爸爸安静地坐着,双手交叉放在腿上。看上去他大概有几个星期没有刮胡子也没有笑了。

"那么,"有一双蓝色眼睛、劲头十足的记者问他,"患伤心综合征的概率有多大?"

穿越时空的悲恋

"并不是很大。"他说,"据估算,大概只有百分之一到二的人认为自己心肌梗死,但事实上却患了伤心综合征。这非常罕见,通常发生在中年女性身上。这种病症一般不会威胁到生命,但有时也会致死。"他凝视着镜头,我感到自己的喉咙哽咽了。女播报员的声音仍在继续。

然而大部分人不知道的是,伊根医生本人与伤心综合征之间有着非常紧密的联系。就在去年秋天,他不幸失去了自己十五岁的女儿奥布里。他认为女儿正是第一个记录在案的死于伤心综合征的年轻人。

看着我自己的脸出现在电视上,我全身都起了鸡皮疙瘩。第一张是我高中二年级的年鉴照,接着是我和姑娘们的合照,最后是一张我和父亲的合照,我们俩都笑得异常疯狂。

我感到自己的喉咙被捆住了,堵在喉咙里的硬块更大了。但是我不想让自己哭出来。

周五,旧金山医科大学将以奥布里的名义将一栋新侧楼作为儿童心脏中心,并将委任伊根医生作为执行主任。

"看?"手镯女砸了我的手臂一下,"我跟你说什么来着?"

镜头又对准了我爸爸。

"一开始,"记者说,"大家都质疑您的说法。"

爸爸点点头,"医学界都认为布里的死因必然和她之前的健康问题有关,但却缺乏相关证据。她之前的症状是非常轻微的。我一开始就不认为这和她心脏受损的程度有任何关联。"

"请问您的目标是什么?"记者温和地问,"您希望通过您的研究证明什么?您是否感觉自己当时还能做点什么,挽救女儿的生命呢?"

第五部 悲伤

他停顿了很长时间，"我不知道当时我还能做什么。我也不知道我想证明什么。爱对每个人来说都会带来痛苦，不管你的年龄是多少。"他将视线从镜头上移开了一会儿，然后再次看着镜头，眼里都是泪水，"不过我认为我想说的最重要的一点是，作为父母，我们应该多和自己的孩子聊聊他们的感受。聊聊在他们的生活中到底发生了什么。"他悲哀地笑了笑，"而我们应该认真倾听。"

你的意思是说，你只顾忙着出轨，顾不上听。

屏幕上又出现我高中的镜头，记者的画外音再次继续。

伊根医生的话发人深省，特别是鉴于几周前刚刚发生的悲剧……

"什么？"我感到自己开始惶恐起来。

……太平洋峰顶高中的四年级学生，伊根小姐去世前的男朋友……据她的同学称正是那名"伤了她心"的男生……

我开始头晕，"不。不。不。不！"

……校队田径明星雅克布·费舍尔……

"拜托，"我呜咽着，"拜托，不要！"

……被发现在家中昏迷……

四周的墙壁似乎坍塌了向我砸下来。我一秒钟都没法再听下去了。喉咙卡住了，我感到天旋地转，泪水遮住了视线。我试图推开人群，拼命想冲出房间。空气，此刻我需要空气。

"嘿！"我听到手镯女喊道，"你还好吗？"

难过。太难过了。帕特里克，你在哪儿？

我失控了。我眼前发绿，只看到一些星星点点，世界在我脚下打转。接着我的脸砸在了冰冷的方格油毡地板上。狠狠地。

第四十章

女孩要什么

"哇,她的头会疼死吧。"

"她死了吗?她看着像死了似的。"

"小子,很抱歉让你知道真相,但是我们都死了。"

我睁开眼睛。手镯小姐和任天堂男孩正低头看着我,就好像我是个失败的科学项目。弗兰克布里或者伊根斯坦。

我摸了一下前额,立刻感觉到一个大包。"疼。"

"还好吗?"她笑了,"你摔得够惨的。虽然没有我上次在玩空中传人的时候被那帮傻帽儿丢下来的惨,但也够受的。"她倾身过来,将什么冰凉的东西放到我的脸上。

我眨了眨眼。

"意大利冰①。我手头和冰袋最相似的东西。这个能帮你抑制红肿什么的。"

我慢慢地站起来,移动到我的小桌台边,坐了下来。"谢谢。"

他们俩跟了过来,在我对面一屁股坐了下去。"不用谢。"手镯女用手肘戳了一下任天堂男孩。"这是萨姆。我叫莱利。"

我挤出一个可怜的笑容,"我叫布里。"

---

① 一种冰沙。

第五部 悲伤

"我们知道你是谁，"她提醒我，"你也算是本地的名人了。"

"哦，好吧，"我说，"我忘了。"

"顺便问一句，"她笑着说，"你的朋友呢？"

我看了她一眼，"你说什么？"

"我想说，他可真帅。你觉得有没有可能……介绍我们认识一下？"她犹豫了一下，"你明白的，找个时机？"

说什么？

她兴奋地伸手拿过背包，"我得说，从一开始我就疯狂地喜欢上他了。但是我发誓他根本不知道有我这个人活在这个世界上。"她发现她说错了，于是开始笑，"你知道我是什么意思。"她抽出一张皱皱巴巴的纸，在我面前的桌子上摊开，"太丢脸了，"她笑着说，"我甚至觉得他的字写得很可爱。"

他的字？

我感到脸颊一阵发烧。我伸手去拿那张揉烂了的纸，慢慢地打开，尽量铺平。在几滴比萨油之间，有一排我极为熟悉的词语。每个词语都被清清楚楚地画掉了。

只剩下两个。

否认

愤怒

讨价还价

悲伤

接受

"你是从哪儿找到这个的？"我轻声问。随后我把手伸进兜

穿越时空的悲恋

里,找到我的笔——一支三年级就开始用的非常棒的笔——并画掉了悲伤。

实话实说,我确实感觉很悲伤。

"哦,我的上帝!"她大叫,完全像个谷区富家女的样子,"你现在肯定觉得我完全是个跟踪狂,是不是?"

哦,这个,我的上帝,是的,我是这么觉得。

帕特里克说得对。女人就是很疯狂。

她又笑了,听起来就像是花栗鼠和海豚的混合体。"我发誓我——"

"我觉得你不是他喜欢的那个类型,"我脱口而出,"我没有恶意。"

她张大了嘴,"什么?"

我耸耸肩,"就我说的那样。"

莱利双手抱怀,"是吗?"

我也看着她,"是的。"

"这么说,"她讽刺地笑了,"难道你是啦?"

也许。

可能。

绝对。

她从小桌前站起来冲了出去。许久以来,我终于又一次笑了。

我看了一眼任天堂男孩。他红褐色的头发和可爱的面容让我一下想起了杰克。我忍不住好奇这个男孩到底出了什么事,怎么会一个人到了小片比萨店里。我指着他的长袖运动衫说:"哈佛大学的人,哈?"

第五部　悲伤

他点点头,"迈克尔在那儿上学。"

我犹豫了一下才说:"谁是迈克尔?"

"我哥哥。"

他失去了他的哥哥,就像杰克失去了我。

杰克的笑声在我脑海中回荡——那种近乎疯狂的笑,我们星期六早上在家里玩捉迷藏相互追逐时发出的笑声。我想念他的笑容,想念他因为没有梳平而偏向一侧的头发。我甚至怀念起他因为生气我能比他晚睡而跑到我枕头上放屁的事。

忘了吧。想想别的事。

"嗯。"我竭尽全力想将这些记忆从我的脑海中挤出去,"终于不玩游戏了?哈?"

萨姆吸了吸鼻子,"电池没电了。"从他的语气中,我能感觉到我触及了一个非常敏感的话题。突然之间,我明白了其中的原因。也许电子游戏能帮他忘记他不想去想的事情。

"嘿,"我说,"想要几节新的吗?"

他的脸像圣诞树一样亮了起来,"想!你有吗?"

很显然,没有任何人想过给萨姆一本《已故者》手册——可能是因为他还太小,读不了。我露齿而笑。我将让这个孩子大吃一惊。我神秘兮兮地在空中晃了晃双手,这把戏我已经玩过无数次了,每次我和杰克打算教彼此一个魔术时都是这么玩的。只是这次的不同之处在于,我真的有了魔法。

"变,变,阿布拉卡达布拉……"

萨姆的眼睛睁大了。我的手又多晃了一会儿,然后双手移到背后,许了许久以来的第一个愿,就像帕特里克教我的那样。

电池,拜托。两节 A 型。

穿越时空的悲恋

片刻之后，我看着萨姆笑了。"选一只手，任意一只。"

他指向我的左手。"那只！"

我举起左手给他看左手心里什么也没有。"没有。再来一次。"

他做了个受骗上当的鬼脸，但还是指向了我的右手。"那只？"

"嗒嗒！"我喊道，在他面前将电池哐啷一声放在桌上。

他看了看我，然后又看了看电池。他拿起电池，小心翼翼地在手掌中转了转，就好像它们会突然消失不见一样。接着他迅速笨手笨脚地将电池塞进手持游戏机中，按了开机键。几秒钟后，俄罗斯方块经典的背景音就响了起来。"谢谢！"他的声音里充满敬畏，"你把它修好了。"

然后他哭了。

"不，没有，宝贝儿。"我边说边感觉很糟糕。我站起来和他坐到桌子的同一边，用手臂抱住他，抱紧他。他靠向我，我前后摇晃着哄他，感觉到他的眼泪沾湿了我的裙子。

"嘘，"我说，"没事的。一切都会好的。"

"不，不会的！"他哭着说，"我想回家。"

我想起自己在海滩上看到莎迪和雅克布的那个早上。我想起帕特里克是怎样抱着我直到我把最后一滴眼泪哭干，想起他是怎样将我抱回小片比萨店，在我身边耳语说一切都会好起来的。我想起当他试图向我解释他的感受，而我却不屑一顾，觉得那些都不重要时，他眼中受伤的神情。因为在那个瞬间，我只想到了我自己。

当我让一个几乎陌生的男孩在我怀里哭时，我又想到了这一切。

我伤了帕特里克的心。

就像雅克布伤了我的心一样。

突然间,我想知道一切。我想——不,我需要——知道帕特里克是谁,他这些年都在干什么,以及为什么当他离开后我会感觉我身体中的一部分也随他消失了。

因为我非常非常厌倦被蒙在鼓里的感觉。我非常非常厌倦伤心、孤独、怅然若失的感觉。现在的我非常确信,我一直有这种感觉。从我还活着的时候就开始有了。

一直等到萨姆不哭了,我亲吻了他的脸颊,揉了揉他的头发。"我很快会回来的。"然后我站了起来——挺起胸,昂起头——走到唯一一个会给我提供答案的人面前,不管她乐意不乐意。

填字女士。

第四十一章

让我们死于青春，让我们永生不死

"他去哪儿了？"我坐在她正对面的一个高脚椅上，身体靠向收款台。

她耸耸肩，依然埋头研究她的填字游戏。

"拜托了，"我说，"请告诉我。"

"这是机密。"

啊哈，所以她肯定知道些什么。

"但是这很重要。"

她意味深长地盯着我看了好一会儿，就好像一只老母鸡一样。我并没有退缩。终于，她把铅笔放在款台上，双手握在一起。"高兴了吗？"

"你告诉我帕特里克在哪儿，我就高兴了。"

"我怎么可能知道他在哪儿？"

"因为。"我对着她展现出最真诚的笑容，"你什么都知道。"

她怀疑地看着我，"你在试图讨好我。"

该死，还是不够真诚。

"我并没有，"我坚称，"而且再说，讨好你又能如何？告诉我他在哪儿就行了。"

第五部 悲伤

她摇摇头,"我说的是事实。"

我生气地叹了口气,死后和活着一样糟糕,都有一大堆毫无道理的白痴规则。

"我问得很客气了,"我说,"求你了。他已经离开几个星期了,我很担心他。"

她讽刺地哼了一声,"这还真有意思,他离开可是你的责任。"她拍了拍手上的填字游戏,"还有,这十八个字段没人帮我解也是你的责任。"她又伸手去抓她的铅笔。

突然间我想起了来到小片比萨店的第一晚,不得不填的表格。很多年前,帕特里克有没有可能也填了这样一个表格?填字女士会不会也有关于他的资料?我靠了过去,从她手里抢过字谜。

"嘿!"填字女士生气了。

我摇摇头,"你不给我关于帕特里克的文件我就不还给你。"随着我抽出一支笔,开始自己填写答案,她脸上浮现出恐怖的神情。

"不要用墨水笔!"她说,"墨水擦不掉!"

"让我看看……"我研究着填字的线索,对她的话充耳不闻,"一个四个字母的词形容一种地中海的奶酪,通常用在希腊沙拉中。"

"Feta[①]!"她喊道。

"我知道了!"我开始填入我自己的,更好的答案。"B-R-I-E[②]!"

---

① 菲达奶酪。
② 素食主义者。

穿越时空的悲恋

"不!"她试图从我手中抢过字谜,但是我躲过了她的手,"还给我!你会毁了它的!"

我从椅子上蹦下来,开始折腾。"一个五个字母的词,形容一个不吃肉的人。嗯……"我假装遇到了困难,"这个有点困难。"

"Vegan[①]。"她摇动着双臂,"VEGAN!"

"我知道!"我打了个响指,然后似乎更用力地用笔在纸上划道:"EAGAN[②]!"

"哦。你怎么能这样呢!"她抱怨道,"我所有的努力都付之东流了。"

"你说什么?"我问,"不好意思,你说了什么吗?"我没给她回答的时间,又重新回到了线索表上,"哦,现在这个问题真的有点困难。一个八个字母组成的词,形容一道烤制的肉菜,是经典家常菜。"我紧紧闭上了眼睛,前后摇晃,嘴上像个时下流行的瑜伽大师一样吟唱着。"当然!"我唱出了字母,"H……A……M……L……O……A——"我停了下来,"哦,糟糕,不对,是不是? Hamloaf 有七个字母,而不是八个!"为了制造更戏剧化的效果,我敲了一下自己的前额,呻吟起来。"应该是 meatloaf[③]!但是现在我擦不掉了!哦,我可真傻,我为什么没用铅笔呢?"

填字女士的脸现在已经成了深紫色,她现在看起来不像一位女士,而更像一个茄子。然而很不幸!在我看来,没有任何

---

① 火腿卷。
② 烘肉卷。
③ Meatloaf,奶酪的一种。

第五部　悲伤

理由能限制我查看帕特里克的历史。很显然他看过我所有的资料。

"你想要他的资料？"她拽开身边的抽屉，从里面抽出一个薄薄的马尼拉纸袋，用力拍在收款台的桌面上，"这里！"

我伸出手把纸袋拿了过来，对她展开最灿烂的、真的很真诚的笑容。"为什么，谢谢你。"

然后我放下她的填字游戏，从小片比萨店里飞奔出去，快得几乎要把玻璃门震碎了。我将帕特里克的资料抱在胸前，用最快的速度瞬移到我知道的唯一一个能安静地阅读、不受任何人干扰的地方。大桥。

姓名：帕特里克·艾伦·达令

达令？他竟然姓达令？我是怎么错过这条信息的。
我继续往下读。

出生日期：一九六五年八月一日
死亡日期：一九八三年七月十一日

哇。和他斗嘴开玩笑是一回事，看到这些信息白纸黑字地写出来完全是另一回事。可以这么说，我的的确确一直在和一个四十五岁的人混在一起。我继续往下读。

死因：Sui Caedere

显然，帕特里克喜欢时不时吐拉丁语的坏习惯是早就有的

穿越时空的悲恋

了，"Sui Caedere？"我呻吟道，"这算什么，是哎哟，我撞了摩托车的拉丁语吗？"我摇摇头，"真是个书呆子。"

我试图辨别出其他答案，但是纸上的其他内容已完全褪色，根本辨别不清。我只看清了页面下方的最后两个问题。

希望：莉莉能找到我。
梦想：她能原谅我。

终于，找到了一些实质性的信息，一些对我有用的信息。一个名字！

"莉莉。"我慢慢地念着这个词，在舌尖回味着。这就是他在很久很久以前爱的那个女孩。"帕特里克和莉莉。"听起来不错，听起来很般配。

有大约半秒的时间，我身体里的某部分感到一丝最细微的嫉妒，我虽然知道这样一来我有多疯狂。我为什么要嫉妒一个他在上个时代认识的人，而那时我根本还没出生。

没理由。完全没理由。

"别犯傻了，布里，"我责难自己，"理智点儿。"

我尽力将这个想法推到脑后，试图把心思集中在我出色的私家侦探事业上。虽然我还没到夏洛克·福尔摩斯的层次，但是两个新线索总比一个好。不过他对她做了什么呢？为什么需要她的原谅？

典型的男生，总是把事情搞砸。

我翻了翻那些看起来更官方的文件——没什么特别值得研究的——一张照片吸引了我的注意，照片上是个黑头发，黑眼

姓名：帕特里克·艾伦·达冈
出生日期：1965.8.1
死亡日期：1983.7.11
死因：Sui Caedere
希望：莉莉能找到我
梦想：她能原谅我

我将帕特里克的资料抱在胸前，用最快的速度瞬移到我知道的唯一一个能安静地阅读、不受任何人干扰的地方。大桥。

穿越时空的悲恋

睛的婴儿，招牌式的笑容和现在的一样。

请进，休斯敦，我们刚收到确认信，帕特里克·达令出生了，非常可爱。

我从一摞文件中抽出一张折叠起来的报纸，右上角的日期是一九八三年七月十二日。我铺平报纸，不想撕破它，并小心翼翼地放在我的膝头。接着我对着天空默默地说了一声谢谢，因为此时风几乎停了。我开始阅读报纸的头条。其中一条从其他新闻中跳了出来：

半月湾当地十七岁男孩自杀

我停了下来。接着我又读了一遍。随后又读了一遍。

"这不可能是他。"我边说边感到很困惑，"帕特里克是因为摩托车车祸而死的。不是吗？"我用眼睛扫过这篇简略的报道。

  警方称，半月湾地区一名高中生在周日晚上自杀。十七岁男孩帕特里克·A.达令的遗体在周日晚上大约九点于布里克尔海滩被人发现。警方认为他在多次用刀刺伤自己后跳崖而死。

我感到一股突然袭来的力量正在挤压着我。我的肺燃烧着，人声、困惑、警笛声和金属扭曲的声音。这些声音异常嘈杂、紧张，我的视线开始模糊起来。

救我。救救我。我喘不过气来了。

一个男孩的尖叫，他的手，他的嘴贴在我的嘴上，试图留住我的生命，尽管已经太晚了。眼泪、叫喊、亲吻、墓园的大门撞上了，我被关在了里面。

不要把我留在这儿。请不要把我一个人留在这儿。

我的整个身体都开始颤抖。我屏住呼吸把他的问答卷翻过来又看了一遍。

死因：Sui Caedere

"Sui Caedere。"我一遍一遍地读着，直到这些字母组合成了一个。

S–U–I–C–A–E–D–E.（自杀）

这张纸从我的手指间滑落。

"他骗了我。"我说。帕特里克并不是死于车祸。他是自杀的。

我的眼睛里溢满了泪水。但是为什么呢？为什么他要说谎呢？

挖。

让我出来。

挠。

救救我。

爬。

请帮帮我。

沉寂。静止。腐烂。黑暗。永恒。

一个男孩的声音从龟裂的土地中渗了下去。一开始是轻声的，接着和汽油夹杂着眼泪的某种病态的甜味混合在了一起。

"求你，"那声音说，"不要扔下我。天使，没有你我活不下去。"

我的余光看到帕特里克资料中露出的第二份褪色的报纸。我抽出报纸，看了看时间，心情愈发沉重起来。

一九八三年七月五日。

穿越时空的悲恋

比第一张报纸的时间早一个星期。

我打开报纸,在看到头版中间那张图片里的车辆残骸时忍不住叫出了声。一张褪了色的旧照片里,一堆冒着烟的金属,折断的车把,仍在燃烧的橡胶轮胎,和一个碎裂的座椅,呈现在我眼前。一次午后沿着高速路慵懒的骑行变成了噩梦。

看到头条新闻,我的声音颤抖起来。

全社区共同哀悼

一对年轻恋人因摩托车事故阴阳两隔

然而我的眼睛不由地跳过了新闻报道。在标题旁边我瞄到一幅小图,图里是一个男孩和一个女孩。墨迹已经几乎消失殆尽,我必须眯起眼睛才能看清楚。

帕特里克。

照片里的他穿着一样的皮夹克,褪色的牛仔裤,脸上是帅死人的笑容。在他身后——双手可爱地抱住他的腰的——是他的恋人。

莉莉。

正是她。那个帕特里克深爱着,以至于在这一侧的天堂,在一家小小的比萨店里等了二十七年——期待着,乞求着,祈祷着她会从那几扇门中重新回到他的怀里。

我又努力地眯起眼睛,把报纸拿得极近,近得几乎都要贴在我的鼻子上了。我不确定自己在找什么,直到突然间,我看到了。

她深色的鬈发。她欢快的笑容。她的脸显得那么自由,那么柔弱,充满了那么多可能性。

我目不转睛地看着。

因为照片里的女孩就是我!

第四十二章

从心底唤醒我

❝怎么可能呢？这是不可能的啊！"

我拼命地盯着画面，看得我觉得我的脑袋有可能会爆炸，眼珠会从眼眶里迸出来，这两种情况甚至可能同时发生。

"这怎么可能是我呢？她怎么可能是我？怎么可能？"

我——一个过着平凡生活的普通女孩——怎么可能同时是两个人呢？难道说我已经被回收再利用了？被翻新了？就像爸爸妈妈把家里起居室的沙发翻新了那样？（不，等一下，那应该叫作重装椅面？）

上帝，死亡真是太让人费解了。

我深吸了一口气，试图让自己平静下来。"肯定能找到符合逻辑的解释。"我对自己说，"肯定能找到合理的解释。"不过接着我想起我正坐在金门大桥的最高处，并且已经死了一年。这听上去并不怎么合理。

还是说，也许我已经死了三十年了？

我把手放在心脏的位置上，就像宣誓那样。"跳。"我下令。我用手击打自己的胸口。"跳。"胸口里发出一声空洞的闷响。我又试了一次。"跳！"接着又重复了一次。"跳，你这个笨东西，

穿越时空的悲恋

跳!"然而我感受不到脉搏的跳动,一点变化都没有,没有呼吸,没有动静,只有悲伤的死寂。

我仰起头,用尽肺腑的力气大喊:"你在哪儿?你为什么不告诉我?"

帕特里克没有回答,我们意念之间的电话线显然已经停用了。

我往前一摔,胳膊肘着地,脑袋砸到了金属架子上。在内心深处,我知道真相。他已经告诉我了,或者至少试图告诉我,只是我没有听而已。

我讨厌找不到他的感觉,讨厌不知道他去哪儿了。我已经找遍了所有地方。我已经去过了我这片天堂的最远端——去过每一条高速路,每一片森林,越过每一座桥,爬上我能想起的每一座山。他还能躲在哪儿呢?那个他觉得我绝对想不到的地方,到底是哪儿呢?

伴随着咯吱咯吱的响声,我看到世界在我脚下一千多英尺的地方通过橙色小金属块变了样。我把头偏到一边——冲着东北方——注意到几英里外一座孤零零的小岛,位置在仅比索萨里托远一点儿,在从蒂布伦向大洋延伸的方向。

落日在海湾上洒下一层缥缈的光,有一瞬间,岛屿似乎亮了起来——如同一团飘浮的橙红色火焰,在深邃的深灰色水面上燃烧。然而转瞬间,太阳深吸了口气,落入了海浪之中,天空从灿灿的金色变为灰蓝色。乌云从北部类似俄勒冈或温哥华这些地方汇聚而来,那个岛又成了一个黑影,一个由树木组成的剪影。

我站了起来,目不转睛地看着。

第五部　悲伤

这是什么地方？

突然间，我又想起了拉尔金的话，简短的耳语随风而来。就在这一刻，我知道到哪儿能找到他了。

天使岛。亡灵赴死的地方。

没时间去想是不是太晚了。我登上北塔的边缘，双手举过头顶，准备来个完美的燕式跳。然后我跳了下去。

只不过这一次我没有坠落。

我飞了起来。

我疯狂地瞬移着，径直穿越风和雾，穿过最后一道日光，直到我的双脚像猫爪一样落在冰冷的、怪石嶙峋的海滩上。我颤抖了一下，想先对这个地方有个大概的了解。天几乎已经暗了，我能分辨出在海滩最高的一侧上斜立着一棵巨大的太平洋乔杜鹃木，暗红色的树皮像纸一样剥落下来。

我不确定自己在往哪儿走，也不知道去哪儿找他，不过我决定先暂时留在海滩上，至少先熟悉一下岛上的地形再说。树林看上去实在不怎么友善。"没错，"我对自己说，"绝对要待在海滩上。"

尤其是在黑暗中。

然而当我开始沿着海岸往前走，虽然月亮躲进了雾帘后面，我还是注意到岛上到处都是废墟。不管往哪个方向走都能看到散布在沙滩上的巨石、浮木和一截截树干。越往前走，越难避开这些障碍，不时被绊倒，就好像龙卷风刚刚席卷了整个岛一样。

我的鞋踩在石头和沙子上发出的嘎吱嘎吱声也让我感到恐惧。每一声响动似乎都会发出五十倍音量的回音，我开始害怕，

穿越时空的悲恋

突然觉得自己这次搜寻恐怕是个非常非常糟糕的主意。

我的右脚绊到了什么东西——我想是根树枝——以至于几乎在沙滩上摔了个嘴啃泥，好在最后我还是让双膝先跪在了地上。这时我注意到一件奇怪的事。沙滩的味道……很怪，闻起来有点像金属。我捧起一小把沙子，让粗糙而潮湿的颗粒从指缝间漏过。

"这是什么？"然后我认出了这种味道，赶快扔掉沙子，退了几步。

血。沙子闻起来像血。

一波海浪打过来，沾湿了我的手、脚和鞋子。那味道更浓了。

"我的上帝。"我挣扎着站起来，看到海水退去后，沙滩上留下了一道道深红的色带。"在——在水里。到处都是。"恐惧感袭过我四肢，让我动弹不得。我想从岛上离开。

现在就离开。

我试图转身，但却绊在一大块浮木上，向后倒去。一声轻微的叹息声在黑暗中回荡，在那一刻，我只知道这声音不是我发出的。

我呆若木鸡，晕眩和恐惧让我无法呼吸。

"是谁——谁在那儿？"在内心的惶恐稍微平复后，我硬撑着问出一句话。我慢慢地——以我能做到的最快的频率——站起来，掸去沾在手上带血的沙子。

没有人回答。

也许那声音是出于我的想象？

月亮从雾帘后面探了出来，在海岸上打出一个诡异的光点。我又仔细看了一眼海滩上的那块浮木，发现那并不是浮木。

第五部 悲伤

那是人的身体。

成百上千个人遍布在沙滩上——这些人的四肢都蜷缩、扭曲着,就像折断的树干一样;皮薄得像纸,肋骨、锁骨清晰可见;惨白的颧骨空洞、凹陷,在月光的照射下像雪一样发着光。我惊呼了一声,看到眼前的一幕,开始疯狂地颤抖起来。这比我在历史书中看到的任何景象都可怕。我周围方圆几英里的这块地方是一个面目之海。一个残缺的,痛苦的灵魂之海——这些灵魂在我眼前赤裸着,淌着血,像怪物一般骇人,然后逐渐解体化作尘埃。

或沙砾。

我开始疯狂地试图将沙子从我的裙子、手臂和脸上擦去。但我越想擦干净,似乎就会沾上越多沙子。我的鞋里、头发上、指甲里、嘴里,到处都是。我不断咳嗽,吐口水,想把沙子从舌头上刮下来,但满嘴都是沙砾和铁锈的味道。我只感觉到潮湿感渗进我的毛孔,将我的手变成红色。

"你在哪儿?"我哭喊道,"帕特里克,求求你,回答我!"

这时我听到有人在说话。

"我是无辜的……我以生命保证不是我做的。"

"你一定要原谅我。为什么没有人能原谅我?"

"妈妈?妈妈,是你吗?"

"你骗了我。你当着我的面骗了我。"

这些话语声、叫喊声层叠在一起——太嘈杂、太语无伦次,对周遭的一切浑然不觉,以至于我连一半都听不清。我开始在这些身体中穿行,试图寻找他的眼睛或笑容。我的鞋依然边走边发出嘎吱嘎吱的声音,但这一次我知道我并没有踩在贝壳上。

穿越时空的悲恋

"帕特里克?"我绝望地喊道,"你在这儿吗?"

"小心。"有人在我的脚离他太近的时候叫了一声。

"对不起!"我跳了起来,但却踩在了另一个人身上。

"嘿!"

"真的对不起,抱歉,我并不想——"

我继续查看他们的面孔,希望看到哪怕一点点熟悉的痕迹。

"他们看上去都一样。"我开始慌了,把那些躺着不动的人翻过来,看看是不是十七岁的男孩,"他们看起来完全一样!"

"但我们并不一样。"我听到一个女孩轻声叨念。

我猛地抬起头,巡视海滩。"喂?"我喊道:"是谁在那儿?"我向声音的方向走去,经过一个又一个灵魂,直到我看到一个人影,扎着黑色的长辫子,头发已经打结了。我跪下去,尽量小心地将她的身子翻过来。

当我看到她孤独的双眼,眼泪夺眶而出。

是拉尔金。

"布里。"她的声音比耳语还轻,"没想到还能见到你。"

"你在这儿干什么?"我跪在地上,尽力将她的头抱到我腿上,"发生了什么?"

她仰面看着我,眼睛一眨不眨,有一瞬间我甚至以为她的声音是我想象出来的。但接着,她的嘴唇开始颤抖,我知道她想说话。

"我不能再一个人过下去了。那座城里对我来说已经什么也没有了。"

"对不起。"我说着,几乎崩溃了,"我并不想伤害你。我并不希望事情发展成这样。"

"你在这儿干什么?"我跪在地上,尽力将她的头抱到我腿上,"发生了什么?"

穿越时空的悲恋

"真的吗?"她说,"你说的是真的吗?"

我将沙子从她脸上擦去,看到了她的样子。那个从摩天大楼上跳下来的女孩已经面目全非了。那个女孩曾经帮助我开始独立,告诉我,我比自己想象的坚强。然而那个拉尔金·拉姆西几乎已经消失了。她正在我眼前化作尘土。

"你会没事的。"我试图安慰她,"我会带你走的。"

"布里,"她耳语着,"那天晚上我家的大火是我放的。你知道吗?"

我看着她,感到困惑。"别责怪你自己,拉尔金。大家都知道是因为蜡烛。大家都知道那是个意外。一个非常可怕、非常可怕的意外。就是这样。"

她摇摇头,"是我,不是意外。我故意的。我想寻死。"

"不是的。"我摇摇头,"请不要这么说。"

"是真的。"拉尔金苦笑着说,"我一直都很孤独。我一直都感到孤独。所以我决定做点什么解决这个问题。"她轻轻地笑了笑,"然后,当然我发现在这一边我更孤独。"她的声音听起来愈发苦涩,"不同之处只是现在这并不是一辈子的事,而是永远。"她伸出手,放在我的手上,"我真倒霉,是吧?"

"但是你的追悼会,"我说,想起在我自己的追悼会前几年,那晚在礼堂的场景,"那次来了那么多人——那么多人关心你。"

"他们并不关心我,"她说,"我当时在场。我看到他们的表情有多愧疚。追悼会上的大部分人甚至根本不太认识我。"

听了她的话,我像被木棍狠狠砸了一下似的。我想起在我自己的追悼会上我也注意到完全一样的事情。那天来祭奠我的很多孩子我都不熟,这感觉多奇怪啊。

像雅克布一样,拉尔金让我意识到,不管你觉得你有多了解一个人——不管他们看着多么漂亮或帅气,不管他们表现得多么沉着可靠,不管他们多么受欢迎,你永远难以了解他们真正的生活。

除非你去问。

除非你去倾听。

"你为什么没有告诉我?"我说,"你为什么没告诉我你经历了什么?"

她的身体变得近乎透明,好像快要融进沙子里了。"我不知道,"她轻轻地说,"我想有时候回忆会让人太过痛苦。"

"拉尔金,我——"

"这就是为什么我会回去,"她边说边更用力地抓住我的手臂,"这就是为什么我决定用灵魂交换回去的机会弥补我的错误。但这是个陷阱,布里。我试图做出不同的选择,我向上帝发誓,但我却无力改变任何事。人们还是注意不到我,就好像我是透明的。"她崩溃了,开始抽泣。

"没关系。"我柔声说,想尽力安慰她,"我在这儿。"

"这文身就是这么来的。"她指着自己的手臂,"我就这样成了孤魂。"

等一下。孤魂?我在哪儿听人说过?

突然间,我想到一件事。在城里随处可见的那个涂鸦,就是兔子洞墙砖上画着的那个,和拉尔金手臂上的图案一模一样。

"最糟糕的是——她的下颚随着她的话语而颤抖——"我本来也想这样骗你的。"她开始剧烈地颤抖,以致我几乎听不清她的话了,"我本来想把你的灵魂偷过来的,布里。我本来

穿越时空的悲恋

想用你的灵魂来自救。重新开始……真正地活一次。"

我的头开始发晕,"你的意思是说……你是说转世吗?"

她慢慢地点点头,"几千年来孤魂一直在以这种方式偷偷回到地球上。他们想方设法换得一个新魂的精髓,以一个新的身份重新开始。这种精髓是一件东西,将他们和过去的生活连接起来。"她无力地笑了笑,"就像赦免卡。"

一个人的精髓。一件将他和过去的生活联系起来的东西。

我摸了摸自己的锁骨。

我的项链。

"但倒霉的是,"她继续说,"得有人将他的灵魂送给你,这方法才能奏效。如果他们不给你……那么你只好强取。"她停了下来,我能从她的声音中听出愧疚,"你只好窃取。"

窃取灵魂?

"对不起,"她说,"我只是太想再得到一次机会了。我只是想成为另一个人。"她的眼睛在祈求我的原谅,"成为我自己以外的任何人都行。"

我仍旧想不明白。为什么这么美丽、聪明、有趣的女孩一直以来会有如此强烈的孤独感?更糟的是,为什么没有人注意到呢?

我的眼中溢满了泪水。"我当时知道就好了。我要是能陪着你就好了。我希望当时我能帮你做点什么。"

"但是你做了。你帮助了我。"

"不,"我摇摇头,"我没有。"

"我一直都希望,"她继续说,"最希望的,就是有个姐妹。在你来到城里后,我有了妹妹。我的愿望成真了。为此我很感谢你。"她握了握我的手,试图给我一个微笑。然后她伸出手,摸了我的脸,她的手仅仅能碰到我,"你能不能再帮我做件事?拜托了。"

我点点头,"什么事都行。"

"别忘记我。"她的眼睛闪烁着光辉,我能感觉到她很害怕,"在这儿忘记一个人太容易了。别忘记我,布里。"

"嘘,"我说,"别这么说。没事的,你会没事的。"

但话音未落,我已经感觉到她正在离我而去。我感到她的手放松了,从我的手中滑落,落在沙滩上。我看到她的眼睛眨了眨,最终凝注不动了。

"拉尔金?"我的声音在海滩上回荡,"拉尔金?"我摇晃着她,但她没有动。我靠过去将她抱在我的怀里,眼泪流淌下来,"为什么?为什么所有人都要离开呢?"

在那一刻,我感到有什么东西在我的脖颈之间发热。我低下头,看到一点轻柔的,蓝色的光。

我的项链正在发光。

远处一个闪电打下来,风又开始刮了。我周围的声音静了下来,似乎是对死者的致敬。我摸了摸她的脸,亲吻了她的额头。

"我不会忘的,"我告诉她,"我保证。"

接着我用自己的手指在沙滩上写下:

拉尔金·拉姆西
朋友、姐妹

穿越时空的悲恋

我从岩石中摘下一多小小的黑色蓟花，横放在她手里。接着我擦去脸上的沙子，在沙滩上前后巡看。沙滩上有那么多破碎的灵魂，在他们身上都发生了什么呢？

爱，我意识到。他们经历了爱。

帕特里克会在他们中间吗？我必须找到他。但是现在就找吗？我不可能查看每张脸。就算我都看了，我也不忍心看他像拉尔金那样奄奄一息。我不知道如果要我在这地方和他道别，会对我造成什么影响。我抬头看着天空，想象着拉尔金飞上天，到了另一个银河系，闪耀着。也许此刻她正在重生，成为另一个人。有一段不同的人生，一个新的开始。

因为很显然，这也是有可能的。

我看着星空，好奇现在她是不是能看到我。不管她去了哪儿，我希望她是幸福的。我希望她是自由的。

突然间，有什么东西从我的视线中移开了。我转过身，把注意力集中在岛的西侧，在那里，一块巨大的悬崖径直插入水中。

"是你吗？"我轻声说，"真的是你吗？"

"你跳下去，我就跳下去，还记得吗？"

在那里，站在世界边缘的，正是帕特里克，正仰着头看着天空。

第四十三章

我们属于光，我们属于雷电

我在跑，用最快的速度在雨中奔跑，海浪中和海岸线上布满了半死不活的人。我脚下的每一处都躺着扭曲的身体，试图抓住我的脚，把我拉倒，成为他们中的一个。我能感到自己在他们张开的嘴、看不见的手臂和无数失落的梦想和记忆中窒息。

我知道如果我跑得不够快，不是很快，他们中就会多一个人。

我无法提到足够的速度，向帕特里克瞬移过去，这里的空气非常诡异——沉重而污浊，好像同样的原理在这里不起作用。于是我跑向森林，躲开灌木丛中的土狼，直到找到一条路。路面几乎完全被树叶覆盖，路两旁的树连在一起，形成一个遮篷，挡住了月光。

但有路总比没路好。

我将自己逼到极限，在岛上唯一一座山上左转右转。终于，我来到一片空地，从这里可以看到太平洋三百六十五度夜中全景图。

就在这里，一个男孩站在我面前。

穿越时空的悲恋

他的后背完全裸着，看到他变得如此透明，我无法抑制自己脸上的悲伤。雨真的将他的骨头都打湿了。他身体中的光几乎燃尽。他的话在我脑海中回荡。

"你不知道我爱你吗？"

答案是肯定的。因为我也爱他。

一开始，他并没有看到我，我慢慢从后面靠过去，并不想吓着他。

"帕特里克？"

但他没听到我的声音，因为暴风雨的声音太大。于是我走向他，伸出手，即使风和雨将我的肩膀打得生疼。当我的手指终于触碰到他的手臂时，一阵难以置信的温热穿过我的身体。

我低下头，看到我的手开始发光，这是和我的项链一样的淡蓝色的光，就好像我的血脉里充盈着星尘一样。我感到帕特里克的身体在我的手掌下紧了一下。

"是我，"我说，"我来了。"

"为什么？"他的声音很沙哑，"我没叫你来。"

"帕特里克，我——"

"你应该离开。你不属于这里。"

"等等，"我说，"你不明白。"

"我明白。"他低下头，"我很傻，不应该等这么久。我已经等了太多年，"他说，"不值得。"

"别这么说。拜托！"

我感到他的肩膀沉了一下，"我知道某一天你会从门中走进来的。"他轻声说，"然后你终于出现了。在过了快三十年后，你终于又回到我的生活中……而你完全不认识我了。"

第五部 悲伤

"我怎么可能认识你呢?"我祈求道,"帕特里克,我不是同一个女孩了。"

他点点头,"是的,你不一样了。我现在明白了。"

"这不是我的意思。你没听懂我的意思。"

"我太傻了,以为我还能重新和你在一起。事情还能像以前那样。"他顿了顿,看着海面,"这是我的错,我把事情搞砸了。"

"你不明白吗?"我说,"你不用对任何事情道歉。你什么也没做错。"

"我每件事都做错了。那天你并不想骑摩托车……你非常害怕。但是我知道你会喜欢那感觉,只要你愿意尝试。于是我说服了你。"他低下头,声音嘶哑起来,"你的死是我的错。我们不能在一起也是我的错。"

"那辆摩托车,"我轻声说,"那个噩梦是真的。"

我将头靠在他的后背上,用手臂抱住他颤抖的灵魂。

"你能原谅我吗?"他轻声说。

我用尽力气紧紧地抱住他,"你并不需要我原谅你。你需要原谅你自己。"

一声巨大的天雷在空中想起,我感到他开始向我转过来,感到他的手放在了我的脸颊上。我睁开眼,完全不敢相信自己的眼睛所见。

终于,我看到了他在T恤衫和飞行员夹克下隐藏许久的到底是什么。我终于明白为什么他从不在我面前脱掉衣服。现在我看到了,他手臂上的伤疤——虽然深,虽然参差不齐,好像很恐怖——却根本不算什么。

穿越时空的悲恋

和他身上其他地方的伤疤相比，那根本不算什么。

帕特里克整个上身都布满了可怖的刀伤。就好像他被人用一把锋利的刀一遍又一遍划过——而这不是意外。

"哦，亲爱的，"我耳语道，"你对自己做了什么？"

热泪涌出眼眶，我开始用手指抚过他的疤痕，俯身温柔地亲吻它们，一道接着一道。

"Sui Caedere，"他说，"没有你我没法活下去。"

我抬起手，触摸他的脸颊。让我的前额靠近他的前额，我们的脸只隔着几英寸远。我深情地望着他的双眼，试图拉近我们之间的距离。"对不起，帕特里克。我从来没想伤害——"

天空中闪过一道光，一道巨大的闪电打在我们身下的海滩上，引燃了一些树木。几秒钟后，岛上开始燃烧。

"你不认识我，"帕特里克说，"我迫切地想告诉你，但我怕你觉得我是疯子。"他停了下来，"你明白，比你已知的更疯狂。"他给了我一个浅浅的微笑，在这个笑容中，我看到我们俩整段悲剧故事在我面前重演。所有我们待在一起的时光。所有我们一起做的计划。在事故发生后几分钟他边哭边把我抱在怀中的样子，以及他是如何祈求上苍让他代我而死。

每一个细节，每一个记忆都回来了，我想起在我的生命离开我身体的那个一九八三年的美丽夏日，他对我说的话，当时摩托车的残骸还在我们身边的路上燃烧。

"永远等着我。一直等着我。"

"直到永远。"我轻声说。我对我的朋友们也许下了同样的诺言，当然是在另一段完全不同的人生中。莎迪、艾玛和苔丝。她们每个人都需要理清自己的人生道路，克服不同的困难，经历各自的伤心。我感到自己的幸运项链在脖颈中发热,就和每一次我想到她们时一样。但这一次,我没有感到疼痛。这一次,记忆让我感到高兴。

"真的是你吗?"帕特里克将我拉近,"我以为你永远想不起来了。"

战争对没上过战场的人来说是甜蜜的。

"我现在想起来了。"我望着他深色的,深邃的,熟悉的眼睛,"我再也不会忘了。"突然之间,我感到自己身体里的水泥墙开始敞开。我感到自己冰封的内心开始融化。

"也许,也许我们可以重新开始。"说着,我伸出手,"我叫布里。"

他轻轻笑了笑,微微摇了摇我的手,"帕特里克。"

"很高兴认识你。"

他笑了,"再次认识。"

我慢慢俯身过去,期待人生最美好的一吻。但就在我们的唇碰在一起的刹那,另一道闪电打了下来,将我们分开了。

我抓住他的手,但已然太晚了——自然的力量已将帕特里克向后抛到了崖边。在我的视线之外。

"不!"

我用最快的速度爬到悬崖边上。当我从一侧往下看时,帕特里克几乎快要掉下去了。我冲过去抓住他的手,用尽全力拉住。

"帕特里克!"

火开始在我们之间燃烧。即使雨水铺天盖地地落下来,整个海岸还是几乎被火海淹没了——几百个可怜的、将死的灵魂带着怨念扭动。

穿越时空的悲恋

拉尔金。拉尔金还在下面。

火点燃了帕特里克的脚,疼痛掠过他的脸。"我不行了,布里!我在下坠!"

我感到帕特里克的手指开始从我手中滑落。我哭了起来。我在自己的内心深处搜寻,紧紧地闭上眼睛,在体内搜寻最后一份力气。感觉像过了几个小时候,我终于成功地将他的身体从悬崖边缘拽了上来。我最后拼命地拽了他的胳膊一下,把他拽了上来,然后躺倒在地上。我们一起躺在地上,喘着粗气,雨水变成了冰雹。

"如果你想和我约会,"他边咳边说,"只要开口就行。"

"下一次我会记住的。"我上气不接下气地说。

帕特里克坐了起来,我第一次仔细地看了看他的肩膀。在他的胳膊上,刻在皮肤上的,是一个和拉尔金的一模一样的文身,一个小圆圈环住中间一个大大的 S。

我的思绪回到我们初识的那晚。

"我叫帕特里克……常住的失落灵魂。"

"你也是他们中的一个。"我悲伤地说。

"如果我需要,我还会这么做的。"

所以这是事实。他确实兑换了他的灵魂。

他这么做是为了我。

我现在明白了。他被困在这里,成了死后世界永恒的囚徒。他永远不能超生。他永远也不能接受。他的内心永远无法获得平静。

他低下头,"这是当时我唯一的选择,天使。你的人生才刚刚开始。你应该得到第二次机会。"他伸出手,捋过我的头发，让头发都贴在了脸上，"这是我能补偿你的唯一方式。莉莉，你根本不想坐那辆倒霉的摩托车。"

我能闻到火越烧越近。几乎烧到了我们站的悬崖。在一分钟内，我们是否会死于头顶的暴风雨已经不重要了。因为我们将面临地狱的洗礼。

我望着帕特里克的双眼，终于明白为什么第一次在比萨店的会客厅看到他的时候会感到很亲切。为什么他的声音听上去那么熟悉。

并不是因为他让我想到《壮志凌云》那部电影里的汤姆·克鲁斯，也不是因为他喜欢给我取和奶酪有关的名字。而是因为——在经历生命，死亡，以及生死之间的一切时——帕特里克一直在我身边。

他一直在为我而活。

突然间，我知道我应该做什么了。我没再多想，从脖子上摘下项链，举到空中。这一次轮到我做出牺牲了。他为我放弃了一切，这一次该我为他做出牺牲了。

因为爱终归还是值得的。

"我的心属于你，"我轻声说，"一直属于你。"

"等等，"他说，伸手去抓我的手，"天使，不要！"

一道刺眼的闪电打了下来，径直打在心形吊坠上，上亿伏的电流穿过我们的身体。我感到自己被一种力量从帕特里克的臂弯中推了出来，又一次坠落，穿越时间、空间、星辰、天空和其间的一切。我不停地往下落，直到忘记我在下坠。

接着，整个旧金山湾——以及所有上面的天堂和下面的地狱——都突然亮了起来。

第四十四章

飞跃彩虹

我坐了起来，喘着粗气。

但我能听到的唯一声音是我头顶上电扇慢慢转动的响声。电扇的扇叶以完美的旋转节奏拍打着一个细金属链。

啪，转，啪，转，啪，转。

我重新躺倒，枕在自己的枕头上，感到身体酸疼、疲惫。能安全地缓和地蜷在自己的床上，盖着自己的鸭绒被，让我异常开心。我的胃叫了一声，我能闻到楼下有人正在做着什么好吃的。

嗯，世界上最好吃的意大利千层面。

我揉揉眼睛，让自己清醒过来，打了个呵欠，注意到夜晚的柔光从我白色的亚麻窗帘外透进来。没有暴风，没有雨，没有雷声或闪电，或着火的小岛。只有我干净的，棉布床单，我完美的枕头。所有我的肌肤所触碰到的一切都丝绸般柔软，美妙地光滑。

我的被单。我的床。我的美妙的、神奇的床。

啊，等一下。

我迅速坐了起来，强烈的晕眩感几乎破了世界纪录。我的

第五部　悲伤

感官异常灵敏，我的脉搏急速跳动，我的心脏在以每秒钟一万次的速度跳动，我——

等等。

我用手按住胸口，使劲儿地按下去。没错，一阵微妙的、发散性的热气，接着是一声非常明确、真实地回荡在胸腔的闷响。

"哦，我的上帝！"

在我还没来得及弄明白到底发生什么时，一个熟悉的声音响了起来，叫我到楼下去。

"布里？亲爱的？你走之前能把盘子放到洗碗机里吗？"

我呆住了。

妈妈？

我从床上蹦了下来，身上穿着吊带裙。我推开我卧室的门，朝着她的声音冲过去。所有的事情看上去，闻起来都一样，感觉也一样。我的鞋子擦过楼上地毯的声音。我爷爷奶奶多年前给我们那盏古董灯温暖的灯光。走廊里挂的各种各样的相框。杰克六岁生日的照片。我十二岁生日的照片。爸爸妈妈蜜月时候的照片。火腿卷还是只小狗时的照片。同样的地板发出同样嘎吱嘎吱的声响，浴室毛茸茸的白毛巾对着我露出了一角。

所有的事都在正轨上。

我冲到楼下，就像往常一样跳过最后两级台阶。餐厅桌上那个十分难看的绿花瓶中摆着金针花，那是我在七年级的时候做给妈妈的。爸爸的太阳眼镜放在大门前的那张桌子上。鼻息中满是丁香花和汰渍洗衣粉的味道（这是世界上最美妙的味道）。保罗·西蒙的歌声从扬声器里传了出来。

穿越时空的悲恋

《骨肉连心》。

妈妈最喜欢的歌。

我听到火腿卷抓挠厨房地板的声音,接着是书房,然后是起居室,一路冲向我,完全停不下来。突然间,它就跑进我的臂弯中,不停地亲吻我,我甚至觉得我可能因为开心而昏厥。

"火腿卷!"

它一边喘着气,一边吠叫,就好像我很久很久没出现在这房子里了。因为这确实是事实。

"它出了什么问题吗?"杰克走进书房,跌坐在我们舒适的大沙发中,手中拿着他的任天堂手持游戏机。

哦,杰克。

我想起了萨姆,想起他那张长着雀斑的小脸,泪水充盈了眼眶。他那么想念自己的哥哥,甚至连自己都无法承受了。

我像一道闪电一样跨过小地毯,压在杰克身上,给了我弟弟无数拥抱和亲吻,比我这辈子亲他、抱他的总和还多。(我也没少亲他抱他。)他笑着叫了起来,我们翻滚到地毯上开始摔跤,两个人都感觉不到疼痛。

"布里,杰克·伊根,够了!"妈妈站在厨房的门下,一边笑着说,一边用毛巾擦手。我抬起头看到她的黑色长发和新潮的眼镜。看到她高高的颧骨和淡绿色的眼睛,她看起来真漂亮。突然间我从小地毯上飞起身,径直冲入她怀中。

"布里!"她在我向她冲过去的时候大叫一声,我几乎把她撞倒。

我不在乎。我用力抱住她,几年来我从来没使过这么大劲儿。而她注意到了这一点。

第三部 悲伤

"宝贝儿?"她摸摸我的前额,"你还好吗?"

我能做的只有点头。抑制不住泪水的我,无法做任何别的事。

她脱开身,用手捧住我的脸。"哦,亲爱的。"她把我眼睛上的碎发掠开,"你为什么哭呢?"

真的是你吗?是真真实实的你吗?

我摇摇头,"对不起,"我哽咽道,"我只是太想你了。"我又抱了她一次,不想放开,永远都不想放开。

"你想我?"她笑了,似乎被这突如其来的情感冲击吓了一跳,"从什么时候开始算?从三十分钟前?"她担忧地看了我一眼,"亲爱的,我希望你别有什么不舒服。"

我摇摇头表示我没事。

"你今晚就穿这个吗?"她在我发丝边耳语说,"你穿这件衣服很漂亮。"

"你在说什么?"我说,身体一英寸也没有移动,"穿着去干什么?"

她看着我咯咯地笑了,"哇,你确实表现得很奇怪。你今晚不是有某个重要的约会吗?和某个男朋友?"

男朋友?

妈妈指着我家厨房挂的那个大闹钟说,"亲爱的,雅克布不是八点来接你吗?

我退了几步,感到我的脸色一下子白了起来。

"今天是几号?"

这一次,妈妈真的丢给我一个莫名其妙的眼神。"十月四日。"她双手抱怀,"好吧,我现在开始担心了。你到底怎么了?"

325

穿越时空的悲恋

我跑进厨房,抓起小桌上的报纸。十月四号,就像她说的。我又看了一次,一种强烈的恐惧感卡住我的喉咙。

二〇一〇年十月四日。

去年!

于是我觉得自己挨了当头一棒。

我正在重新经历过去。我真的在重新经历我死前的那一晚。

我放下报纸,慢慢退了出去。"我感觉不太舒服。"

"我看得出来。"妈妈走过来,开始收拾桌上乱七八糟的报纸,"听着,亲爱的,我来收拾吧。也许你应该给雅克布打个电话,取消约会。"

雅克布。

"他还活着?"我轻声说。

她给了我一个奇怪的眼神,"布里,这并不好笑。不要开这样的玩笑。"她开始收拾干净的银餐具,"听着。这里我来处理,但是等你回来的时候我希望你能够把厨房收拾干净,行不行?"她打开放银器的抽屉,将餐具收起来。刀叉在她摆放的时候发出叮叮当当的声响。"还有,不要忘了,你爸爸和我希望你能在十一点前回来。我说话算数,如果你在你的宵禁时间过后一秒钟回来,我们都要知道是怎么回事。"

"但是我不——"

"没有但是。"她的语气很严厉,"我们给你买手机是有原因的,这可不是为了让你和莎迪及班上的其他女生发短信。如果你晚回来,请给我们打电话。要不然这样好不好?"她双手抱怀,"不要晚。"

杰克像一道迷你龙卷风一样冲进厨房,火腿卷跟在他后面

第五部 悲伤

蹿进来。他打开冰箱门,从里面拿出半瓶可沛利果汁,我迅速将果汁从他手里抢了过来。

"嗯嗯嗯嗯!"我喝了一大口,"太平洋清凉口味的!啊,真好喝!"

"嘿!"杰克也把双手抱在了一起,"妈妈!"

"布里,别逗你弟弟。这有一大箱呢。拿你自己的喝,宝贝儿。"

我将饮料还给弟弟。"抱歉,小弟。看上去太好喝了,我没法抗拒。"

就在这时,我听到车库的门开了,接着是车开进来的嗡鸣声和引擎熄火的声音。随后是脚步声,门把手转动的声音,然后——

"嘿,小家伙?我们昨天说什么来着?"爸爸走进厨房,手里拿着一袋超市买来的东西。他还穿着医生的白大褂。火腿卷跳了上去。

"哈?"杰克嘟囔着,把可沛利果汁喝光了。

"你的自行车。"

杰克呆了一秒钟,试图回想起来。接着他的脸上迸发出最可爱的笑容。"哦!我忘了!"他冲出门,将自行车推回到车库。

"今天怎么样?亲爱的?"妈妈在爸爸的嘴唇上轻吻了一下,将超市购物袋从他手上接过去,"谢谢你去超市买东西。"她在购物袋里翻找着,"亲爱的,你买我要的茄子了吗?"

"嗯。"他点点头,连看也懒得看,手上翻看着当天的信件。

爸爸。

我冷冷地望着他,双臂在胸前交叉。他看上去又和过去一

穿越时空的悲恋

样帅了。他的头发很短，胡子刮得很干净。虽然我也想急迫地跑到厨房的另一头，给他一个熊抱——毕竟他是我爸爸——我却无法让自己这么做。

所以我跳上桌台，开始用脚踢最底层的储藏柜。尽量踢得足够响，能吸引爸爸抬起头。当他看到我的眼睛，他笑了。走到我面前，在我的额头上用力亲了一下。

"晚安，马苏里小姐。"

我躲开了。

想得美。

他有点困惑，有点因为我冰冷的态度而受伤。"怎么了？"他看着妈妈，"哦——哦。我是不是察觉到男生的问题了？"

哦，你敢往那儿说。你敢。

妈妈摇摇头，在冰箱中翻找。"不知道，亲爱的。她今天是有点奇怪。"

我尽自己最大的努力，表现得像一个叛逆少年。"我没有。"我看着爸爸，为了我知道的他即将要对我们的家庭做的事而提前生他的气。

接着，门铃响了。

我抬起头，突然感到很害怕。

妈妈向走廊走去。

不。请不要开门。

"我去看看是谁！"我听到杰克穿过去来到前门，"切达！"他叫道，"是雅克布！"

"我觉得我不应该去，"我脱口而出，感觉一阵恶心，"我有太多作业要做。"

第五部 悲伤

爸爸和妈妈看我的眼神都好像我长了第三只眼睛一样,"亲爱的,你从上礼拜起就一直在不停地念叨这次约会,"妈妈说,"希望你玩得开心。"

哦,并不开心。

但随后,我突然想到了什么。我的胳膊和腿没听大脑的指令就开始移动,就好像我变成了一个遥控器控制的机器。我无法抑制地从桌台上跳下来,不受控制地穿过起居室,走向大门。

"不,不,不,不!"我轻声说。我能在亚麻窗帘后面看到一个熟悉的影子。他站在门廊下,一个我没想到还能再见的人。即使只看到了影子,我都能感受到他的不安。我能看出他很紧张,就好像他并不想让这次约会进行下去。

我不怪他。

我的手触碰到了门把手。

停下来。

我慢慢转动把手。

拜托,不,我想留下来。

但是当我终于打开门——不管我有多想压抑自己的感觉——我都没法让自己的呼吸平稳下来。

他的眼睛像大海一样。

暴风雨前的大海。

第四十五章

如何拯救一个生命

我们在沉默中将车开到了餐馆。整段路程都感觉非常不真实，以致我不得不一直掐自己，让自己相信此刻的一切正在发生。

我坐在他的车里。

掐。

真的在他的车里。

掐。

他在这儿。我也在这儿。我们都在这儿，一起坐在他的车里。

掐掐掐掐掐掐。

"哦！"我尖叫了一声。最后掐的那一下有点太狠了。

雅克布用异样的眼神看了我一眼，"你没事吧？"

我紧张地点点头，"嗯嗯，非常好。"

除了一点微不足道的事，那就是我完全在说谎。我的手心里全是汗，我的心跳在加速，我的脚在拍打着地板，还有……我非常肯定自己的眼皮在跳。

"你确定吗？你看着有点奇怪。"他清了清喉咙，在我们驶向月亮意粉餐厅的时候仔细看了我几眼。

第五部 悲伤

我试图让自己平静下来。我知道将会发生什么,并因此而感到害怕。

我的机会,唯一的机会。要是我说错了话会怎么样?如果他不想听我说会怎样。

我仔细地端详他,注意到很多第一次没发现的细节。比如他一路都在清喉咙,一路都在调着收音机,一路上几乎不能直视我。最后我们驶入停车场,找到一个车位,走进餐馆。他甚至都没牵我的手。

服务员将我们领到预订的餐桌旁,我坐在屋子角落的位置上,每次来我都坐在这里,因为这里我们能观察到整个餐厅。我们要了一些饮料和小吃——炸鱿鱼和奶酪条,但我太紧张了,一口也吃不下。

不只是我。

我从来没见雅克布这么紧张过。他看起来前所未有地魂不守舍,把自己搞得狼狈不堪。他把意大利黑醋洒在衬衫上,落在桌上的番茄沙司比吃进嘴里的还多。当服务员终于把我们的主菜端上来后,我看着他将虾仁宽面条在盘子里拨弄了整整十分钟,才开口说话。

"布里?"

开始了。

"怎么了?"

"有件事我必须跟你说。"

我盯着他,一个字也没说。

他的声音颤抖着,我能从他的眼中看到胆怯。看着这一幕在我眼前第二次发生,我能非常清楚地看出他显然很怕伤害我。

穿越时空的悲恋

但除此之外还有别的——他同时也在害怕另外一件事,这是我第一次完全没发现的。

看着他一口一口紧张地吃着意粉,我忍不住好奇莎迪是不是已经知道了他打算在晚餐时向我坦白他的秘密。

直觉告诉我答案是肯定的。

坦诚地说,这是最让我难过的事。雅克布,我在这个世界上最好的朋友之一,无法向我吐露心事。

因为他还没来得及解释,我过去那颗愚笨的心就开始捣乱了。

好吧,这一次不会了。今晚不是为我,而是为他。

这一次,我会用心倾听。

谁知道呢,也许我能做点什么,说点什么,改变未来或过去。拉尔金无法扭转她的人生。很明显,帕特里克也没能做到。

但我要试试。

我伸出一只手,按在桌对面他的手上。"什么事?"我轻轻地问,"你到底怎么了?"

"啊?"他说,"你在说什么?"

我盯着他的双眼,试图集中精力。试图让他明白一切都会好的,他是安全的。

没问题。你可以告诉我。

他沉默了许久。他的脸渐渐红了起来,我能看到他的双手开始颤抖。"布里?"

"雅克布?"

开始了。来了。

"我不爱你。"

我从来没见雅克布这么紧张过。他看起来前所未有地魂不守舍，把自己搞得狼狈不堪。

穿越时空的悲恋

我闭上眼睛,让这几个字从我心上冲刷而过。它们很伤人,但和我记忆中的感受不同。这一次这句话带来的更接近于酸楚的疼痛,而不是撕心裂肺的感觉。

我意识到,实际上世界并没有毁灭,并因此而感到放松。

我睁开双眼。

"我的意思是说,"他接着说,"我确实是爱你的。我真的,真的爱你。只不过不是……不是你想的那种爱。"他低头看着盘子,"我想我要说的是,我对你的感觉不是爱情。"

我深吸口气,尽最大的努力以正确的方式措辞。第一次我就应该这么说。

"我知道,雅克布。这没关系。我对你的感觉也不是爱情。"

他睁大了双眼,看上去不可思议。"什么?"

"就是这样,就是你说的那样。我对你的感觉也不是爱情。"

"我不明白。"他凝视着我,就好像我突然之间改说了日语一样,"你喜欢上了别人吗?"

"是的,"我说,脸上的笑容无法隐藏,"是喜欢上了别人。"

整整一分钟,他都无法直视我。

"嘿!"我俯身过去,"你还好吗?"我用手轻轻地抬起他的下巴。

我们四目相对;我看到他眼里都是泪水。

"对不起,"他说,"我毁掉了一切。"

"不。"我摇摇头,"你没有。"

"我是个糟糕的人。"

"你不是。"

"你不明白。"

"我明白。"

我握紧他的手,"任何事情你都可以告诉我。我是你的朋友。我永远都是你的朋友。"

他吸了吸鼻子,用纸巾擦了擦脸,"我不知道该怎么说。"

"你想怎么说就怎么说。"

他低下头,看着他的运动鞋以积蓄勇气,"我想……我觉得我可能是同性恋。"

接着我做了我早就该做的事。

我把椅子在方砖地板上向后挪了挪,移到桌子的另一边,坐在他身边,用手臂抱住他的肩膀。"我真的很高兴你告诉我这件事。"

他把头摇了又摇,就像不相信我,又或是不能理解。"高兴?真的?"

我点点头,"真的。"

"你的意思……你不恨我?"

"嗯……"我尽最大努力让自己听上去显得生气,"也许有一点儿。"

他担心的表情出现在他脸上,"哦!"他不安地在座位上移动,"我理解。我——"

我拉住他的手,给了他一个微笑。"我说,你就这么把意粉吃得精光,一口都没分给我?"

他看着空空的盘子,显得有些困惑。终于他大声笑了出来。"好吧,你骗倒我了。厉害!"

我咯咯地笑着,"一会儿给我买个刨冰,我们就扯平了。"

他蓝色的眼睛看着我的双眼,我看出他有多么感激,多么

穿越时空的悲恋

如释重负。

"谢谢你，布里。"他俯身在我的脸颊上亲了一下，然后又坐了回去，长叹一声，以示松了口气，"我一直不敢告诉你。我以为你肯定再也不会理我了。你会恨我一辈子。"

我摇摇头，"不可能。"

他笑了，握住我的手。"你真的是世界上最好的女朋友。"

"不，"我轻轻地说，关于帕特里克的记忆涌上心头，"我不是。"

就在这时，一阵刺痛突然穿过胸口，我往后倒去，靠在座椅上。

等等。不。发生了什么？这不应该发生。

我感到自己的心跳开始加快，即将失控。

但我弥补了自己的错误。这一次我做了不同的事。

"布里？"听上去，雅克布开始担心起来，"怎么了？你还好吗？"

痛楚感毫无征兆地强烈起来，我几乎说不出话了。我的视线开始模糊，眼前的餐厅渐渐变成一片令人作呕的漆黑。陌生的声音在我周围回荡——就像在天使岛的海滩上——我感到他的手在我肩膀上，试图将我唤回来。

"布里？"雅克布哭喊，"告诉我该怎么做。我该做什么？"

"做自己，"我轻声说，又一次握了握他的手，"做你自己就好。"又一次刺痛，撕裂的疼痛穿透了我，帕特里克的脸出现在我脑海中。

"你不知道我爱你吗？你不知道我一直爱着你吗？"

在这一瞬间，整个世界安静下来。

我睁开双眼。

餐厅不见了。

取而代之的是高速公路边一片茂盛的绿地，旁边是波光闪闪的大海，阵阵微风袭来。我站在绿地中。太阳挂在头顶正上方，温暖我的肩膀。天是我见过的最蓝的一次——沿着海平面望去，只看到两三朵棉花云。

一个完美的夏日。

这是怎么回事？

我回到自己的那片天堂了吗？一定是的，真实的生活中不可能有这么美丽的天。

"天使？"一个男孩的声音在我身后响起，"你的座驾已经准备好了。"

我慢慢转过身，看到一个男孩坐在一辆老旧的，颇受钟爱的摩托车上。我认识他的栗色的短发。认识那件穿久了的灰色T恤。认识那件柔软的，褪色的皮夹克。

通往危险区域的高速路。帕特里克模仿电吉他的声音唱道。接着他试图启动发动机，但是从排气管冒出一股烟，把他包住了。"见鬼，"他咳到，伸手将烟雾扇走，"这可不应该发生。"

我笑了出来，"我希望你不会认为我会坐上这东西吧。因为我肯定不会坐的！"

"拜托，莉小姐，"他说，"就沿着高速路走一回。你会喜欢的！"

莉小姐。

接着我明白了，莉是代表莉莉。

他笑了，眼角皱了起来。哦，那笑容。我感到自己开始动摇。

穿越时空的悲恋

"不,"我说,"不——不。不可能。我拒绝登上这台死亡机车。"

"拜托,"他说,并看出了他有机会,"就坐一回,然后我去给你买个奶昔。"

"你在想什么呢?你打算贿赂我吗?"我摇摇头,"没用的。"

"重新考虑,"——他的眼睛亮了起来——"我会给你买个刨冰。"

我经受不住了。耳根子真软。

我跑过去,一边笑一边用双臂抱住他。接着我抽身出去,径直看着他的眼睛——这天的颜色更偏绿色而不是棕色——我在他的鼻子上亲了一下。

"哦,好吧,"我说,"我跟你一起骑一次高速公路。但仅此一回!"

他抿嘴而笑,"你不会后悔的,天使。"他交给我一个小小的黑色头盔,我跳上车,用双手紧紧地抱住他的腰。

"你最好慢点开,帕特里克·达令。不然。"

"不然会怎样?"他逗我。

我也和他打趣说:"不然我就找个新的男朋友。"

他转头回身看着我,脸上露出最讨喜的笑容。"对不起,天使。我可没那么容易放过你。"接着,他发动引擎,我感到机车在我身下活了过来,摇摇晃晃地向前驶去。

"慢点儿!"我边叫边捶打他,"我是认真的!"

但没过多久,我们就快了起来,我感到自己开始放松。我感到自己的肩膀松弛下来,我让自己闭上眼,想象我们在飞翔。阳光和海风混合在一起是让人痴迷的。我倾身去亲吻帕特里克双肩之间的位置，同时感到自己是整个世界最幸福的女孩。

因为在那一瞬间，我是。

我在两个世界中都经历了最完美的事。我回去弥补了我的错误，所以在这一世中雅克布会平安无事。现在我得成为我原本的自己，抱着我注定要爱的男孩。

但是接着我想到一件事。

阳光。空气。海滨大道，向几英里开外延伸。从北部袭来的乌云。

等一下。

我的眼睛睁开了。

拜托，乌云请不要来。

但是乌云来了。静悄悄地爬上山顶，灰色的，带着凶兆，像怪物一样在我们头顶徘徊。

就像在我的噩梦中一样。

不。上帝，请不要这样。

真相像当头一棒向我打来。我真是个傻瓜，以为自己可以逃过一劫，不用重新经历两次死亡。

因为我活过两次。

"帕特里克！"我在疾风中呼喊，"掉头！我们得回去！"

"什么？"他喊道，"我听不见你！"他的头向后转了一秒钟，试图弄明白我在说什么。

不幸的是，只需要一秒钟。

我听到汽车喇叭刺耳的声音，听到车胎和地面摩擦的声音，接着我看到一辆卡车从路上分割线的另一端向我们撞了过来。看着整个世界在我面前像慢镜头一样撞上我们，我感到我的血

穿越时空的悲恋

液在血管中凝固了。一片玻璃、热气和金属起了火,摩托车在我身下碎成了几块。

接着我飞了起来,四周是摩托车汽油正在燃烧的味道,我正在燃烧的头发,和我们正在燃烧的梦想。

"天使,"我听到他从几千里外喊着我,"你在哪儿?请不要走。"

在我的嘴和我的喉咙开始燃烧前,我做好了面对结局的准备——我的思绪回到帕特里克那一连串词语上。

他写的最后一个词。

接受

我看到拉尔金的刀在月光中飞舞,只差几英寸就碰到我的皮肤了。

"……尘归尘……"

拜托。

"……土归土……"

不,拜托,停下来。

"让她安息……"

我看到闪电狠狠地击中我最后残存的生命征象,我的心。

我的灵魂。

我感到过去那面火墙向我袭来,我喊了出来,祈求一切结束——祈求有人能让这一切停下来。

接着,从很远的地方传来一阵尖锐可怕的警笛声。越来越响,越来越响,最后紧张到我觉得自己的耳鼓都要被震破了。

第五部 悲伤

这时我感到有人握住我的手,就像来营救我的救生艇,带我逃脱那灼热的、让人麻木的热气。

温暖的、安全的、熟悉的手。

我又一次睁开了眼睛。

爸爸。

他在哭。"你会没事的,孩子。你会没事的。"

我能听到救护车发出尖锐的警告——警告的声音,载着我们穿过旧金山的街道。我在爸爸的眼中看到了恐惧,在司机喋喋不休地通过无线电向医院报告我们已经上路的时候,我从他的声音中听到了急迫。

女性。十五岁。急性心肌梗死。

"爸爸?"

"我在这儿,布里,我一直都在。"

这么久以来,我一直都在生他的气,非常非常生气。一想到他选择了另一个家庭而放弃了我们,我就一次又一次感到伤心。为了妈妈、爸爸、杰克、火腿卷和我而伤心,为了过去的我们,和曾经可能的未来而伤心。

然而在救护车后面看着他,我对他的所作所为有了不同的理解。我还是不能赞同——不能支持——但是我终于能理解他了,这要感谢拉尔金。

有时候回忆痛得让人无法承受。

看到眼前的爸爸——看到他有多在乎我,多爱我,不管他犯了什么错——我都不得不原谅他。原谅他的不完美。

因为,谁又是完美的呢?

我做了决定,既然我能获得第二次机会,那么他也可以。

穿越时空的悲恋

  我用尽最大力气握住他的手。感到最后一滴泪水从脸颊滑落,径直落在锁骨上。当我的心脏监护器的哔哔声开始弱下去,我看着爸爸的眼睛,大胆地许下了最后一个愿望。我知道这恐怕不会改变任何事。

  但我仍可以期望。

  "照顾好彼此。"

  然后,就这样,我死了。

第六部

接 受

第四十六章

你需要的是爱

我在夜幕中穿行，穿过雾，穿过雨，在星空下，往家走。麦哲伦路 11 号。

站在通往我家的马路边，我想到还有一件事需要做。

我开始慢慢向山上爬，还要爬很久才能到家。我经过马路两边黄白相间的秋海棠；经过灌木丛，想起爸爸以前曾带我们到里面看过一次蓝松鸦幼鸟的窝；经过那棵橡树——雅克布曾用他的瑞士军刀把我和他名字的首字母刻在了上面。

JF+BE=

接着，我看到一个接一个灵魂化作一闪一闪的微光，出来嬉戏。

我看到杰克骑着爷爷奶奶在他生日那天给他买的三轮车。看到十三岁的我踩着直排轮滑鞋练习回转急停。看到艾玛、苔丝和莎迪在比拼转呼啦圈，谁也没有停下来的意思。看到爸爸在洗他的车，在妈妈出来拿信的时候偷偷用喷头滋她一身水。他们俩都湿透了，都在笑，很高兴。我看到夏日刺眼的阳光，从北加州的云层中透出来。火腿卷蹿过水龙头，对着水又叫又咬。所有的记忆都围绕着我，在我身边闪烁，我能听到、看到、

穿越时空的悲恋

感受到。

我的昨天、今天、始终、永远。

我转过身,看到帕特里克正在草地的边缘看着我。在他向我走过来的时候,我感到自己的胃在马路上连续翻了三个跟头。

"怎么会?"我问他,声音颤抖着,"你怎么来了?"

"不妨说填字女士欠我一个挺大的人情吧,毕竟我一直在帮她填字谜。"他做了个滑稽的表情,"不过……她倒是强调了一定要用铅笔。不知道那是什么意思。"

我不敢相信他的话。帕特里克终于自由了吗?真的完完全全地自由了?"她真的赦免了你吗,不管你遗失灵魂的事了吗?"我上气不接下气地说,"她能这么做吗?"

"不行啦。"他摆摆手,"我开玩笑呢。填字女士什么也没做。"他停了下来,"是你。"

我感到自己的脸变成了酱紫色,并迅速低下了头。帕特里克温柔地抬起我的下巴。我们四目相接。"我想,偶尔有好事发生的时候,连宇宙也会帮你,要不就是我们各自的业障相互抵消了。"

我笑了,"我喜欢第一个理由。"

"那就是第一个理由!"他把双手甩向头顶,欢呼道,"这个故事以后可以讲给孙子、孙女们了。"

"我们不是说好要避免少儿不宜的内容吗?"我逗他说。

"没办法,"他把我拽到面前,"恐怕得改为十三岁以上家长陪同观看的级别了。"

然后他吻了我。

哇,我只能说,哇!

好吧，是的。我必须要看一遍重播才行。是的，是的。是的。

"我没意见。"帕特里克的声音在我脑海中响起。他靠过来，再次亲吻我。

"嘿！"我在最后时刻躲开了，"别在吻我的时候偷读我的心思。"

"没办法，小姑娘，"他说，"你的小心思太有意思了。"他再次靠近，这一次——顺从命运的安排——我没有躲。

在多次连续重播同样的镜头后，我们终于一起转过身，面对我的回忆。

我知道他也能看到。我知道他明白。

他点点头，让我走向前。"别着急，我会在这儿等你的。"

"不，"我说，"跟我一起过去。"

我们一步一步迈上门廊的台阶，在门前驻足。这感觉很奇怪。我已近太久没进去过了，所以不知道该期待什么。我深深地吸了口气，慢慢地伸出手。

这一次，金属门把手一拧就开了。

屋里很安静。仍只是清晨而已。

我们走到起居室，顺着楼梯到了二楼，我看到我父母的卧房门开着。我小心翼翼地偷偷看了一眼，看到那个我曾偷偷钻进去无数次的米黄色被罩下，伸出了三双脚（好吧，如果算上火腿卷的脚则是四双）。

看清这些都是谁的脚之后，泪水充盈了我的眼眶。

妈妈。

杰克。

还有爸爸。

穿越时空的悲恋

"他在这儿,"我轻声说,"这是他的归宿。"

我的愿望实现了。事情因此而有了不同的发展。

我倾身亲吻他的脸颊,然后走到妈妈那一侧的床边。

哦,妈妈。

她看着那么美,并且又像之前无数次一样戴着眼镜睡着了。我集中精力,小心翼翼地慢慢把眼镜摘了下来,而不发出声响。在我把眼镜折好放在床头柜上的时候,她动了一下,但手还搂着杰克。杰克穿着他的蝙蝠侠睡衣,这是我死前最后一个圣诞节送给他的礼物。睡衣对他来说已经有些小了,手脚都露出了一大截。我不禁联想到爱丽丝吃了魔法蘑菇以后的样子①。

不知道出于什么原因,我意识到弟弟是不会忘记我的,这让我感到放心。即使他长大了,搬了家,有了自己的家庭,他仍会记得这套睡衣。(不过为了以防万一,我还是决定到时候在圣诞节期间给他家寄个匿名的包裹。)

我伸出手,挠了挠火腿卷的前爪。"好小伙子。"它的耳朵动了一下,随后它翻了个身,把有斑点的肚皮压在身下,打着鼾,继续睡了。我希望它的梦里有我。

在这一刻,看着它的胸口以完美的节奏一起一伏,我心中一种宁静的感觉油然而生。通过改变一些细节,我改写了全家的命运。我仍旧不在了,但爸爸找到了另一种缓解悲伤的方式,一种不涉及另一个女人的方式。

他们会没事的。我们会没事的。

"给你。"帕特里克将我的幸运项链递给我,虽然经历了这

---

① 在《爱丽丝梦游仙境》的故事中,爱丽丝吃了魔法蘑菇,身体会突然变长或缩短。

"给你。"帕特里克将我的幸运项链递给我,虽然经历了这么多事,项链看上去就和我买下它的那天一样亮。

么多事，项链看上去就和我买下它的那天一样亮。

"你为什么不把这个留给他们呢？"

这让我突然有些困惑。我用项链交换了他的自由，这样帕特里克才能再次投生。他怎么能又把项链还回来了呢？

"但这是你的了，"我说，"我把它给你了。"

"不需要了，"他把他的手按在我的手上，"我已经有了更实在的东西。比这好多了。"

我的脸红了大概八十次，手指摆弄着那颗金色的心，温热而光滑得恰到好处。我轻轻地在上面亲了一下，然后俯身将它放在我父母的红木抽屉柜上，旁边是我们全家的合照。

我觉得他们会明白这是我留下的。

在转身离开前，一件东西引起了我的注意——一张镶嵌在相框里的黑白照片，我确定自己以前没见过。

我俯身想看仔细一点儿。

等一下。这不可能。是吧？

相片中，从玻璃后面带着笑容看着我的是艾玛、莎迪和苔丝。她们都穿着礼服，站在无数闪耀的晚会彩灯下笑。在她们头上能看到一条横幅（上面粘满了无数种不同的奶酪），从屋子的一端拉到另一端。

二〇一一年太平洋峰顶高中三年级和四年级舞会
纪念布里·伊根
（我们爱你，布里！！！！！）

"哦，我的上帝！"我转过身面对帕特里克，"我想……我想我的朋友们给我开了个奶酪主题舞会。"我们四目相接，几秒钟后两个人一起歇斯底里地笑了出来。毫无疑问，这是别人为我举办过的最荒唐，最棒的聚会。

帕特里克终于喘过气来，指着玻璃相框说："好吧，这个幸运的男孩是谁？"

"谁？"我边笑边说，"你说哪个男孩？"同时凑过去看照片。

"把门关上。"我掐了自己几次，以确保自己不是在小片比萨店的桌台上一边睡觉一边流口水。但没有。我感到了疼痛。我确实醒着，确实还在我父母的卧室，确实还盯着有史以来最棒的照片看。

为什么说是最棒的？

因为在照片中，站在我闺蜜们身后，张开双臂，在一切结束前留下笑容的，正是雅克布。

我目瞪口呆。我怎么可能没看到他。

因为燕尾服，我意识到。他穿着燕尾服。

狂喜让眼泪充盈了眼眶。"今天是哪天？是几月？"

帕特里克迅速查看了一下远端床头柜上爸爸的iPad闹钟。

六月，六月十二日。

六月十二日。六月十二日。六月十二日！

我又看了一遍照片，确保自己没有幻视。"是他，"我轻声说，"真的是他。"

我的初恋在笑，他很高兴。最最重要的是，他活着。这张照片就足以证明。我们的舞会在热闹中结束，而雅克布·费舍尔活生生地见证了一切。

他还活着。

穿越时空的悲恋

我张开手臂抱住帕特里克，闻到他柔软的皮夹克发出的气味道，感到整个世界终于步入了正轨。

我奇怪的，完美的世界。

他温柔地亲吻了我的额头。"Ecce Potestas Casei. 看，奶酪的力量。"

我们又在房间里留了一会儿，看着我的家人们熟睡，最终我们回到走廊，拉上门，让门轻声扣上。我走过浴室，走过放日用品的橱柜，然后是杰克的房间。只剩一个房间了，仅有一道门在走廊末端耐心地等待着。

停业了。修缮中。家中无人。

但我现在在家。

我推开自己卧室的门，瞬间感到一阵冷风袭来。我走进房间，脚下粉色玫瑰花瓣样式的地毯嘎吱嘎吱地响了起来。我的房间。我的床。我的窗户、书柜、一排一排的书。我从小就每晚都盖，总是一脚在里，一脚在外的棉被。我的婴儿毛毯——毛毛——本来是黄色的，但是盖了太久，露出一根根白色的小毛，我以前总是在睡着前捻弄它们。

房间很暗，落了灰，安静得让人害怕。这是个沉睡的墓，锁住了噩梦，破碎的心和悲伤的记忆。从房间的状况来看，从我走后，就没有人进过这个房间。我走到靠窗的椅子前。以前这椅子非常舒服，塞满了枕头，我和杰克总在这里玩四子棋。现在枕头整齐地摞在角落，窗帘拉着，窗门锁着。

于是我打开了窗锁。

我拉开窗帘，用力将窗户推上去。但窗子卡住了，生了锈，卡在原位不动。于是我又推又拽又拉，直到最后，最后，我感到卡住窗子的某一处开始松动。

加油,加油。

我感到窗子又动了一点。

打开,打开。

汗珠出现在我的额头。

动啊,现在就动。

我听到急促的一声噼啪,窗子开了,早晨温暖的清风吹进来包围了我——打着转,颤动着——充满色彩、能量、欢笑和谅解。

我房间四周的墙壁吱吱作响,房顶剧烈地抖动着,就好像即将塌下来一样。整栋房子吸气、呼气,接着又一次吸气,就像新的气息将生命、温暖和爱带进房子的骨架中。接着是一声心跳。脉搏。记忆。觉醒。

我倒在地毯上,深吸了一口气。闭上眼睛,试图让我的经历留在脑海中。我试图记住每一个微小的细节,这样我就永远不会忘记,几百个永恒也不会忘记。我记住爸爸多年前挂在我窗外的风铃的声音,记住地毯在我后背下面冰冷而扎人的感觉,记住淡淡苹果味。妈妈总说我的房间闻起来像苹果的味道。

突然间,我感到一抹微光从我身上闪过。我睁开眼,看到似乎有一点舞动的阳光落在远端的墙上。这是我的抽屉柜上挂着的一个旧相框反射的光。相框的玻璃后面是一张纸,纸上是我爷爷在我最后一个生日时为我写的诗。十五岁生日。

我站起身,走到装裱诗卷的画框前。画框是金色的,生了锈,很熟悉。在光滑的玻璃上,我依稀可以看到自己的样子。我看到我长长的、黑色的头发。温热的、粉红的脸颊。我的绿色眼

穿越时空的悲恋

睛。我成长了一点儿,懂事了一点儿。我伸出手,轻轻抚摸玻璃面,勾勒我的影像。

我很漂亮,我妈妈一直这么说。我希望自己当时能相信她。我希望能再告诉他们一次他们对我有多么重要,永远都这么重要。但我最希望的是,我当时能意识到有他们在身边是多么幸运的一件事。

活过。爱过。被爱过。

这对一个女孩来说已经足够了。

"天使。"我听到帕特里克轻声说。

这一刻,我知道时间到了。

终于,我准备好了。

接着,一种感觉充盈了我的胸口——不是我死的时候感到的那种撕心裂肺的疼痛,而是一种舒适的温暖,是光和热冲过我的身体,治愈因为眼泪和背叛而破碎的心上留下的伤痕。雅克布和莎迪并不想伤害我,我现在已经明白了。

我跪在地上,感到我的房间开始扭曲、摇晃,从悲伤中解脱。一股旋流轻轻将我托起,我低头往下看,同时开始渐渐消失。

帕特里克的声音环绕着我。

"抓住我的手。"

我抓住了。

接着,在我留在地球上的最后时刻,我的视线停在我爷爷写的那首诗的最后几行上——我一直觉得这几句话很特别,但却无法真正理解,直到现在。

尽管早已熟背于心,我还是大声地念了出来。

第六部 接受

在处于欣喜或绝望，
快乐或悲伤，
愉悦或痛苦时，
选择正义，则心中宁静。
人生中最大的幸事莫过于心中宁静，
唯爱更胜，
愿你心中永远有爱。

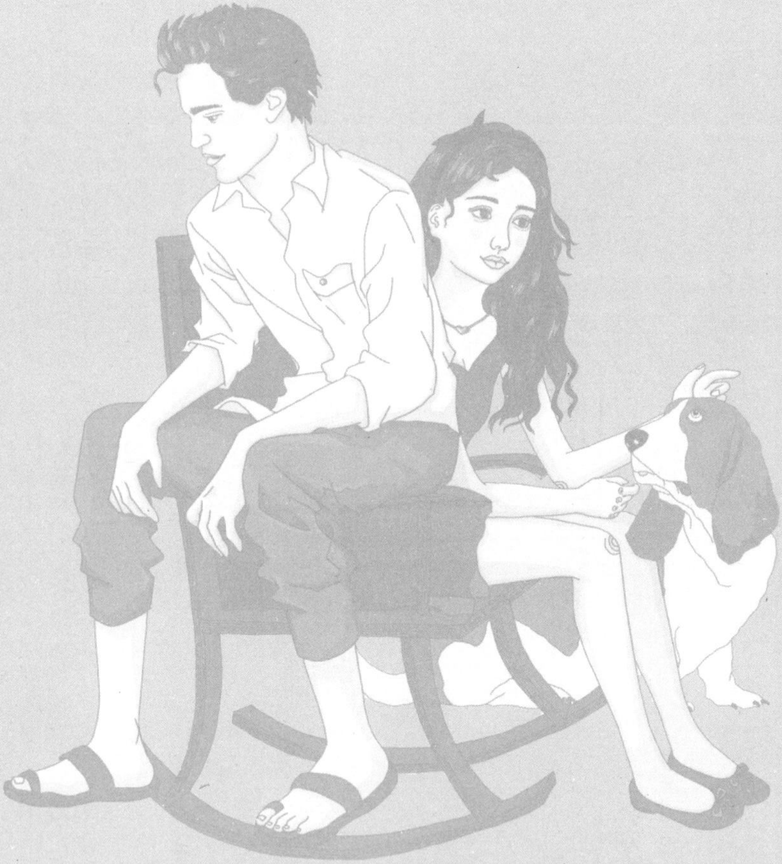